日本鄉下女子

阿孜薩系列

小島梓 著

目錄

目錄

目錄

目錄

日本鄉下女子阿孜薩系列之一

阿孜薩的鄉下小日子

年夜的蕎麥麵

吃了近二十年的日語裡叫做「お年越しそば」的東西，每年陽曆的三十晚上，準確地說是在半夜，為了當夜全日本收視率最高的《紅白歌戰》，把榻榻米上的暖桌挪到客廳，卡茲和卡奧理就歪在那裡面看電視，那情景就讓我想起高中時代一家人看春晚的情景。後來我和博奧還是熬不過，也是不喜歡，便去臥室躺在被窩裡看我倆喜歡的節目或者睡覺，但到了11點30分，肯定是要起來，在竈臺上忙活一陣子，這時候的主役便是博奧了。然後趕在鐘聲之前，一人一碗お年越し蕎麥吃下去，這年夜飯就算是OK，新舊年裡的各種意思也算是交代完畢了。然後，孩兒們繼續，我們返回去睡覺。

這「お年越し蕎麥」該翻譯成：年夜蕎麥麵吧。

蕎麥，第一次吃的時候，還是在長春的重慶路，那會兒還在高中，老爸——那令人懷念的老爸啊——帶我去吃一家驢肉蕎麥蒸餃，是一個從蘭州過來的師傅開的，油膩膩的小方桌，黏糊糊的醬油醋瓶和斑斑駁駁的木制筷子，老板娘手裡的抹布也看不出原來的顏色了，紅紅著臉頰用歡快的怪裡怪氣的普通話招呼著，上蘸醬油小碟的時候，還不由自主地用剛抹了桌子的那塊抹布順手抹了一下。我就悄悄地對老爸說：越擦越髒啊。老爸也悄悄地說：沒事，不乾不淨吃了沒病嘛。這可是一個醫生說的話嗎？我老爸這方面的經典語言多著呢，這話留著將來寫一篇，以斯紀念。

這驢肉蕎麥蒸餃的味道已經忘記了，記得的就是和父親在一起的那種愉快感覺。這也是一提起蕎麥就能帶來的恍惚的溫暖吧。

來日本過的第一個年三十，我還傻乎乎地準備包餃子呢，可是，晚飯吃完生魚片喝完啤酒，婆婆居然又端出一個大碗，上面放著一條炸大蝦，一塊炸蔬菜，然後又是一些蔥末，下面呢，就是醬油湯，吃一口，哇，蕎麥麵。沒吃出那麼好吃，更因為想家想餃子，哪裡還能吃出異鄉的文化味道來呢。

話說十年前，我與博奧相識以來，才算是真正開始接觸蕎麥——日本的蕎麥麵。

日本人還是喜歡吃蕎麥麵的，稍稍講究一點的會去吃專門的手擀蕎麥麵，師傅也是像模像樣的，店鋪也是以古樸上品為主體風格的，更有意思的是，但凡蕎麥麵店都要配上天布拉（音譯。日語寫做天麩羅），解釋起來，大都是因為蕎麥麵太樸素了吧，才加點油炸的蔬菜魚蝦，調節一下吧。日本地小物薄，除了大米白麵之外，這蕎麥便算是稀罕物了。有品位些的大戶人家的男孩，很多都去當地的製麵教室，去學學「手打うどん」（手工做烏冬麵）「手打ちそば」（手工做蕎麥麵）什麼的，後一個的平假名，就是蕎麥的念法。平日倒也罷了，到了年三十，能吃上自家手做的蕎麥年夜麵，那才是夠品味呢。愛蕎家的老公是學過的，工具也備的齊整，味道也好，就是連做兩年就不做了，可惜了那幾萬日圓的傢什。

日本人常常問中國人為什麼過年吃餃子呢？所以，答覆之後，我也回問啊：日本人為什麼過年吃お年越し蕎麥呢？

我們這兒有一個地區叫會津，算得上是蕎麥盛地，以福島這兒的解釋是說長壽之意。但博奧的解釋說是因為蕎麥麵易斷，所以取其對以往一年裡的不好之事的一個了斷。因為博奧是關東地區的，所以各不相同吧，但大體的意思都是了斷過去迎接新的開始，以及人類永遠的夢想——長壽。

其實，日本在江戶時代就開始有吃年夜蕎麥麵的習俗，據說那時候因為有一個江戶時代的名人叫阪本龍馬的人，穿上了歐洲來的第一雙皮鞋，所以，使一直穿木屐的日本人也同時染上了腳氣。那時候，街頭巷尾流傳說吃蕎麥麵不患腳氣的說法。那麼，在江戶中期，是叫做「三十日蕎麥」，也就是「年三十蕎麥」的。至於，啥時候開始叫お年越し蕎麥了呢？沒查過，不敢亂說。

無論是吃餃子吃湯圓吃お年越し蕎麥還是吃火雞什麼的，其實的意義都是大同小異的，關鍵在那個時刻那個心情那個氛圍罷了。年輕時，我是不喜歡過年的，一直以為，原本的每一天都是一個樣的，只不過是人類賦予了某個日子以特殊的意義，我呢，無論什麼日子，都當作一樣的來過，所以，有時連自己的生日都忘記，至於其他的什麼日子，譬如結婚紀念日，情人節，博奧生日什麼的統統不記得，禮物不禮物的也不計較，長久的友人是深知的，也不在這裡等著挑剔我。我也就愈發地懶惰起來，索性，連兒女的生日老媽的生日都淡化了。不過，お年越し蕎麥還是要正正經經趕著點兒吃的，因為要給孩子們養個傳統出來嘛。所以，在大年夜，無論是加夜班的還是在新幹線等著來不及趕回家的小職員們都會吃一碗速食的お年越し蕎麥。每每看到這些固守古老習慣的場面，我就有些感動，暖暖的，是羨慕那種被根植在生活常態裡的傳統的感動。如同我對餃子的念想。

意外的喜悅

送孩子們去日本將棋教室之後，我和博奧覺得去愛薔家打發這段時間最合適，何況，博奧這幾天和愛薔的長男優太正打得火熱，幾天不見就想得不得了呢。愛薔的家距市區很近——和我家比起來，十分鐘左右，便見到她家白色的屋頂了。因為事先打了電話，愛薔早就準備好了涼涼的蜂蜜醃檸檬的冰水，我的那份還加了蘇打，愛薔喜歡做各種各樣稀奇古怪好吃的東西，她醃制的梅酒可是比店裡賣的還好喝呢。

原本想懶在她家的榻榻米上睡一會兒，可是她只說了那麼一句：昨天我婆婆採回來那麼多的桑椹呢，可甜著呢。博奧和我不由自主地眼神對到了一處，緊接著就是換上長靴，拿上網盆，步行只需要三分鐘吧，就到了有兩棵桑樹的地方，那裡原本是愛薔的公婆種菜的地方，去年她的公公謝世，地也就荒了。

眼見著黑壓壓的桑椹把樹枝壓得沈甸甸的，我們先就著樹邊摘邊吃起來，好在我穿的是一件黑色恤衫，倒不怕染上顏色了。只是那桑椹熟得實在是透透的了，不斷地往下掉，還是博奧主動回去拿來了一塊絲編袋子，放在樹下，然後拉住樹枝搖動，那些熟透了的黑果子就劈里啪啦地往下落，真是一派豐收景象呢。

三歲的優優吃得滿嘴帶色，博奧說他像個小吸血鬼。那小傢伙捧著網盆就不撒手了。很快就是滿滿的一網盆，可是嘴也都有點吃麻了，罷罷罷，反正樹是愛薔家的，也跑不了，何必那麼貪心不足呢。我笑話自己。

就在決定收工的瞬間，我發現自己腳下的那一片片嫩綠的青草，竟是被我的家鄉叫做莧菜的那能吃的東西，於是又瘋狂地採了那麼多，才算心滿意足。

回到家，愛薔麻利地把桑椹就熬成了果醬，把那一大捧莧菜也用熱水一滾焯了出來，撒上果味醋，那個香啊。

拿了一瓶鮮果醬，順手買了切片麵包，煎蛋和香腸，再做一鍋法式土豆蕃茄湯，早餐當晚餐，今天晚上熱量夠高的了。

今天很好，意外的喜悅。

一路風景

這個季節這樣的天氣，車速是不能快的。約好了去白田太太家，這一路的風景倒是我喜歡的。

穿過卡茲的中學和交叉路口的24小時便利店，兩旁的麥田和遠處的安達太良山脈就撲入眼簾。山色還是青的，而麥田已是金黃，雖然紅白相間的收割機在地裡工作，但那清秀的白鷺彷彿是諳熟了它們，仍然一群群地在收割之後的地裡倘佯著，偶爾也有停在機器的上面。

緩緩地走過了一片片的金黃，就是櫻花樹環繞的一個溫泉，就像春天搶先開花一樣，櫻花的葉子也總是搶先泛紅，和銀杏的金黃相互交映。就想起春天櫻花盛開的時候，在一個大雨天裡我陪老媽來這裡泡溫泉，和老媽泡在雨中的露天溫泉裡，細看那日式小巧精緻的庭院，有三兩枝豔麗的垂柳櫻飄過粉牆，暗綠色青苔上幾點山石，因清雨顯得愈發陰鬱，修建得過分整齊的杜鵑，雖然過了花季，偶爾散落的開放，倒顯得愈發嫵媚。老媽說：這真是資本主義情調。然後，她又說：讓人喪失鬥志。

媽你現在還需要什麼鬥志呢？我笑著問。

老媽想了一下，說：你看你現在天天除了養花種草，就是泡溫泉，一點正事也不做。

歷經過戰爭以及伴著中華人民共和國的種種政治風雲到如今的老媽，哪裡能理解這樣的相夫教子享受生活就是我的正經事呢。看著老媽一本正經的臉，我的心一陣陣的痛楚。你瞧瞧，這個溫泉就讓我這樣回憶起老媽。

再往前走，路邊就有零星的人家，大多數的屋舍都是後有麥田，前面有環繞樹木花草的庭院，有一家不起眼地立著一個樸素的牌子，上寫「陶器」，這是一家咖啡店，主人用自己的窯燒制陶器，研磨咖啡，因為偏僻，客人不是很多，但據說在網上賣得很火，因為味道醇厚。很多慕名而來的客人也不僅僅是為了喝咖啡，他家的陶器也很有品位，是那種樸素的，山野的感覺。而緊鄰他家的那叫「琴乃園」的山野草店，我倒沒看好，顯然是有心沒有技術的歐吉桑，據說都是自己家深山裡採來的異草珍花，只是品味一般，倒辜負了那些花花草草。

繼續往前走，一路上最多的就是自動販賣機，據說日本是世界上自動販賣機最多的國家，但自動賣鮮雞蛋的在這條路上就這一家，日本人喜歡吃生雞蛋，或拌飯或在吃壽喜燒すきやき時當作佐料，停了車，買一小籃今早的鮮雞蛋，白田太太一定高興，這可和商店裡的新鮮不一樣呀。

轉過一道彎，就是自動車免許中心了，用漢語該叫做什麼呢？在日本取得駕駛執照，首先要在各種各樣的駕駛學校學習修滿規定的課程，理論和路面都考試合格之後，才有資格去這個中心考試，合格後才能有駕駛執照，日本的駕駛執照相當於身份證明，很是嚴格。在這個免許中心的後面，有一家養鯉場，每次都想去買一條鯉魚，做做紅燒鯉魚或鯉魚燉粉條，但也只是想想而已，別說沒那些佐料，就是佐料齊全，我也做不出來，所以，這家養鯉場裡的魚，也只能是在我的想像裡被煎炒烹炸了無數次。

其實這一路的風景，實在是再熟不過了，只是百看不厭。

倒是進了城，我就開始犯睏，日本的城市，除卻那幾個國際化的大都市之外，大多是大同小異，各種連鎖店的一成不變，以及遍布道路兩旁和家家戶戶的花花草草，總是讓人覺得恍恍惚惚似曾相識的感覺。

在白田太太家喝日本茶，吃日本點心，她的媽媽是茶道老師，茶具很講究，都是我喜歡的，只是知道了價格後，就不捨得使用了，換了我，非得把它們供起來不可。當然茶的味道也講究，只是我不入此道，除了能欣賞那份優雅的美之外，倒有些牛嚼牡丹之嫌呢。約好了下次她教我做「羽織」，一種和式的短外套，我們開了二十幾分鐘的車，到山裡的一家日本蕎麥店吃午飯，那家的日本そば（蕎麵店）真是好吃。只是沒有帶相機，遺憾。

因為和白田太太聊天，去蕎麵店的那一路的風景倒錯過了。不過，因為決定下個星期天和博奧帶上孩子們去吃，也就釋然，山裡的秋色還姍姍來遲呢。

〈雨季裡的閒言碎語

①昨天晚上，洗澡的時候，發現紗窗上有綠色的光亮閃爍，原來是一點螢火，這個日子裡，該是少見了的，就關了燈，把自己泡在微暖的池子裡，聽窗外的雨聲，看眼前的螢火，給神仙也不換的日子。

②雖然每天要走同一條路接送孩子，但每天都有不同的驚喜發現。那天，在路邊發現一隻小龍蝦，雖然一閃而過，我依然能確認，於是停車倒車，和卡奧理商量了半天，用她的帽子把小龍蝦帶回家，每天換水給食，養了幾天後，放牠回到小河裡，孩子做了觀察筆記，我給牠拍了相片。問了鄰家歐巴桑，說是後山的一個小河裡有很多小龍蝦的。這裡的人說以前他們也吃小龍蝦，但現在沒人吃了。心中暗喜，決定過幾天去釣小龍蝦，用紅辣椒乾炒一下，定然美味。

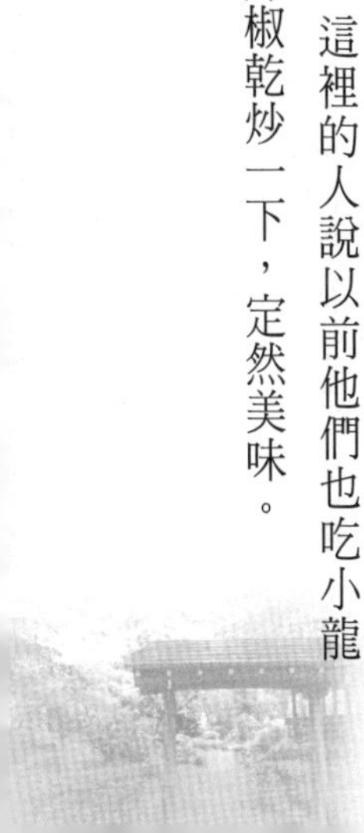

③晚上去體育館接孩子們的路上，猛見一臉盆大的東西橫在路上，停車細看，乃一肥大牛蛙，雖聞其味美，但過於龐大，對視很久，未敢下車，狼狽繞其而行。從此以後，車上常備一捕網，但那牛蛙實在太大，雖多次夜間相遇，終不敢下車動手。此乃雨季中一大憾事。

④家中的百合花已凋零，正略感傷懷，忽然發現對面山腳下，點點白色在風中搖曳，原來是野百合的春天如期而至。想起去年，老母也是這個季節來我家小住，她哪裡見過這樣的田園美景，自己就沿小道進入田間要去山腳下採那野百合，卡茲竟用中文大叫：姥姥，危險，有蛇有蛇，回來回來。我一直很奇怪，他怎麼能會說「有蛇」呢？今年回憶起來，依然很溫馨，依然很奇怪。

⑤雖然請了鄰家歐巴桑幫忙給院子除草，閒暇時分還是忍不住拎一把小鋤頭蹲下來，雨季裡的長勢瘋狂。一日正除草在興頭上，博奧大叫：躲開一下。很警覺地閃身躲開，博奧拿著除蟲劑對著一棵楓樹噴射，隨之望去，一條比手指還粗大的毛蟲，正在藥雨中扭動，我恐怖地大叫一聲，逃回屋裡，脫掉衣服跳進浴室。哎，鄉下雖有萬般好處，依然有不盡人意之處。第二天說給鄰家歐巴桑，歐巴桑笑著說：今年的毛蟲和蜜蜂都少多了，我們還擔心這樣大量使用農藥和殺蟲劑，將來蟲子都沒了可怎麼辦呢。我瞥了一眼自家的殺蟲劑，有點難為情。

⑥那日，狂雨，卻沒有一絲的風，換上游泳衣，沖到雨中刷車，雨竟有絲絲的暖意，得意處，郵差冒雨而來，把裝在塑料袋裡的信件遞到我手上，笑著說：真是好興致啊。第二天，鄰家小媽媽笑嘻嘻問我：昨天雨中刷車沒感冒哇。我說：沒感冒，就是臉發燒。

燕子的報復

有幾隻燕子想在我家門口的樑上築窩，如果是幾年前我會非常高興的，因為那時候我還不知道燕子築窩帶來的後果。住在鄉下的一個朋友的家裡有燕子自由地飛進飛出，人和燕相處的自然平和，燕子的窩就築在她家走廊上，她家是那種很古老的日式建築，在木香木色的走廊地板上，極不相稱地鋪著報紙，一問才知道，那是因為燕子的「廁所」，雖然傳說中燕子築窩能帶來幸運和幸福，但燕子確有一個不雅的生活習性，隨地大小便，甚至邊飛邊瀉，弄得我那朋友家到處是白色的燕子糞，但僅此是不能斷絕我拒絕燕子來我家築窩的念頭的，因為我完全可以讓牠們把窩築在距門口遠一點的屋簷下嘛，但是，鄰家的歐巴桑告訴我，燕子窩非常招蛇，因為蛇喜歡吃燕子蛋。

我家門前屋後足足擴充了有三四倍建築物那樣大的地方作院子，樹木都種植在此圈外，目的就是因為怕蛇侵入啊，難道我要為了一個可愛的小燕子窩就擔驚受怕嗎？決心一下，晚春的每天早上就是我和燕子戰鬥的時間了，我還算是很講理的，因為燕子剛剛銜來第一口泥的時候，我就開始用水洗刷牆壁，目的就是為了告訴燕子們，別浪費時間和力氣了，這裡不能給你們築窩的。可是燕子很倔的，他們會三番五次地在同一地方銜泥築窩，我呢，也只好堅持每天刷洗牆壁的工作，幾天下來，燕子似乎知道了我是在故意搗亂似的，開始表現牠們的憤怒和報復，他們開始把銜來的泥甩到玻璃窗上，或是門口的任何地方，如果一個上午我出門的話，中午回來的時候，門

口和客廳的玻璃上就會有一片亂七八糟的燕子銜來的泥，然後那些燕子還會歡叫著在身邊做俯衝飛過。恨得我只想買獵槍。

有一天我終於找到一個好辦法，把黃色的綢子剪成手帕那樣大小，像掛萬國旗一樣掛在門口和房簷下，黃色綢子在微風下飄蕩，燕子居然不敢靠近了，嗬嗬，我坐在客廳裡喝上釅釅的一壺香茶，看著自己的戰旗飄飄。

那天老公回家時滿臉莫名其妙地對我說：咋還掛上《幸福的黃手帕》了呢。一句話倒是提醒我想起來在國內時看的日本電影《幸福的黃手帕》了，是高倉健和倍賞千惠子演的。我說：這是勝利的黃手帕呀。從那天起，燕子倒是常來我身邊俯衝飛過，但不再報復了，牠們大概是怕那些個在微風裡飄蕩的幸福的黃手帕呀。

燕子再歸來

很多年前的那個春天，我拒絕了一對燕子來屋簷落居。

那時候，剛剛搬到鄉下，鄰家歐巴桑說燕子招蛇。又上下打量我後說：燕子的糞很麻煩呢，還會掉到頭上啊。沒有鄉下居住經驗的我，被嚇住了。

燕子是有記性的，再後來的這些年，它們再也沒有來過。

又來的一年，在我喜歡的節目裡看到了世界上燕子在逐年遞減，日本的遞減量達到了百分之六十，嚴重呼籲保護。那是一個冬天的晚上，從那一刻起，我開始期盼春天，期盼呢喃的燕子再歸來。

又等了兩年，今年的春天，一對燕子飛來。

牠們在草坪低旋，在簷下飛舞，雖然有納納偶爾的犬吠，但沒有了我拿掃把的張牙舞爪，燕子可能感到了誠意的歡迎，幾天後，在門廳的柱子上開始了銜泥築巢，就趁博奧出差的那幾日，小小的窩有了模樣，那個微涼的晚上，兩隻小燕子依偎在一處，卡茲沒有像以往那樣逗納納瘋玩，早早地關掉門燈，吩咐我和卡奧理不要出去亂吵。

這對小燕子夫婦真是千呼萬喚始初來啊。

半夜裡，博奧回來了，迷迷糊糊地聽他說燕子做窩了。我沒有回答。

第二天，忙了一早上，招呼著卡茲卡奧理上車，一出門，發現燕窩散落在地上，燕子悲鳴著飛旋，博奧手拿著一個小竹竿，正在張牙舞爪。

我大喊一聲：壞蛋，你幹了什麼啊你把燕子窩給捅了你瘋了嗎人家辛辛苦苦地用了好幾天的時間才做成的昨天晚上恩恩愛愛地在這兒住了一晚上啊你這個壞蛋今年都說好了要燕子來築巢的現在燕子都年年減少了能救一隻是一隻啊你咋這麼煩人呢你咋這麼煩人呢你……

博奧像個做錯事情的孩子一樣紮挲著手，楞楞地看著邊哭邊罵他的我。時間似乎停止了一瞬間，當著卡茲卡奧理的面，博奧突然很沒面子，頓時惱羞成怒，他憤憤地把竹竿丟到地上，說：攆也是你留也是你，看滿地燕子糞時你咋收拾。一擰身，走了。

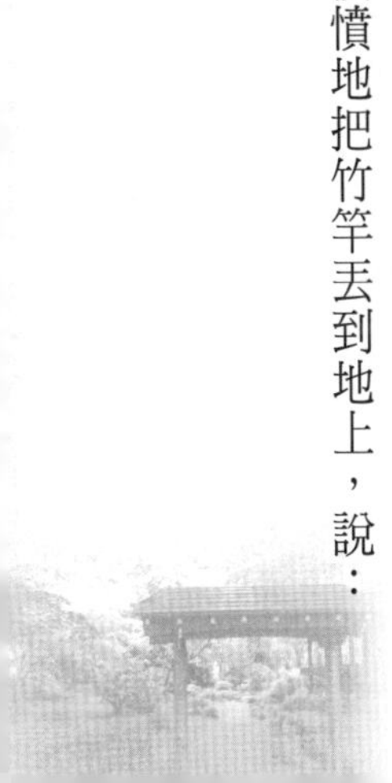

我覺得自己握方向盤的雙手冰冰涼，又不好在孩子面前嘴碎地數落博奧。只是想著燕子低旋時的悲鳴，心裡又氣又痛，眼淚就斷了線般地。

一偏頭，我那高中三年了的兒子竟也悲傷著。

心裡倒是更驚詫，這麼大的兒子怎能心軟至此。我倒是恍恍惚惚地擔心起來。

回到家，在LINE上發現卡茲發給我的相片，是昨天晚上他隔著玻璃拍的，黑暗中兩隻依偎著的小燕子。

那天一整天，破例沒有給博奧打電話問長問短，心裡一直在氣，打電話給愛蕾，喋喋不休地抱怨。說了一百多的惡毒一千多的抱怨，最後，鬆了一口氣。

愛蕾電話那端帶著笑意說：不會因為一隻燕子窩離婚吧，那你又該創造了一個傳說了。

我也笑了。

當天晚上，博奧又出差，在他妹妹家打來電話，又和博奧的妹妹一起傾訴了一大堆博奧的爛事兒。心裡的氣兒消了些，但依然惦記著那對小燕子，還會不會再來，甚至想：如果燕子不回來，那我肯定不會和博奧和好如初。

昨天下午，自己完成了兩個搭建工程，在燕子落居的地方，搭建了兩塊木板，幫助其銜泥築巢，而後便是長長的一個下午的等待。

終於，晚上來了一只燕子，在這裡安歇了。

然而，還未築巢。

今天一早，出門時，一向比我們早出門的博奧，是落在我們之後的，卡奧理跟往常一樣打著招呼，卡茲堅決不理博奧，車上問他為什麼不說話，卡茲氣憤地說：我決定一個星期不理爸爸。

我只說：「一個錯就讓你忘掉所有的好了。真是。」

卡茲說：昨天晚上那個小雄燕。自己在這裡觀察了一晚上，可能覺得差不多的話，今天就該把牠的女朋友帶過來築窩了吧。那天，巢被搗毀的時候，女朋友肯定可生氣了，剛剛建好的家，那可是一口一口銜泥築成的啊，一竿子就給捅了，真是的，太讓我失望了，媽你說，那女朋友還能跟他回來嗎？

卡茲不是愛說話的孩子，難得今天這樣天馬行空地幻想訴述給我聽。我靜靜地聽著，心裡竟然有一絲絲欣慰，如果沒有這樣的碰撞，怎麼能有機會和青春期的孩子找到一個共同的話題呢。

心裡竟有了些罪惡的感激。

收拾完家務，剪花修草，曬衣遛狗之後，還不見燕子的蹤影，心裡就泛起各種惡毒的想像，難道博奧故意晚走，然後又趕攆燕子不成？一鑽入這牛角尖，怎麼想這推測都成立。氣憤憤地給博奧打了電話：你是不是又攆燕子了？

博奧指天發誓說沒有，還表示自己其實很環保等等。

「那怎麼燕子還不來？」我問。

「你去你的書房外面一樓半的外牆上，看看，最上面的房簷下，有燕子好像在築巢啊。」

光著腳跑出去，陽光閃閃地耀眼，兩隻燕子呢喃著在屋簷下飛翔。

然而，巢是否能再建，還在等待。

「下雪的一天早上

因為博奧又是四點多出發去東京，等回頭送孩子上學之後，原本是想賴在被窩裡再好好睡一覺，可是因為窗外飄飄的雪花，因為那美景，竟捨不得睡去了。

電視裡稱這一場雪造成了關東一帶的交通混亂，博奧來電話也興奮地說東京的景色真是少見的漂亮。博奧這一點總是讓我感到快樂，他很少抱怨，任何事情總是能從另一個角度體會出美感，倒是我擔心起他的車來，他的那輛環保車是兩輪驅動，在這滑汲汲的路面上能行嗎？

窗外的雪越來越大了，枝枝杈杈一片霧濛濛的潔白，想起愛蕾在自己的空間裡寫的一篇文章的開頭——回到了美麗的大連，天空下著灰濛濛的雪。就忍不住想笑，要是雪都是灰濛濛的，哪裡還能談得上美麗呢。又想起去年暑假回大連，哥哥開著車帶我和孩子們去大連的濱海路，據說濱海路是大連很自滿的一大自然美景，哥哥的車速很慢，為的是讓孩子們領略一下車窗外的風光，可是孩子們的結論是：沒什麼好看的。卡奧理還小聲說：還沒我家門前的那條路好看呢。哥哥很沮喪，他說再也不帶日本人來這裡了。我笑著跟哥哥說：其實，我們就是住在鄉下的老鼠呀，自然的美景就是我們鄉下的普通生活呀，當然沒什麼新奇的了，我們這些鄉下老鼠，多餵點好吃的多看看熙熙攘攘的人群就滿足了。想到這，就想上網和家裡人聊聊天，說說這裡的大雪和雪下已經發芽的水仙花苞。

大雪嫣然而下，早春二月的雪色，沒有了嚴冬的凜冽，那紛紛揚揚的樣子也變得裊娜起來。關掉電視，闔上書，連音樂也捨不得聽，在暖暖的房間裡，爐子上小火煨著大棗和枸杞，那還是老友愛華從北京寄來的呢，她說多吃些中國的東西，省得忘本。喝著煮出來的微微帶點苦味的大棗枸杞水，只看外面的雪，因為沒有風，雪花飄落的過程變得緩慢，就像我現在的時間一樣，早上掃出的一條小路，慢慢地不知不覺地又沒了去向，心裡想起了博奧，要是他在，我們就會在絕色庭院的大窗前慢慢喝茶，或許他還能再為我煮上一壺熱熱的日本酒，興致好的時候，他還會唱很多關於雪色的日本歌，他的音色很棒，就是愛亂改詞。在一起生活了這麼多年，我們的默契還是有增無減，日子還是那樣有滋有味，感謝上蒼。

靜靜地，不知不覺想博奧想孩子想春天的香草園想雨中的紫陽花想露天溫泉在大雪的日子裡彌漫的霧氣。

這時一輛車開進庭院，猛然想起，昨天的電話裡說，預約的鋼琴今天送來，看來放學後，孩子們該是最高興的了。

門鈴響了，我得去接鋼琴，再聊吧。

我家的天堂時間

兒子是在上小學三年級的時候才給他買遊戲機DS的，按我的意思是一直不給他玩遊戲機才好呢，但是那天學校來了個調查表，要填寫上孩子有沒有遊戲機？幾臺？每天玩多長時間等等的調查。後來調查結果出來，三年組裡只有兩個孩子沒有遊戲機，其中就有我兒子。不知道我這個做媽媽的是應該驕傲還是沮喪，於是我去學校找到兒子的擔當老師，說出了我的疑惑，請她幫忙。老師也很為難地說：玩遊戲機是不好，所以我們的調查表就是想讓家長配合，保證孩子們有更多一點的學習和戶外活動時間吶。但是——老師說：現在的孩子在一起的話題很大一部分是關於玩遊戲和交換遊戲卡的，所以。

所以，那年的大年初一，也就是兒子的生日那一天，我們就給兒子買了一個黑色的DS，同時還讓他挑了兩張卡，我無法知道兒子是不是因為有了遊戲機就有了朋友，但我知道的就是本來戶外活動就不多的兒子，自從有了DS之後就更不願意出門了，他從來沒有過自己主動放手不玩的時候。後來，也就是一年半左右，DS更新換代，女兒也買了一個粉紅色的，機能更加先進，再後來，兒子要求買ＰＳＰ，並且說了它的好多有益的功能，比如可以接上電腦下載音樂，可以看電視當然平時可以聽音樂等等，那時候，正好博奧妹妹的孩子來我家玩，那孩子比我兒子只大一年，他那個ＰＳＰ整天掛在腰間，接個耳機，把我那兒子羨慕的都變成兔子眼了。ＰＳＰ的機能到現在我還沒弄明白呢，但是我決定買一個非常人氣的遊戲機——ＷＩＩ任天堂。那天是星期天，孩子們興奮不已，博奧對ＷＩＩ沒有什麼特殊的感覺，他以為不過就是孩子們玩的遊戲機罷了。而我呢，也不過是聽我的那幾個一同喝茶的日本女友說的一些好處而已。大體上我只是認定要買能運動的那種。

在博奧的公司不遠處新開張了一家電器行，恰好那附近還有一家不限時的自助餐，裡面有各個國家的料理，又大又整潔，味道也不錯，價格又不貴，帶孩子去是很合算的。那天我們先去那裡吃飯，原本對吃相當熱心的孩子們，那天很快就結束戰鬥，急忙急火地要去電器行。恨得我都有點後悔為什麼要吃自助餐了，要知道孩子們只是這樣地吃一點點就完事兒的話，還不如去吃定食呢，一人一份，還便宜呢。

山田電器是日本有名的電器行，也是這個城市裡最大規模的一家了，那天風大，店門附近的地方都滿車了，只有身體障礙者的車位是空的，日本人在這方面的教養還是真可以，那幾個車位就那樣地空著。我故意說：要不咱們就把車駐在這兒吧。卡奧理馬上大聲地反對說：那可不行，那是給身體有殘障的人用的，我們可以駐遠一點走過來嘛。看，這就是日本學校裡的教養教育，這樣的孩子領到哪兒去也不丟人吧。因為是連鎖店鋪，貨架擺設的位置幾乎沒有改變，孩子們輕車熟路就找到了遊戲機賣場，博奧買東西乾脆俐落，叫來服務員，指指點點，還沒等我弄明白，他和卡茲就奔收銀檯去了，我趕緊去確認一下是不是能做運動的那種，得到證實之後，我就負責交錢了。兒子和女兒分別拎著一堆機器，我們歡天喜地的回了家。

卡茲對電器方面也還是有點小聰明的，都沒用他老爸伸手，三下五除二就安裝好了，從此

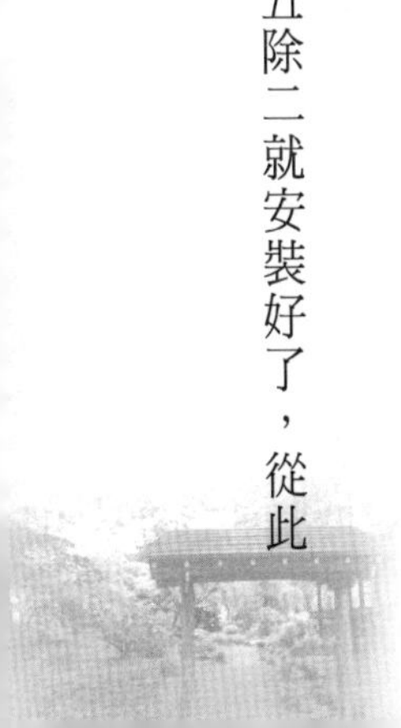

啊，我們家就有了吵吵鬧鬧互相協力的氣氛。

前幾天博奧的肩痛得厲害，家裡的運動器械倒是不少，但是那種單調的運動誰也堅持不下去，博奧寧可那麼痛著也不願意動彈，可是有了ＷＩＩ就不同了，他和卡茲開始打保齡球打棒球打網球分勝負，為了不在十一歲的兒子面前丟面子，他居然趁孩子們上學的時候偷偷練習，開始的時候博奧天天叫喚肌肉痛，沒幾天下來，他突然驚喜地告訴我：肩不痛了。現在全家人每天都要集中一個多小時的時間打比賽和進行體力測驗。說到體力測驗，我就惱羞成怒，本來我一向以身體靈活能跑慣跳為自豪的，想我當年三歲習武，雖然十五六歲上的時候就半途而廢了，但畢竟翻跟斗打把勢樣樣都能，可是第一次的體能測試下來，我居然是五十六歲，可把我嚇了一大跳，孩子們開始嘻嘻哈哈地叫我媽媽歐巴桑，而博奧居然是二十三歲，要知道最佳的體能年齡是二十歲啊。博奧那傢伙一本正經地問我是不是結婚的時候隱瞞年齡了。恨得我呀。然後我也學博奧的做法，在他們都不在家的時候開始自己給自己積分數，把我的運動儲金箱充分利用起來，別看幾分幾分鐘的積攢，等到一回積滿三十分鐘的時候，我也累得滿頭大汗氣喘吁吁了，不過，幾個星期下來，我的體能年齡開始反彈，從開始的五十六歲到第二個星期的六十四歲，然後就是突破三十歲大關，現在我基本上是二十八九歲了。最可喜的是卡茲，他再也不盯DS和ＰＳＰ了，每天飛快地完成各種作業，然後就像瘋了一樣的打棒球，儘管他老爸一再提醒他：在這裡打的點數再多也和真正的訓練不一樣啊。但還是不能打消他的積極性，每天汗流浹背的打兩個多小時，嘿，這一冬天居然沒感冒。

現在啊，博奧又打探出有一種測腦年齡的軟體，這個星期天就打算去買回來，他們三個人都興高采烈地計算著自己差不多該是多年輕或多聰明呢，我首先聲明，只玩不參加你們的比賽，省的輸了被喊做老太太，因為我是個外國人，要是拿中文的題來測我的話，我肯定能超超天才呢。反正他們不懂中文，瞎說唄。

我建議，在這樣經濟不景氣的時候，減少出國旅行，減少各地觀光及遊玩，改作把ＷＩＩ買回家，全家其樂融融，又省錢又能調節家庭氣氛，該多好哇。不信你也試試看。

偶爾的夜裡喝一小杯清酒

酸菜燉在鍋裡，預備明天早上煎的肉醃制在冰箱裡，最後一波衣服晾曬在客廳的架子上，最喜歡在冬天的屋子裡掛曬衣服，沒一會兒，便有濕濕的氣味，感覺上又到了我喜歡的雨季。這時候，博奧已有了微微的鼾聲，卡奧理的床頭燈也熄掉了，卡茲在浴室裡也該出來了。我呢，一個人，佔據著偌大的客廳，給自己倒一杯淡淡的清酒，手頭上翻著的是一本國內友人幫忙淘來的《藥林外史》。一天，若少了這個句號，我就覺得不踏實，這是多年來在國外生活養成的習慣。

其實，這樣的形式是多樣的，比如有月光的八月的晚上，常常去鄰家的那一大片池塘，記憶裡便是朱自清的《荷塘月色》了，如果是螢火蟲飛舞的日子，書是不看的了，搬一張躺椅，在院子的草坪上數那飛來飛去的小燈籠，那時節，倒真是「蛙聲一片」的吵人呢。等到玫瑰開的時候，晚上最有趣的就是拿鑷子抓玫瑰上的蟲子了。只有當毛毛蟲還沒成蛹到處爬的早春時節，是不敢出門的，大部分季節的晚上，總是喜歡給自己一點時間，在院子裡或附近傻傻地待一會兒，有時博奧也來湊湊，不過，在那樣的靜謐裡，對話也是懶懶地可有可無地，索性兩人就不說了，慢慢地喝著手裡的酒，嗅著花草的香氣，就那麼待著。

只有冬天的時候，才耗在家裡讀書，這時候就是另一番天地了。

日本是不過舊曆新年的，但這個日子，中國人是很不容易被忽視的，不管電視裡播著中國人來日本瘋狂大購物的新聞，也不看微信上的那些拜年的視頻——呵呵，連文字都省略了。算計著把愛薔的那款縫紉機借到手，那幾塊布料今年夏天得穿出點風采，去年就開始手癢癢，腦子裡不斷地變換著各種各樣的服裝效果圖，今年得落實。還有院子裡早春的花也該動手了，後院的露天浴室得搭個籬笆帷帳，卡奧理的房間還要做一個衣櫃收納，博客裡的文章也想今年結集出版一下，還有手頭的小說也該整理一番一同出版，瑜伽教室體驗也到期了，該正式去上課了，而四月的新學期，在另外一所城市的大學裡開課的教案也正在準備。一個春天就這樣有條不紊地來了。

偶爾的晚上，慢慢地數落自己的日子，還是悠然的恬靜的，一想，就覺得很愜意，是那種淡淡的快活。

酒杯空了，夜深了，睡去吧，四季裡，只有這時的夜晚最安靜。

〈今夜老公不在家

因為工作的關係，博奧每個月都要去東京一兩次，忙的時候，通常是下午才能動身，老公不喜歡坐新幹線，就開著他的大車往返在高速公路上。新婚的時候，他就是下半夜也要趕回來，我呢，當然也盼著他回來，可是跟著他往返東京幾次之後，我就一再地勸他不要往回趕了，太晚了，就在琦玉縣的母親那兒住一晚上。因為夜裡開高速實在是又累又睏吶，我心疼他，他當然知道，可是他每次還是盡量往回趕，也只因為我曾說過，拉不到他的手睡覺不踏實。

可是總是有例外的時候，如果下午走得太晚，第二天上午還有事情沒有結束的話，博奧就去住她母親家裡。每當這個時候，我最最盼望的就是吃晚飯的時間了。我是東北人，從小家裡的飯桌上總是出現一道沾醬菜，後來飯店裡把它叫做豐收菜，其實就是乾豆腐捲上時令蔬菜抹上黃豆醬的一種最樸素的吃法，只是無論時令蔬菜如何變幻，唯一不能缺少的就是大蔥，對大蔥的懷念，不是東北出身的人是很難體會和理解的一種感情。最近幾年，誰要是對我說：要回中國你想帶點什麼？或者誰要來日本的時候，我都要拜託給帶一罐黃豆醬來，然後細心地保存，慢慢地享用，偶爾，家裡做上一頓炸醬麵，我還捨不得多用呢。但是，用這黃豆醬蘸黃瓜吃，蘸辣椒吃，拌飯吃，甚至蘸白菜幫吃都能被博奧和孩子們接受，只是有一天我實在忍不住蘸了一根大蔥吃，孩子們就強烈要求我戴上口罩，博奧倒是夠體貼，他不要求我戴，自己倒是主動戴上了。

說日本人不吃生蔥生蒜也不對，他們吃蕎麥麵的時候就要在被稀釋的醬油裡放上很多蔥末，所以在蕎麥麵店裡的結帳檯那兒都放著一小盒口香糖，供客人隨便拿。再說日本人吃一種叫鰹魚的生魚片的時候，是一定要蘸蒜泥吃的，吃這些東西當然也是有熏人的味道的了，但那和整根的大蔥蘸大醬比較起來真是小兒科了。我有一個來日本後認識的朋友，她是東北人，是個鄉下孩子，對大蔥大醬的感情比我要強烈得多了，她的老公也是我的朋友，在他們新婚不久，有一次來我家玩，她老公悄悄地背著我那朋友問我：她常常吃生的大蔥蘸大醬，還吃生蒜，是整瓣整瓣地吃，我想問問是不是中國人都這樣吃啊。我笑著告訴他，不是所有的中國人都這樣吃的，只是像我們這樣的東北人，長時間不吃這東西就怪想的，還容易精神壓抑呢，所以該吃還得讓她吃嘛。他老公一臉苦相說：那我就得戴口罩睡覺了。呵呵，看來戴口罩睡覺的不止我家博奧一個啊。

話雖這樣說，我因為胃不好，也不太敢吃生蔥生蒜的，再加上讓博奧戴著口罩睡覺我也看不慣，所以博奧在家的時候我基本上還是不吃那些東西的，但是偶爾，就像今夜，博奧不在家，我突然之間就想吃大蔥沾大醬了，於是就給自己倒一杯青梅酒，剝一根筆直的大蔥，遺憾的是黃豆醬沒有了，改作蘸日本的大醬，在孩子們一片指責和詢問聲中慢慢咀嚼家鄉的味道。

今夜老公不在家，心無愧疚地大吃一頓大蔥蘸大醬，大不了，明天戴一天口罩吧。

〈三月的美是穩穩地不假思索地

三月是春天。

在我那被稱作白山黑水的故鄉，春天，就是一朵蒲公英的小黃花，然後便是凜冽的風沙，三寒四暖的天氣，偶爾夾著雨絲的冰雪。春天，是日曆上的，是唐詩宋詞裡的，是遙遠的南國的。那時候，春天，是我和妹妹圍坐在被窩裡看窗上霜花的記憶。我是喜歡植物花草的，翻爛了母親的中醫草藥大全，圈圈點點，想像的春天在書裡百花齊放搖曳生姿。

那時節，我的春天是書裡的。

三月真的是春天。

我一直以為自己是深沈的，遲暮的，是最喜歡秋天的，可是，是從什麼時候開始的呢？盼著春天，盼著花開，看那蒲公英織就著的金黃地毯，看那桃紅杏白，依依楊柳，還有那美輪美奐的櫻花，這當前美景印證著我記憶中的唐詩宋詞。

我真的是喜歡上了春天。

微涼的三月，就是夜晚也美得驚人，春天的星空，清亮而勃勃生機。這時節，最想做的就是逛農店花店，每年用花草妝點我的庭院，是春天最大的一份快樂，那年，除了花草之外，還預備出了一小塊菜地，時令蔬菜也種上，卡奧理霸下了種西紅柿的大花盆。全家一同搭建玫瑰牆，廢棄的輪胎也排列在各個角落，裡面預備了各種可食可用的香草，這時候，我最原始的農業意識蠢蠢欲動，設計一個春天，把這種快樂一直延續到滿山紅葉大雪紛飛。

每到這個季節，我還喜歡收拾房間，因為剛好三月有日本學校的春假，我在學校裡的授課三月中旬就結束了，這時候，有興致就翻箱倒櫃地收拾家，還延續了已逝去的父親的習慣，雨季之後開始曬書，那種暖暖的春末，落紅無數的庭院裡，狗兒懶睡在腳邊，不識字的清風纏綿著我的書，偶爾有銜著蟲子的鳥兒劃過天空。這個季節，音樂是不聽的，連手機都放得遠些，心裡就是穩穩地散漫地歡喜。

三月怎麼就那麼好呢。春天怎麼就這樣迷人呢。

山裡的日本蕎麥麵

不知為什麼，今天的情緒和燦爛的秋陽唱了反調，心情鬱鬱，連豔豔的菊花都懶得看了。博奧在他的電腦上鼓搗了一陣子，說了聲要去法務省，就打算出門，我靠在門上跟他找碴，他也不氣，笑嘻嘻地說：又到更年前期綜合症發作的日子了吧，收拾收拾，辦完事兒，我帶你去兜風。

因為在法務省耽擱了很久，等他出來的時候，我在車裡已經睡的天昏地暗，當然心情也好了起來，我堅持自己是因為睡眠不足才導致情緒不穩的，和什麼綜合症可沒關係。博奧只是笑，不做解釋。夠壞的。一覺醒來，覺得肚子空落落的，就告訴博奧，我想吃そば（一種手擀的蕎麥麵條）。博奧一本正經地問：你喜歡什麼そば？我說當然是日本そば。博奧認真地看了我一眼說：我可不是。咦？這我倒覺得奇怪了，難道你喜歡中華そば？（拉麵的一種）博奧認真地說：我喜歡在你的旁邊。如果你知道日語的話，就會覺得很好玩的一種語言遊戲或者是一種意外的深情。日語裡そば的發音有兩個意思，就是同音不同義，一個是蕎麥麵條的意思，一個就是旁邊，身邊的意思。在意想不到的時候，博奧講出來，我一下子就覺得陽光燦爛了起來，女人就是這樣容易被感動，尤其像我這樣的傻女人。

按著一個樸素的路標，一路走去，儘管風光旖旎，但山路還是愈來愈險，就在想放棄的時候，那個最初吸引我的路標總是恰到好處地出現，我們就像被施了魔法一樣，被誘致山林深處，那是一間日式的木造平屋。拉開門，高大的房樑一掃舊式的那種低矮感覺，在保持了原有的日式風格上，增加了濃厚的現代品位，最可喜的是，任何一個小小的細節都經得起推敲，看得出，這家的主人還是很有品味的。博奧給我要了一份天婦羅そば，用的是鄰家自家種的南瓜，而蘑菇，說是自家在後山上採來的，就這樣簡簡單單的幾樣，定價就是1500日圓，雖然環境舒舒服服，窗外的風景也賞心悅目，但我還是覺得有點貴了。是不是做了家庭主婦的女人都變得這樣沒情趣了呢，我問博奧。博奧不理睬我，一心一意地品嚐在正午的光線下看起來像是透明一樣的日本そば。

人的情緒總是在不知不覺的一個瞬間會發生鉅大變化，如我現在，真心真意地感覺到幸福是那樣漸次地彌漫開來。

散步路上的渡邊家

「花見」季節最後的一道風景「櫻吹雪」一結束，隨著綻放的就是玉蘭，桃花，連翹等等，漫山遍野的色彩也是朦朧起來，日本人把這個季節叫「新綠」。其實，在福島縣的新綠季節時，山櫻和八重櫻也是悄悄盛開的，還有那些不知名的山野草，似乎忍了一冬的豔麗都在這會子綻放

了。

從家裡的半山慢慢走下去，納納是歡快的，牠的世界的最遠方就是這條環繞一座小山的散步路，也是我隔三差五積攢下來的喜悅。

好像不久以前，還笑著對愛薔說：瞧瞧那些歐巴桑，怎麼就一到下午就全身武裝著去遛狗呢，有意思嗎?這不，話音還未落，我怎麼也就成了那樣的歐巴桑呢。

沿著稻田走下去，有一座小小的池塘。

我們這個部落裡，十三戶人家，有兩戶是自己家開的公司，一家手工作坊，兩家公務員，一家教師，一家和尚，還有幾家是普通的公司職員，這些人家都有自己的耕地，加入了農協，退休後的爺爺奶奶算是專職農業，父母輩的是半工半農，孩子們每逢農忙時節也是要幫忙的，常常在田地裡看到孩子們也是穿上工作服一絲不苟地幫忙。

我家雖有土地，但沒有耕地，所以沒有資格加入農協，因為自家有公司，所以加入的是商工會，這裡，也是有組織的。此乃別話。

話說一路到池塘，荷葉浮萍的正是好時候，這時的稻田灌滿了水，據說這水是山上的河水引下來的，我們這兒的稻米是比較有名的啊，因為水好，有自然形態作證，那就是每年梅雨季節時的螢火蟲，這裡是螢火蟲的故鄉嘛。這個時候散步的納納進程很慢，水渠裡會有河魚河蝦什麼的，納納捕得很歡快，渾身也溼漉漉的。

這個季節，走到渡邊家的手工作坊，就很難前進了。

渡邊太太退休在家，培養了一個非常貼切的興趣——種菜。渡邊家的耕地已經租給別人種了，門前有一大片菜地，半邊種了花花草草，半邊是各種應季蔬菜，這幾年，應季蔬菜的種類越來越少了，相反，馬鈴薯，大蘿蔔等等一季根菜多了起來。是的，渡邊太太說：有點兒幹不動了。

渡邊太太的老公是一個手工業者，做那種日式拉門的，細細的板條拼成各種複雜的形狀，或糊上日本紙，還做一種和式拉門上面的雕樑畫棟的裝飾板。

把納納交給渡邊太太，在充滿刨花味道的工作室裡，即便是上了年紀戴著老花鏡，渡邊歐吉桑依然一板一眼地雕琢著手裡的活計，手指粗壯而有力，這個時候，我們就會有一搭無一搭地聊天。渡邊家的兩個女兒都遠嫁了，沒人傳承他的這門手藝。問他要不要收徒弟？我打算去的。渡邊歐吉桑搖著頭說：這可不是在雜貨店裡的木工房學著玩的啊。說罷還狠狠地瞪我一眼。

我知道在日本學手藝做弟子很難也很辛苦的，不是說收就收的，當然更不是想拜師就能拜的。據說有一些名匠的門檻要排上好幾年，也未必能入得了門呢。這個程序做法，還是挺讓我感動，有似曾相識的感覺，小時候看那些寫舊社會藝人們生活的書時，嗯，就是那種感覺。渡邊歐吉桑是高倉健那個年代的日本男人，話不多，手腳勤快。跟我說的最多的就是魯班是他們的神，日本人的民宅都是木建築，說起木頭，誰個不稱魯班為神呢。

渡邊太太到底又是拿了一籃子菜給我，反覆地教我怎樣吃，渡邊歐吉桑在邊上直樂，說：你都教她有100次了。

說是遛狗散步，每每就被截在鄰家，然後還要重重地拎一大包菜回家，有時候也覺得對不住納納，說好了是帶人家散步的，怎麼就變成了你們國際交流了呢。

所以，偶爾，我還是會從另外一條路帶納納去散步，那條路，不是我們部落的，彷彿是年輕人家，平日沒人的，只有一條納納差不多的小犬，牠們兩個倒是汪汪汪地聊個沒完沒了呢。

〈執著的稻田和玫瑰

在這座城市的中央，有一塊稻田，每每開車走過，心裡都很異樣，從稻苗禾青到稻穗金黃，在高樓林立充滿廢氣的地方，這一片稻田，像是橫空出世的愛情，滋潤著來往的人群。

後來從住在這座城市裡的我的學生們那裡知道，稻田邊上的那棟白牆青瓦古老的小二樓住著兩位老人。常常在天好的日子裡，能看到一個衣著簡樸的歐吉桑推著坐在輪椅裡的歐巴桑，在小小的庭院裡曬太陽，歐巴桑的臉色蒼白秀麗，即使是大熱的天裡，腿上也蓋著毛毯。歐巴桑表情安詳，似乎沒有看到周圍林立的高樓和來往的汽車，她的眼裡一直盯著那片稻田。

正值仲秋，稻穗沉甸甸的，泛著金黃，因為這片田，便有一只灰色的大鳥在這裡盤旋。

我問過農家的朋友，這樣一塊稻田，大約三十公斤一袋的米能產十二袋左右，這年老的夫婦斷然是不會因為飽腹而播種的，那麼還有什麼故事呢?我一直覺得是個謎，也就是這謎一樣的稻田，給這座城市繁華的地段增添了無以言傳的魅力。

四號線是一條繁華的貫穿半個日本的國道，這條國道邊上最多的就是加油站和飯店，即使在兩座城市的中間，也很少看到私人宅邸，大概是太吵，廢氣太多加上地價貴吧。

每個星期我都有穿越這座城市的機會，千篇一律的路面建築讓人只想打瞌睡。也就是那一年的春天，在路邊的高地上，出現了一大片玫瑰。是這玫瑰來的突然，還是一直被忽略了呢。我無從知曉，只是從那一年開始，這條路不再枯燥。

後來聽說，是一對退休的老人，從大阪移居來這裡，買下了這片荒廢已久的地方，種起了玫瑰，又過了幾年，那爬得密密麻麻的玫瑰長廊下面偶爾就開一場小型音樂會，開車打那兒駛過的時候，伴著陣陣玫瑰的香氣，還能聽到隱約的音樂。晚上，點起照明，各色玫瑰在燈光下美豔，雖然景色對開車的人不過是一晃而過，但那瞬間的驚鴻一瞥，總是能滋潤匆匆忙忙的心。

就想，等到我也退休的時候，能做些什麼呢？

種上滿園的香草，然後烤各式麵包，沏上釅釅的茶，和這些相處幾十年的異鄉老友聊聊天，或者在響晴的晚上，躺在草坪上聽博奧彈吉他，今生足矣。

〈小小酒店

好容易這個星期五的晚上有了空閒，博奧建議說出去吃飯吧。通常帶孩子出去吃飯大都是很

大眾化的那種地方，像拉麵呀旋轉壽司呀吉野家的牛肉蓋飯什麼的，可是這次博奧說要帶上全家去一家正經的日式料理店，是那種只有晚上才開始營業的飯店，這樣飯店的客人幾乎都是晚上出來喝酒娛樂的客人的第一站，通常憑料理的色香味為拿手，那些晚上出來應酬的客人們，先是在這樣的料理店裡以吃為主喝為輔，滿腹之後開始去一家又一家的有小姐有酒有卡拉OK的地方，那樣的居酒屋在我的另一篇文章裡寫過。

博奧常去的這家日式飯店，老板兼廚子，過去是賣魚的，所以他家的生魚片比別家的味道要好吃得多，據老板自己說，他的手弄過三十多年的魚，現在一搭眼就能知道大體上味道會怎樣。博奧還算有良心，這樣的地方也沒悄聲不響地自個享受。

車子在市中心的大街小巷裡轉來拐去，終於在一個小巷子的盡頭停了下來，因為事先打了電話，那麼小的地方也給留了車位，小小的日式門簾半掩著一個小門，通過青石板的小路，進了正門，服務臺上沒有人來招呼我們，博奧搖了搖放在桌子上的鈴鐺，一個穿和服的半老徐娘滿臉堆笑地帶著我們穿過彎彎曲曲的走廊，來到一間榻榻米式的房間。因為孩子們很久沒在一起玩了，所以還約了愛蕾一家帶著孩子來，吃飯嘛，還是喜歡熱熱鬧鬧的有趣。

因為博奧常來，點菜的權力就交給他了，先上來的是各種單品小菜，沒一會兒，正經的生魚片大餐就端了上來，呵！真是養眼，整體看上去簡直就像工藝品一樣，讓人捨不得下手吃掉它。本來孩子們要的是金槍魚蓋飯，但看到這道大菜上來了，就連呼上當，放下蓋飯不肯再吃。

兩個男人興致勃勃地喝啤酒聊天，我和愛蕾不肯再說話，怕把嘴佔上，耽擱吃生魚呢。我看著博奧杯子裡琥珀色的啤酒，真想喝上一大杯，但一想到如果我喝了酒就得找代行——能幫客人把車開回家的服務出租車，還是忍了吧，在這個城市找代行到我家居的鄉下，要八千多日圓呢。博奧笑我小氣，但我總是覺得那樣還是有點浪費，何況我又不是非喝酒不可的饞。

孩子們熱熱鬧鬧地邊吃邊玩，老公滿心歡喜地看我的吃相，沒結婚前他就帶我去過一家很地道的壽司店，那裡的生海螺非常好吃，雖然後來又吃過很多家的，但那第一次吃的那味道卻一直到現在我還念念不忘。我對博奧說這家的生海螺很好吃，跟那第一次吃的那家不相上下。博奧馬上就要單獨再要一份來，我連忙搖手制止了他，天啊，這一大盤子的生鮮還沒消滅掉呢。

那天我們吃到很晚，愛蓄的小孩子睏的開始鬧人了，我們才離開，因為博奧提前把帳結了，所以吃完的時候連那個滿臉堆笑的和服女人也沒出來打招呼，我們嘰嘰喳喳地穿過走廊繞過回廊，昏黃的小小燈籠在微醺地晃動著，燈光透過碧綠的葉子隱隱射到路上。

回家的路上，孩子們在車裡睡著了，博奧和我有一搭沒一搭地聊天，我說那店裡為什麼沒有人送我們出來呢？那麼好看的盤子和碗，萬一被我們順手拿走幾個呢？博奧半酣地說：那麼明目張膽地做小偷，還沒有王法了呢，那可是犯罪啊。我伸了伸舌頭：不過說說而已，誰還能真拿嘛，只是他們也夠大意的了，不是給人創造做賊的機會嗎。博奧嘟嘟囔囔地說：沒人願意利用機會主動做賊的，你夠傻的。說完就睡了過去。夜晚的路邊即使是鄉下也閃著反光柱，一排排地看去像是一串串星星，把音樂放小，平井堅的《古老的鐘》懷舊而安然地在車裡蕩漾。

一頓美味的晚餐，也算是一次日歸的小旅行吧。

小小放任

如果不是星期日，孩子們每天的日子都是中規中矩的，上學——上學塾——寫作業——練體育，孩子們還好，我倒是常常覺得枯燥的無法忍受呢。難得卡奧理有下午2：30放學的機會，我提前把我的大紅馬停在學校駐車場最顯眼的地方，看著小丫頭歡快奔來的小小身影，那種幸福的感覺是無法言喻的。

把冷凍後的冰紅茶遞給臉蛋熱得紅撲撲的她，卡奧理開始喋喋不休地和我說著學校裡的事兒，這是我在車裡和孩子們最快樂的話題，突然之間，卡奧理就住嘴了，她認真地撩了一眼車窗外，口吻極其認真地說：這可不是回家的路，也不是去小班的路。然後情緒轉化的非常快地說：是去愛薔家吧，一定是的。我就是不回答她，讓她亂猜。一路上我和女兒說說笑笑，好開心。

車子穿過四號國道線，穿過小鎮，就是一片田野，按著路牌，拐進一片叢林環繞的地方，是大大的停車場，在平日的這個時間裡空蕩蕩的，卡奧理想起來了這是過去去游泳教室的時候要經過的地方，後來轉到別的地方上課，這裡就少來了。這裡有一個很大很大的牧場，還有棒球場和陸上競技場以及游泳館，當然還有的就是一個以40幾萬株菖蒲而著名的自然公園。每到梅雨季節，菖蒲和紫陽花相繼綻放，那種鬱鬱的美麗是難以言表的。我第一次知道菖蒲還是在梵高的畫裡，那幅畫的題名叫《鳶尾花》——在辭海上查來，菖蒲是多年水生草本，有香氣，莖可入藥。據說還叫做溪蓀和蝴蝶花，倒是鳶尾花的叫法沒有查出來，但在日語字典裡寫有——あやめ科鳶尾屬——的字樣倒也和那幅畫的題名沾了點邊，想必那畫當初是從日本翻印過來的吧。

梵高的菖蒲顏色用黃太多，耀眼的明亮裡有一種歇斯底里的哀傷和絕望，原本我是比較喜歡的，但是自從在這樣的季節裡看到了這樣鬱鬱開放的菖蒲之後，我覺得梵高的畫真是境由心生啊，這裡的菖蒲在朦朧雨霧裡靜靜開放，顏色偏冷姿態優雅，散發出來的感覺也是那種淡淡的洞察萬物般的憂鬱，是那種自由自在的安詳，很高貴。可能是荷蘭的菖蒲季節不在雨季吧。所以很難看出梵高的《鳶尾花》裡有這種憂鬱的安詳。

卡奧理丟開來我的手，撲到水上亭邊的欄桿上開始數菖蒲的顏色有多少種，靠在欄桿上，聽水音涓涓，眼前滿眼的藍紫色世界讓人心頭似乎有霧昇起，就連卡奧理數數的聲音也變得小聲小氣起來，藍色的憂鬱散發出無形的氣息，籠罩著這個遠離市區的地方。路的那一端有一對老年夫婦攜手緩緩走來，不知為什麼，一眼望去，原本憂鬱得有些傷感的心，一下子因為看到年老的恩愛而變得安詳起來。

拉過卡奧理的手，邊向停車場走邊說：咱們去吃一個大冰淇淋怎麼樣？

回城的路上有一家佇立在田間的大大超市，那裡有非常好吃又好看的冰淇淋，和女兒合吃了一個「丸子三兄弟」心滿意足。該回家寫作業了。卡奧理自己倒是張羅起來，看來這小丫頭的學習自主性還很強呢——有時候。

在車裡，卡奧理沈思了一會兒說：媽媽，咱們吃冰淇淋的事兒還是別告訴哥哥吧。

我沒吱聲。

她又說：哥哥那麼愛吃冰淇淋，知道了會很生氣的。

我說：你自己看著辦吧。

一路依然風景如畫，到家。

後記：幾個小時之後，兩人像通常一樣吵架時，卡奧理還是忍不住地說了出來。而且帶有十分的顯擺，果然，卡茲一下子變得很氣餒。和好之後，那天卡茲就不斷追問卡奧理吃冰淇淋的細節等等，看著真有意思。我決定哪天提前放學後再來一次意外的小小放任，為了孩子們的那份喜悅，當然也為了我自己的放鬆片刻。

小鎮情緒

卡奧理和卡茲的英語小班，正好是一個下課一個上課。博奧回來早的日子，就和我一起走路去接卡奧理，不管怎麼說，白天是越來越短了，哪裡放得下心，讓小丫頭一個人穿過那座陰森的公園呢。再說，這小丫頭的想像力也太豐富了，上次放學後和一個小同學約好一起回家，她在路上就把人家給嚇哭了，問了她，她還振振有詞地說：那風在我腳邊颳起落葉，我還真的以為是有誰摸我的腳呢。

卡奧理騎著她的小紅自行車，帶著紅色安全帽，身上斜掛著反光帶，從我們對面飛快地迎了過來，一臉的興奮，絲毫也不害怕的樣子。

小鎮的夜景很受看，一排路邊的立地豎燈，走過的時候就會有淡淡的音樂響起。以往是開著車呼嘯而過，哪裡能體會到小鎮上細膩的風情呢。

其實這是擁有八萬人口一座城市，雖然算是三級城市，但感覺上是我想像中的小鎮，我就習慣叫她小鎮。

平時開著車轉來轉去，還以為這裡是一片平地呢，直到騎了卡茲的自行車才驚覺，原來這裡竟是上坡下坡，那個累呀。看卡奧理風馳電掣地騎上坡，一點不顯累的樣子，就懷疑自己是不是老了，說給博奧聽，博奧笑得緩不過氣來，後來才知道，把自行車調到3檔就是爬坡檔，就算是上坡，也如履平地一樣輕鬆了。呵呵，原來如此，不是卡奧理的實力了，我又有理由以為自己年輕了。

小鎮的中心區就是兩條老街道，白天這裡很冷落，大多數的人都集中到了後建的兩處圈樓，那裡有大大的停車場，有各種大超市和娛樂場所，老街就顯得落寞不堪了，這街道上的各種店鋪，在汽車未普及的年代，曾經無比的輝煌過，那些老店鋪的感覺，依然是殘留著繁華落盡的風韻，也是我喜歡的一種感覺。而店裡的人，想必是日子依然豐盈，態度不急不躁，悠閒得令人疑惑，後來才聽說，為了保護這些延續著這座城市歷史的老街道，當地市役所是有政策的，比如說免稅收給補貼什麼的。原來如此呀。

到了晚上，這些老街道才顯得生機勃勃起來，白日裡看不見的街邊角落裡，點燃了一盞盞橙黃色的燈火，行人也多了起來，街上竟飄出了燒烤的碳香，小小的拉門，短短的門簾，偶爾有穿和服的半老徐娘，在燈火中蕩漾出誘人的笑聲，有成幫結隊的單身男女穿過街道，留下一縷縷青春的香氣，還有單獨出入的中年男人，一個人也能把酒喝得滋滋有味，更有那些妖豔的穿得像好萊塢電影裡的酒會一樣的衣著的陪酒女郎，使這個小鎮是夜晚充滿了誘惑和香豔。

博奧提議去吃點夜宵，卡奧理當然不會反對，一想到我不用像以往那樣因為要開車，只能喝茶，當然舉雙手歡迎。

那家車站前面的小店，在星期一的晚上有點冷冷清清，但博奧說這裡的南高梅酒釀得非常好喝，而且小菜也不錯，據說是他家鄉下老奶奶自種自收自醃制的，果然，尤其是黃瓜，清脆芬芳，就是價錢貴了些，一根要350日圓，不過一想到那個彎著腰的老奶奶精心精意的勞作，倒也值了。只是梅酒我倒沒覺得怎樣，比較起來似乎愛薔釀得更適合我的口味，小聲地說給博奧，喜歡看他很氣餒的表情。

遺憾的是沒有帶相機出來，沒有拍到那些漂亮的小碟小碗和精美的小菜。只是卡奧理拿了我的手機拍了她的飲料，淡紫色的飲料裡面插著一根淡藍色的蘇打冰棒，淡紫色裡面隱約著亮晶晶冰塊，而淡藍色的蘇打冰棒慢慢的融化成一絲絲的藍色，很魅惑的，名字好像叫「魔女的泉」。但卡奧理好像並不是很愛喝，她的小心眼裡就是要饞饞卡茲罷了。

出了小店，回家的路不到200米了。風裡已經有了冬天的寒意，而微醺的心情很適合這樣的夜晚。愛薔說她希望老的時候去沖繩居住，那裡四季常青永遠的夏天。我和她正相反，我更喜歡四季分明，尤其是微冷的季節，那麼就在這裡了卻一生吧。

小魔女的恐懼

晚上上完課回來，已經九點了，像往常一樣，先去看看已經躺在自己房間裡的孩子們，在外面就看到卡奧理的房間還是沒有熄燈，也沒有在意。

…媽媽，好害怕……

躺在自己小床上的卡奧理眼圈紅紅的，顯然是哭過的，愈發顯得小臉蒼白，替她拉拉被。

怕什麼呀？小魔女。我問她。可能心裡有點幸災樂禍，你也有怕的時候了。這可不像個媽媽，我在心裡打了自己一個嘴巴。伸手摸了摸她的小臉蛋，想起了我小的時候，也曾那樣的恐懼過。

…媽媽，真的有ＵＦＯ，有宇宙人嗎？

看電視了？我問。

卡奧理點點頭，說還有相片和錄像，那樣恐怖的大眼睛細細的小脖子…

你喜歡玩遊戲吧？我問。

她點點頭。

你今天看到的飛碟呀宇宙人呀，以及鬼呀怪呀神呀等等，都是大人喜歡玩的遊戲。我半蹲在她的床頭，說。

可是，那相片和錄像都是真的呀。

嗯~你用DS是不是給媽媽拍過相片?她點點頭。卡茲弄明白DS的各項功能之後，首先就會教給卡奧理，已取得她的崇拜。

卡奧理把拍我的相片，弄得變成怪怪的離奇的各種各樣的形狀保存，然後拿給她的小朋友們看。

那些相片原本是媽媽呀，可是你處理過後就變成了嚇人的怪物了，那你給別人看時就說自己是看到的拍下來，就會有人相信呀。錄像也是這樣的，就像你做圖工一樣，拍下來就真假難辨呀。還有那些嚇人的電影電視劇什麼的，都是大人玩的遊戲呀，因為知道是假的，所以才好玩，就像你遊戲機裡的故事一樣的呀。

邊說這些我就覺得自己很聰明。很得意呢。

卡奧理明顯安靜了，她想了想，說:原來大人喜歡玩的遊戲就是撒謊騙人呀。

我一臉呆相。

媽媽，你也是寫書的，也是在寫撒謊騙人的故事吧。

我~媽媽~媽媽我不是寫那些撒謊騙人的，是寫那些美好的好玩的有意思的。

卡奧理略略想了一下，認真地說:無論是嚇人的還是美好的，都是大人騙人的，實際上的，也沒有那麼嚇人的也沒有那麼美好的。

天。我的臉一定像漫畫一樣。

不是這樣的，事實上，嚇人的是沒有的，但美好的，嗯，真實的比大人編出來的還要美好。

我覺得自己的解釋越來越笨。

「反正，我不怕了，我也不相信你們了。」那時候我真怕她再接著說出：我也不要長大了。

啊～到底生活不是小說。

替她關上燈，親了她的小臉蛋。

小傢伙，你夠幸運的，我小的時候，得到的教育，是不聽話讓大灰狼把你吃了。要不就是，到處亂跑讓「拍花兒」的把你拍走。或者是狐狸變的人一打雷就現原形——我最怕打雷，現在也是，所以就懷疑自己是不是會在某個時刻露出尾巴來呢。

但最重要的是，我在想，自己還要不要玩那些大人喜歡玩的遊戲呢，譬如寫字。

小黑帶回了女友

一大早，我還在返程的路上昏昏欲睡地開車，愛薔電話打了進來，開板就說：我家小黑有女朋友了。然後就是有點語無倫次地描述早上的場面：小黑的聲音變得黏黏糊糊的，一隻肥碩的灰貓正在大搖大擺地吃小黑盤子裡的食兒。愛薔一把奪了過來，正待訓斥，小黑不知從哪裡亮相了，先沖愛薔貓語：嗨，老媽，這是我女友，不嫁過來，只是偶爾我得請她客啊。愛薔扭頭看了看小黑，這小傢伙怎麼長大了，怪不得這幾天晚上回來的時候，渾身黏著草，眼裡冒光呢。愛薔心裡酸溜溜的，回眼再把灰貓證實一下。愛薔電話裡的聲音變得有些挑剔：那灰貓一定比我家小黑大，懶洋洋的，看著像個老徐娘，我家小黑可是個小帥哥呀。

下午，愛薔忍不住約我出來喝咖啡，又反覆抱怨她家小黑的行徑。她是兩個男孩的媽媽，一聲不響地看著她，我想：她家兩個孩子長大之後會很慘啊。嗯，如果她家老大25歲結婚的話，還有19年，期待著19年的過程中，愛薔有所改變。

看看，一隻貓的愛情就讓她母愛泛濫如此。

〈水 咖啡 愛薔

昨天，愛薔帶孩子來我家，陽春三月末的天，孩子們帶著狗兒在外瘋玩，我和愛薔也是很久沒有這樣閒來面對面了，有了手機的視頻，真的是天涯若比鄰了，但我還是喜歡面對面喝茶的感覺，那是對話，不像視頻中那種自言自語般的距離。

給愛薔換上紅茶那會兒，我便開始喝水了。

我家的水是地下水，溫潤而醇厚，在測值的分析表裡面還寫了含有各種各樣我看不懂的符號，解釋說就是比較高級的礦泉水。有一位日本茶道的老師，如果有大型活動時，總是到我家來提水，然後我就能換上好大一盒的日本點心。

喝水的習慣，就是這樣養成了，水龍頭一打開，冬暖夏涼的醇香，總是讓我覺得誠惶誠恐的奢侈。

因為只愛喝水，還曾被人說是農民，含著鄙視。我自然不會反駁，咖啡因過敏的我，就是聞多了濃郁的咖啡香味都頭暈呢。心裡卻是偷笑，最初的咖啡還不是一千年前的非洲的牧羊人發現了的，怎麼就經過歐洲來到東方之後，被貴族化了呢。說我是農民的那人愛喝咖啡，是一偽小資。

說完水和咖啡的插話，愛薔就把話題跳到回憶。

在國內那會兒，愛薔在我們雜誌社裡開過一欄目，那還是90年代，紙媒是人們生活方式中重要的傳播手段的年代。一日，還沒談戀愛的愛薔接到一封信，一位媽媽讀者寫來的，說發現自己9歲的兒子有自慰行為，頗為不安，不知道這樣的行為是不是有害於身體？該怎樣處理等等。當時愛薔拿著信去問我們的總編該怎樣答覆。總編是工農兵大學生出身的婦聯幹部，那老太太看了信，一臉正氣地說：臭流氓，不用理他。愛薔現在回憶起這段令她長耿心懷的事件，感慨裡有著萬般的遺憾：那時候太年輕，當時只是覺得這樣處理有點不對頭，但又不知道該怎麼辦，最後悔的是自己當時真的是不很敬業，如果是現在，一定會找些專家來做回答的。愛薔臉色凝重裡帶著悔意。

常常在回憶裡有一些小事，如鯁在喉，時光不能倒轉，釋懷地方法只有兩種，一是努力做好當下，另一個便是訴說。尤其是能有當時的同仁可以訴說，才是一種能放得下來的釋然。所以，老友的珍貴，便在於此吧。

慶幸我的三五知己的一個老友群，身邊還有一個愛薔。

生活在0.4當中

最喜歡有淡淡薄霧的早晨，慢慢地給花灑水，聽著不知名的鳥兒嘰嘰喳喳，偶爾有一只飛鳥掠過，影子緩緩地拖過草坪，似乎卷起了玫瑰的香甜，看著散水中隱約的小小彩虹。我總是要嘆息；如果沒有輻射線，該是多麼美好的一天啊。

然而，3月的那一天，改變了福島，改變了很多人的命運，也改變了我們的生活。

我家居的地方是福島的中通地區，地震和海嘯都沒有給我家留下破壞性的創傷，然而，核瀉漏的有害物質偏偏御風而行，砸到遠離核電站近80公里的這裡。

如果不是每天有各種輻射線數值測定的公佈，如果不是學校天天因為不能在操場玩耍而提前放學，如果不是家裡的那臺小型測試器顯示出數字等等，日子看起來沒有任何改變，然而在這個言論自由的國度裡，各種情報都在顯示出——我們生活在輻射線當中。

可能因為有孩子的關係，一向遠離數字的我，變得拿著計算器天天計算輻射線數值，以保證未成年的孩子們盡可能地減低被核輻射。

按著日本各個渠道發佈的情報，正常人的自然界的被爆世界平均數值是2.4mSv/年，做一次X光CT檢查的被爆量是6.9mSv/年，我們這裡當前的數值是學校操場地面100cm每小時的輻射量是1.6μSv學校裡面因為是水泥建築，每小時是0.1μSv而家裡面因為是木造，測試儀顯示的是在0.3μSv到0.4μSv之間，平均算起來我們該是每天生活在0.4μSv當中，這個數值的年積被爆量是

3.5mSv，略高出正常值。而在輻射線的歷史上，有100mSv/年以上患病的概率例子，如切爾諾貝利以及廣島的例子，而這樣低輻射量常年——至少五年十年吧——的例子，還沒有，所以我們就成了例子，這在感覺上很微妙。這種微妙的危險感覺讓人不安。而因為沒有先例，無法掌握正確的情報，這就在不安上稍帶上了惶恐。

1Sv=1000mSv=1,000,000μSv

前段時間，在東京國會大廳前有福島的家長們集會遊行，有人舉著的是「人體試驗」的大牌子，雖然我也生活在輻射線中，雖然我的孩子的未來也不可預知，但總是覺得這樣的牌子打得還是有些偏激。

畢竟，核洩漏是不可挽回的事實，一時不能完滿結束也是現實，放射物質存在也是事實，那麼，我們最需要的是在這樣險象環生的環境下，怎樣能最低限度減少危險的概率，最大限度地在危險的環境下營造安全地帶。

一個月前，博奧買到了一臺個人用輻射線測量儀，幾天認真測量記錄下來之後，我們家的卡奧理被正式認定為「家庭內避難民」原因是她的房間臨窗的位置竟是0.6μSv，超出了我和博奧認定的安全指數，於是，她在客廳避難一個星期，我呢，根據一些專家的建議，開始自行除染作業行動，首先卡奧理的整個房間內部，從牆壁到地板，從窗簾到衣櫃，甚至各個死角，全部用水進行擦拭，然後便是外壁，博奧拿回來一個高壓洗淨機，清洗了整個建築物的外壁，以及園子裡有水泥地面的地方，但無法更換的就是那一大片漂亮的草坪，這上面的輻射指數很高，那麼，我就在房子周邊的草坪上，種下兩排向日葵花，進行土壤改良，這是我一個人自行決定的，給他們一個驚喜的秋天。

在進行一系列的除染作業之後，還別說，輻射線數值就真的降低了下來，現在卡奧理的房間窗戶處是0.4μSv，房間正中央是0.3μSv，總算是略安心些許。我們的家庭內小難民也回到了自己的小巢。

卡奧理邊收拾房間邊快樂地表示：還是回到自己的房間好哇。

我就告訴她：現在還有很多人，因為輻射線的緣故，不能回家，而且還需要五年十年或者更多的時間，也許永遠也回不了自己的家了。

卡奧理臉色悲哀地說：為什麼呀？

我告訴她：有一種放射物質的消滅是極其緩慢的，30年才能減一半。

卡奧理過了很久才輕聲說：真是太可憐了，那怎麼辦呢？媽媽你說是不是該反對建核電站呢？

媽媽是反對建核電站的，但現在除了反對之外，還要有很多的事情去做呢，比如怎樣除染，減低線量，改良土壤，節省電源等等。

卡奧理馬上快樂起來：我們學校已經開始來了很多挖土機，大概過完暑假就能上操場玩了吧。

但願能如此吧，我的孩子。

現在，全福島縣民開始逐步實行內部被爆檢查，學校開始挖掉表層土壤以及除染作業，小學生以下的孩子開始發放輻射線測量器，測量所有公共設施的輻射線指數，製作高線量地區地圖，還有就是30年跟蹤健康調查等等。

既然我們的命運註定無法離開這片土地，那麼就讓我們和福島一起接受這未可知的未來吧。然而被動的接受是無奈和痛苦的，主動積極的接受現實的命運，樂觀但不失冷靜的生活，才是對自己對親人負責的生活態度。

〈穿越一座城市的秋天

雖然鄉下稻田金黃，但秋風依然沒有染上層林，山色依然鬱鬱蔥蔥，色彩鮮豔的機器在忙著收穫，鄉間的路上，常常有肥碩的貍子或田鼠的屍體，那些慵懶的動物，在飽食之後，總是不經意地在路上橫過，夜裡的車速是來不及躲閃牠們的。

難得幾天的豔陽，花壇裡的秋海棠被曬得脫了顏色，心裡想著該留意冬天的花花草草了，在出了廣告的那一天，我穿過這座城市，去另一座城市的園藝店，其實，買花草到只是一個藉口，很久沒有一個人有時間閒逛了，於是，晾曬好衣服，帶上一瓶水，我存心是要給自己放假的。就是這樣的一個小小假日，我穿越了一個城市的秋天。

秋天是步履參差的，鄉下的山色還是夏日的殘綠，而城市裡的梧桐已經開始凋零，那大片大

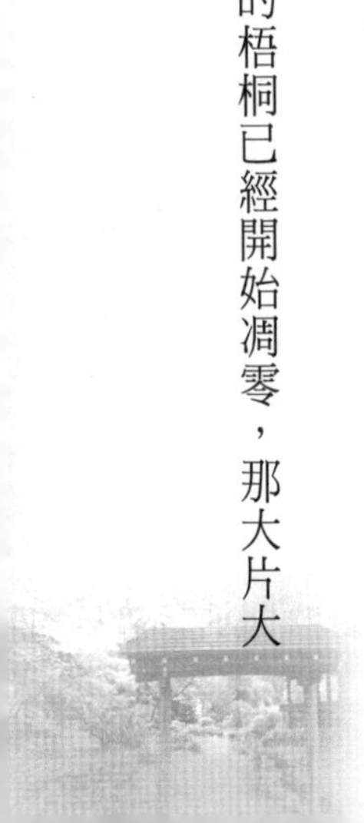

片飄落的金黃，旋轉在飛馳的車輪周邊，正午陽光下的這座城市，像極了達利的畫，一切變得緩慢而意義深遠。

我想我該去吃一個大號冰淇淋吧。

一座城市，即使是熟悉它的每一個角角落落，突然的某一天，在一個不特定的季節裡，它依然會變得那樣陌生，那樣遙遠，我坐在商店外面的長椅上，看著手裡漸次融化的冰淇淋，看著沒有行人的街道上悄無聲息行駛的車輛，即使是在這裡成家立業生兒育女置辦產業，我依然是個——異鄉人。

突然之間，就想打電話給博奧，但聽到了他的聲音，又不知道該說什麼，那邊的他忙忙地說：正在現場，有事快說，沒事掛了。我漫無邊際地說了句：天氣真好。博奧帶著笑聲說：發神經呢，不是說去買花嗎。掛下電話，心情明朗起來，三兩口吃掉已融化的冰淇淋，生活還是這樣該美好的美好，該煩惱的煩惱。為了冬日裡能有一份緩慢的欣喜，趕快動手去買上幾盆花吧。

返程的路上依然是城市秋色，而回家的路卻越來越鬱鬱蔥蔥，田野裡煙色裊裊，那味道是秋天的，是我童年的幻想裡的。想著山坡上的那個家，想著家裡的那三個人，心裡充滿感激。

這真是一個美麗的秋日。

〈打草不驚的是毒蛇

每年有兩次常例的部落集體割草，因去年博奧割傷了腳，今年梅雨前的那次我家就欠席了。客觀原因是博奧前一天的晚上因為工作上的事去了東京，我以小人之心私下裡以為博奧這傢伙還是有意無意在迴避割草。

入秋的第二個星期天的早上，我自告奮勇地去參加部落的割草。心痛一次八千塊錢的欠席費是原因之一，更重要的是，這也算是一項部落集體活動，如果總是找藉口不參加的話，慢慢的不就被劃出這個部落了嘛。為此，我無論如何得去頂數。

其實，使用這種割草機，如果不是在烈日下勞作的話，就沒有那樣艱難了。算起來，這幾年來，我倒是常常躍躍欲試地想用它割草呢，尤其是聽愛蕾的老公說，他用割草來減肥，一次下來能減兩公斤體重之後，我倒是在大熱的天裡也試驗過兩次呢。那得穿上防雨綢的作業衣，長靴手套，我呢，最重要的是還得塗上厚厚的防曬霜，戴上農家歐巴桑的防曬大草帽，這樣三十分鐘下來就是一身的汗，主要是熱的，累倒在其次呢。

部落的割草都定在早上六點到八點之間，而事實上，七點半沒到就結束了，都是幾個世代住在這裡的半農戶，割草對他們來說「比開車還輕鬆呢」——鄰家的歐吉桑這樣說。

因為大都是男人參加部落割草，見到我拿著割草機去，比較有來往的那幾個熟悉的鄰居就七嘴八舌地說「你老公是不是怕再把腳割傷了，不敢來了」「去年，你老公割了腳，今年你可得小

心點呀」。當然，也有人替我說話：博奧夫人可是能割草的，他家的山坡就是她割的呢，我親眼看見的。說這話的歐吉桑，家裡的一塊田就在我家的山邊。進入梅雨前的一天，我全副武裝地割草的樣子，被在田裡溜達的歐吉桑看到了，大概我的樣子看起來笨笨的，那面山坡的草又被割得參差不齊，加上我磕磕絆絆地有幾次差點摔倒，那個歐吉桑就擔心地喊我：夫人沒關係吧。快休息一會吧。也就那麼一次，歐吉桑就認定我家割草的活兒都是我幹的。其實那麼大的一片莊園，又割得那樣整整齊齊，哪裡是我能做得來的呢。但我還是給那個歐吉桑留下了好的印象。

為了維持這點好印象，我一定要努力地表現。

遺憾的是，在眾目睽睽之下，我怎麼也打不著火。渡邊笑嘻嘻地說：沒用過這個機器吧，讓我來試試。替我打著了火，區長指著近處的一塊平地說：坡地就不要去了，你就在這兒割吧。

我想得到認可的一定是我勞動的態度。

在休息的間歇，有人說剛剛割到一條毒蛇。因為只有我沒見過毒蛇，所以，另一位渡邊歐吉桑就帶我去找那條毒蛇，那是一條手臂長暗色蛇，我很冷靜地看了看牠的花紋，以便日後碰上了要小心。順便說一句，我不怕蛇，比較起來，到是怕個頭不大通身是毛的蟲子。我的大膽，也贏得了這些歐吉桑的認可。解散的時候，大家一致邀請我：下次部落活動的時候，還是你來參加吧。

哈哈，回家後拿這話向博奧炫耀。博奧像是沒聽見一樣，只是瞪著不大的眼睛追問：不是說打草驚蛇嗎？那麼多人割草，聲音是夠大的了，蛇為什麼不躲起來呢？看博奧露出少有的驚慌，我幸災樂禍地說：驚走的是普通的蛇，打草不驚的是毒蛇，專門躲在你的腳下，伺機咬你。

這傢伙收起窘態壞笑著說：那以後割草的任務就交給你吧，反正你不怕蛇，正好。

大雪封門被困三日

可能是SF看多了，一下雪，這臺詞就蹦出來「有一天那場雪下起來就再也沒停過」。終於，有了這樣的一天。

這裡是一旦有通知，學校就群發短信給家長們，我家兩孩兒的學校都是我的手機登錄的，所以，一天的晚上，雪下得無聲無息，不緩不急，晚飯的時候，卡奧理就說：這樣下的話，明天就可能不用上學了，太好了，下吧下吧。一臉的幸災樂禍，儼然我小時候考試前盼暴雨盼洪水乃至盼自己突發疾病等等的樣子，這也遺傳嗎？

果然，第二天一大早，卡奧理學校的通知六點之前就過來了：天氣的原因，全校停課，明天是否正常上學等待通知。一知道這消息，卡奧理就懶在床上不肯起來了。卡茲明顯地焦慮起來，一再問：我們學校的通知來沒來？遺憾的是，七點之前沒來，所以，必須出門了。

雪依然是無聲無息不緩不急，卻是下得鋪天蓋地。一路上小心地開，卡茲用手機查完之後說：沒事，慢慢開吧，電車晚點。好容易到了車站，平日裡這趟車學生最多，今天竟是冷冷清清的，只有和卡茲穿一樣校服的在等車。後來才知道，全縣的學校這一天都停了課，只有卡茲他們學校的判斷失誤，堅挺著上學，為此後來還給大家道了歉。

卡茲留在了車站。

我急急忙忙地往回趕，雪大的不成樣了，連用最快的雨刷依然看不清前方。太陽好像消失了，天暗暗的只是白雪的灰白填滿所有的空間，出了市區，心裡一片蒼涼，卻帶著些許冒險的歡喜，這場面把我的心，大概拽回了少年時代吧。

然而，現實並不像好萊塢電影那樣浪漫，當車開到進院子的那個坡時，一下子就陷進去，掙扎著開了將近十分鐘的車門，才出來。扔下車，頂著不凜冽但有呼嘯感的狂風——什麼時候開始風怒嚎的呢——我拿來鏟雪撬還打算搶救一番，但沒有幾分鐘，雪就淹沒到我的腰部，一陣陣突兀的恐懼，迫使我丟下雪橇連滾帶爬地回到屋裡，卡奧理已經起來了，趴在暖暖的地毯上，抱著抱枕看著電視說：看看，電視上說是四十幾年未見的大雪啊。電視上的畫面跟我家門前一樣，我的頭上滴答滴答地有水珠落下。卡奧理說：快去洗澡吧，水燒好了。

拉開浴室的窗子，剛才的狂風似乎隱去，只有那雪，大如席般地無聲無息不緩不急地依然在鋪天蓋地而來。泡在溫暖的水裡，細心的卡奧理把我喜歡的柚子扔進浴盆五個，淡淡的柚子香味間雜著潮濕的溫熱，電話打給博奧，說了我的車陷在雪裡，又說了我回來的路上那幾處險要地帶竟然有五六台車出了事故等等。又吩咐了他一定要慢慢開等等溫柔的廢話。

洗完澡出來，家裡變得異常安靜，我和卡奧理圍坐在暖桌裡，各看各的書，偶爾，說一下無關緊要的話，一上午就過去了。

下午，博奧的身影緩緩地出現在已經看不出院子的雪原裡，他沒進入屋子，隔著窗拿了我的車鑰匙。我趕緊穿上長靴戴上雪帽跟了出去，風不大，但雪彷彿隔斷了聲音，我喊他的聲音變得弱小無力，他的回話也變得遙遙遠遠。博奧比劃著要我回去，看他費力地拉開車門，因為沒有了參照物，那情景像是剪紙一樣，平面沒有立體感。又過了好一陣子，我的豐田大紅馬像脫了韁一樣衝了上來，又一頭紮到雪堆裡。博奧說有一檔是雪地爬山用的。咦，我竟是不知道。

博奧的車停在路邊，他匆匆忙忙地拿了幾身換洗的衣服，說：恐怕晚上回不來了，已經預約了公司邊上的賓館。這時候，卡茲的短信說了很多，大體上是上午到學校已經是十點多了，然後就是通知大家趕快想法回家，學校的群發短信也來了。愛蕾來電話說正好路過卡茲的學校，就把他帶回家了。事後，卡茲非常後悔跟愛蕾回家，因為我家這兒已是大雪封門，博奧又回公司去了，他就完全可以像後來才知道的那些無法回家的同學，大家在學校一起做飯（學校有學生上課用的調理室）一起在圖書館睡覺等等。

而以後的兩天裡，是我和卡奧理非常安靜的日子，不看時間，睏了就睡餓了才吃，昏頭昏腦地看書看錄了很久也沒時間看的電影。外面的雪在第三天停了，陽光燦爛地要命。SF裡的情況沒有發生，家裡的食物還沒有吃光，一切馬上恢復正常。奮力地鏟出一條雪路，卡奧理堆雪人，我們又挖雪洞，晚上點上蠟燭，披上毛毯，在外面看星星。神仙啊。

博奧再回來的時候，預定了鏟雪車，沒一會兒，路暢通可以自由出入了，心裡高興呢，可是竟然有些許的失落。

生活落回正常軌道，博奧和卡茲回來了。學校恢復正常開學，博奧也不去住賓館了，依然是早上急急忙忙地做飯按日子扔垃圾送孩子上學，雪漸漸化去，突然之間轟隆隆地房頂上的雪就堆落了下來，像一座小山，陽光下的冰柱滴滴答答地開始縮短，那三天恍惚是一場夢。

從那時節開始，我開始盼望冬天盼望大雪盼望又是一場圓兒時夢般的場面出現。

我家那三個人是怎麼想的呢？

「丁香花開

喜歡丁香花，最初源於那首詩，雨中傘下紫丁香一樣的姑娘。這些文字組成的畫面就那樣深刻在我的想像深處了，

後來，十四歲那年的晚春，母親把我送到一位老師那裡，正式拜師學畫畫，那是一個下午，陽光從不大的窗戶斜射進來，師傅指著一大捧插在花瓶裡的紫丁香，說：畫這個吧。那天下午的畫面也是那樣深刻在我的心裡了。

上高中的時候，沒考上重點，上了二中，那時候的二中在校園裡有一大排紫丁香，每到脫掉厚厚的棉衣服的季節，便有大團大團的紫丁香怒放，坐在教室裡也能隱隱嗅到淡淡的紫色味道。

心裡一直惦記著將來自己的家會有個庭院，院子裡栽滿丁香樹。

「芍藥風流可賜菲，丁香年少易紫衣。」讀到這些文字的時候，丁香就被定格成了紫色，那

種淡淡的漸變的憂鬱的顏色。而連同白色的丁香一並喜歡上了，還是在日本。

日本的東北，氣候溫和適中，四季分明，所以大部分暖溫帶的植物在這裡都能十分茁壯，大約是樹種太多的緣故吧，丁香就不是很多見了。而當我不經意在誰家院子裡發現隱藏在滿園春色裡的鬱鬱丁香時，那種欣喜是濕漉漉的懷舊的。

幾年前，終於從一家遠離城市的園藝店裡搬回家三株丁香，沒有請造園的工人，自己翻著書把它們分別安置在院子裡和花盆裡，然而，第一年，它們沒有開花。

第二年，也沒有開花。

去年，有花蕾，但在盛開之前竟凋零了。

今年的五月，當杜鵑才露花蕾的時候，我的丁香已然芬芳了。今天，一場濃濃的雨，撐了傘，看雨滴在花間跳躍，紫丁香的憂鬱是充滿詩意的，而那白丁香怎麼能那樣的優雅明快呢。還有什麼能像丁香一樣撥動我連自己都忘懷了的情緒呢，那些年少的記憶呀，早已失落，偶爾的拾起，那份酸酸的悵然，就如同雨中的丁香，濕濕的鬱鬱的，彌漫著紫色味道的沒有時間的感覺。

我家的丁香還有一株是雜色的，深紫色中間夾著一條純白色，香味淡雅，花期較長，愛薔每次都想剪幾枝帶回去插花。丁香的話，我還是喜歡插滿杯，所以，不捨得剪給她，自己當然也不捨得，只是留在枝頭，慢慢來賞。

明年還是要再多買幾株，種它一面山坡的丁香。

2011.5.12

提前體會婆婆心

話說一天早上，愛薔拉開拉門一看，哇，小黑縮蜷在水泥地上，再一轉眼，哇，小黑那溫暖的小窩裡，懶洋洋的舒展著睡在那兒的是小黑的女友。愛薔一腔怒火，恨不得飛出幾腳踢她出夢，轉念一想，嗨，可憐小黑呀，可憐我兒可能這個青春只有這一段戀情吧。忍吧。

於是，愛薔抄起電話打給我。

你說這個沒用的小黑，前幾天一個下午晃晃悠悠地跑回家，滿身黏著草棍兒，一頭栽倒暖桌裡一動不動地呼呼大睡，你說他這是被那女老貓折騰成啥樣了，沒出息的。一會兒我就把那大醜貓給打跑。

愛薔當然沒打跑小黑的女友，而且還多添了一份食物，眼神裡還有些討好大醜貓的樣子。因為，小黑是家養的，他抓耗子但絕不吃，那大醜貓女友是野生的，開始啊，小黑抓到耗子之後呢，就一定會送給女友，大醜貓開始會很感激小黑的，抓到一隻大大肥耗子，謙卑地送到女友眼前，然後看著她吃下去，雖然小黑會覺得噁心，但好在不接吻，也就能忍受了。看是一次次身手矯健地抓來耗子，小黑是一口不吃的，大醜貓女友就會覺得奇怪，最後，當她知道這男友竟不動這野腥，馬上就決定離開小黑，她不能容忍不吃耗子的貓成為她的男人。

那女友最終還是離開了小黑。

現在呢？我電話裡問愛薔。

愛薔興奮不已，原來，經過初戀，小黑這幾天不斷換女友哇。

一隻貓在這裡被當孩子調養，所以，愛薔也及早地體會到了婆婆的心情，這個歷練很不錯吧，會緩衝她家兩男孩的衝突吧。

這幾天，愛薔的電話內容就是小黑和他的各種女友的故事。聽得很快樂，那麼，下次講講我家納納的小故事吧。

（仿《源氏物語》

冬天裡有意思的事兒

下雪的時候，去泡山裡的溫泉，穿著浴衣和木屐，踢踏踢踏地走過一條細細的石子路，因為只有一個人，便有些不安。泡在溫泉裡的時候，看到紫紅色的浴衣外掛隨意地搭在竹筐邊上，在雪地裡愈發地搶眼，河邊的石頭像是頂著一團團雪白的大香菇一樣，有不怕冷的大鳥，單腳立在流動的河水裡，更有大串大串的紅果被雪壓得低低的，這樣的冬天，是很有意思的。

討厭的後悔事兒

很有興致地陪卡奧理步行去商店買東西，一心一意塗了防曬霜，穿了大棉襖，懶得換在家穿慣了的日式「作業衣」的長褲，趿著鞋就出門了。街上人雖不多，但個個鮮亮整潔，卡奧理便說：媽媽要是換條褲子出門就好了。

雖是漫天豔陽，我心裡有陰雲不散，哪有精神閒逛，匆匆返回。

這是很讓人後悔的討厭事兒。

歡喜而又無奈的感覺

我老了，那種流行歌曲都聽不出好聽來了。

紅白歌戰的晚上，卡茲和卡奧理嘰嘰喳喳對歌手們如數家珍，默默地看著他們，在青春漸逝的傷感中也參雜著兒女成長的喜悅。

那晚上，我和博奧在自己的房間裡看的是搞笑節目。是老來墮落得簡單通俗的快樂。這種感覺想起來是無奈的。

博奧不在的時候，在網上聽京劇也是很好的，只是好好的《鎖麟囊》段子，大概是演唱會上錄的吧，有人不合時宜地大聲叫好，尤其是當中的一個女聲，聲音尖銳而低賤，像是用鐵勺在玻璃上劃出的聲音，這樣的女人平日的生活裡也一定很討厭。

喜歡連聽帶看張火丁，還有個原因大概因為她是東北人吧，白城那地方我去過，窮山惡水的，怎麼就出了個花朵般的她呢。謝天謝地。

還有李勝素，覺得像極了我的好友馬力，那臉盤那身段那感覺，怎麼看都像是我們遊牧民族滿族人。聽她和于魁智一疊聲兒地唱著《坐宮》，真讓我歡喜。

當四郎唱到：扭轉頭來叫小番，備爺的戰馬扣連環，爺好過關。那時候，就總想起當年在長春，一個叫汪波的老友，他當時是一政府的喉舌大報駐地方記者，出身戲班，聲稱當年已升演到小匪甲了，再努力下去便是角了。每每朋友相聚時，他總是直著脖子唱「叫小番」，再喝多點就來開場子打旋子。

那歡樂的場面一生難忘呀。

這些很有意思的場面

衣冠楚楚又文質彬彬的男人，看起來應該是教養很好的，偏偏第一次在一起吃飯的時候，忙忙亂亂地把菜掉在桌子上。也許是很緊張吧。這也是讓人很好笑的事兒。

同不是很相熟的朋友去吃飯，千萬不要叫有海苔或者有細碎紅辣椒菜。一貫有些裝模作樣的那個朋友，飯後在慢慢喝茶聊天的時候，牙縫間黏著這樣的東西，那真是很好笑又讓人不知道該怎樣辦的。

在電車上，發現對面衣著整潔的男子「前門」的拉鎖開著，露著鮮紅的內褲一點，看年齡大概是本命年吧，日本也有本命年穿紅內衣的習俗，想必是妻子買來給他的，很是幸福的裸露呀。忍不住下車的時候還是在他身邊說了一句：前門開了。那樣看起來很要面子的男子，一定很沮喪吧。

冬日彩虹

博奧三點就走了，這傢伙，寧可起早貪黑也要跑回家，不肯在外面住，雖說日本面積小，從我家到東京也得跑三個小時呀。迷迷糊糊地送走了他，迷迷糊糊地心滿意足地返回被窩，一覺竟睡到六點過半，急急忙忙地起來，先去摸了摸卡奧理還發不發燒，還好，沒事兒，看來能去上學了，回頭敲開門叫了卡茲，就連忙去給卡茲做飯盒，今天學校六年級去昆蟲博物館，要帶便當，好在昨天晚上為了省事兒買了一大堆冷凍食品。

等一向慢吞吞的卡奧理都換上衣服來吃飯的時候，卡茲還沒見動靜，我有點生氣，嗓門也大了起來。糟了，卡茲捂著肚子撲到客廳的沙發上，說：媽媽，不行了，肚子痛。其實肚子痛也不算什麼大事，可是，卡茲因為闌尾炎保守治療住過院，所以不得不小心，急急忙忙地讓他自己量體溫，這邊，卡奧理邊帶上絨絨的小帽子邊說：哥哥真不錯呀，又可以不上學了。陰陽怪氣的，看的出卡茲是真的沒精神理她了，竟沒還口。拍了拍卡奧理的腦袋，我說：你不想上學的話，也可以不去呀，媽媽給老師打電話就可以呀。卡奧理跟我做了個鬼臉先跑了出去。

這幾天，雖說下了幾十年罕見的大雪，到底是海洋性氣候，有點豔陽氣溫就回升到零上，加上昨天晚上飄了點小雨，路面雪雖少，但結了薄薄的一層冰。喊著卡奧理上車，一腳油門，急急地就往出口開去。院子的入口是一個緩坡，轉過緩坡才是庭院，取的是「豁然」之意，在緩坡的外延，就是不算高卻很陡的山坡，沿著山坡的脊梁，是一行各色杜鵑花樹，就在我轉向入口那面緩坡的時候，車輪打滑直向陡坡衝去，我大叫一聲，使勁踩閘——在駕校學的對應知識全部忘記——好在那排杜鵑花樹牽制了我的車輪，也就差那麼一點點，我的車就會翻下陡坡。下了車，心慌得不得了，忙忙地打電話給博奧，竟有點語無倫次，博奧問清楚了狀態，說馬上給認識的車行打電話求援。這時候我才慢慢冷靜下來。然後馬上給住在附近的美岸打電話，請她先幫忙把卡奧理送到學校，美岸是十幾年前嫁到日本來的東北女孩，能做一手好飯菜，平日我們相處的也不錯，雖然也給愛薔打了電話，可是她家離我家要開上三十分鐘的車，也是3遠水救不了近火。美岸很快就到了，她穿著拖鞋，在我的車旁邊直轉悠，我催她先去送卡奧理，她不緊不慢地說：讓我先試試把車倒出來。啊？我瞪大兩眼——不是開玩笑吧。博奧的電話又響了，他說已經打了電話，讓我等著，我說：美岸正在準備倒車呢。美岸在中國的時候是出租車司機。這個細節我倒是忘了。只見她先拿一塊木板扔在後車輪的後面，然後又在前輪的後面扔了幾塊樹枝，對我說：你離遠點。只聽車輪飛轉的聲音，一瞬間，我的大紅馬就離開了危險的陡坡。到底是「的姐」，路面經驗沒得挑，事後，美岸得意洋洋地說：東北的冬天你還不知道，那路面就是玻璃鏡子，早練出來了。我連忙打電話給博奧，叫停車行等等，又打電話給愛薔報平安。還來不及說感謝的話，美岸就急著回去上班了，我呢，小心翼翼地開車送卡奧理上學校，路上，我還是心有餘悸，問了她剛才怕不怕？卡奧理竟說不怕。又沒掉下去怕什麼。這是她的理由，我狠狠地剜了她一眼，卡奧理不在意我的表情，還是遺憾地幻想：要是車翻了下去是不是今天就不用上學了等等。這個小壞丫頭。

從學校往回開的時候，路面已經由薄冰化成水跡，想到那麼早起睡眠不足，大紅馬又脫韁，差點變成事故，一會兒還得帶卡茲上醫院，上午原本還有中文課要上，下午又答應了去幫愛薔收拾行李等等，想到這些，頭大如斗，心情變得極其低落。博奧的電話又打了進來，他語氣歡快地說：還說不說你車開得比我好了？以前，到哪兒去我都搶著開車，嫌他的速度慢，他一指點我什麼地方該停什麼地方該慢等等，我就拿出有力的事實來對付他，我拿的可是十幾年無事故的黃金駕照呀。博奧說自己以前也和我一樣，血氣方剛的，覺得自己的車技了不得，可是幾十年下來，現在可不敢不小心了。生命可不是鬧著玩的。他把很嚴重的話用很輕鬆的語氣說了出來。電話那邊的他笑著說：我可不想到老到老沒有老伴呀，怎麼著你也得小心把我送走才行呀，我娶你的目的可不能讓我落空呀。博奧掛斷電話，一絲被關愛的溫暖漸漸彌漫上來，而眼前，隱約的白皚皚遠山處，突兀地一道豔麗彩虹橫空而出。那景致帶有極其強烈的戲劇色彩，讓我懷疑眼前的真實，但不可否定的是，我的心情也像這陰鬱天空的彩虹一樣明亮起來。

好吧。日子都是自己過出來的，快樂也是一天，苦悶也是一天，想要什麼樣的日子，它就在自己的手裡。

趕快回家，我得盡快帶卡茲上醫院呢。但車還是得小心翼翼的開呀，尤其是冬天。

等待欣喜

原本已經是有霜的日子了，因為剪枝的日子差了幾天，房頭的那幾株玫瑰，在這些天裡竟然陸續開放起來。於是在有月色的夜裡，穿上暖暖的絆天，熱一壺日本清酒，和博奧坐在院子裡，寒冷的空氣中漂浮著縷縷玫瑰的香氣，這樣的時候，是不想說話的，慢慢地他一口我一口地喝一只杯子，想必天長地久也不過如此的感覺吧。終於黑黢黢的路那端，有一點亮光在移動，那是上學塾的卡茲騎著自行車回來了，站起來，遠遠地喊：卡茲加油。博奧笑說：多虧是在這裡，要是有左鄰右舍的，你這樣的叫法就該出毛病了。不去理他，把那些怕霜的花花草草仔細搬到屋簷下，衝到屋裡，給卡茲熱上一杯牛奶。

其實，這裡的冬天，對我這個東北人來說，即便是大雪紛飛，也是一片早春景色，陽光融掉牆邊的雪，就會有小小的花朵在寒冷中綻放，那份感動，沒有在冰天雪地裡生活過的人，是無法體會到的。博奧是關東人，每天打開所有的氣暖設備，把屋子弄到30幾度，然後站在窗邊感慨：真是冷啊，這裡的冬天。我便笑他好了傷疤忘了疼。去年的元旦，我們回長春，白天的溫度還在零下32度呢，他就發誓再也不在冬天出行東北了。話雖如此，最近博奧還是常念叨想在冬天去俄羅斯，因為他的父親曾作為戰俘在那裡被強制勞動過。而我呢，倒是想去鳳城，看看老母兒時的滿族老家，那個已經被同化了的遊牧民族的遺跡，這是題外之話了。

說起迷上花草樹木，還是源於這裡的氣候，當然還有我家那一大片草坪的庭院。博奧喜歡簡潔的洋風庭院，偏偏又對講究造型的日式樹木感興趣，於是，環繞草坪的那些樹木顯得多少有點不倫不類，而我呢，喜歡英國式的自然風情，可對日式的小情小景也情有獨鍾，所以庭院雖大卻

是幾國鼎立，單看處處美妙，整體亂七八糟。於是，和博奧定下協議，最後一次調整庭院，然後誰也不許亂植樹木和花草。拜託了造園的會社，因為是朋友，所以很好說話，聽了博奧的想法又問了我的意見，最終那個常來我家喝酒設計師笑著說：還是請阿孜薩太太自己畫出效果圖來吧。嘿~他到圖輕快，油畫水彩我到是畫，可是這效果圖卻沒畫過呢。博奧滿臉壞笑說：咱家的枯山水不是你的設計嘛，沒問題，你辦事我放心。我狠狠地瞪他一眼，這傢伙誰知道安什麼心呢。

不過，一想到自家的庭院自己來設計，倒也頗有成就感。按預定日程12月中旬就要開工了，今年最後的努力將會演繹成將來年年的美麗。

而我就在這平凡的日子裡，體會著平靜的幸福。

等了一年的蘑菇

去年春季的一個雨天，花圃裡撿了一大車的花苗，付款的時候，博奧發現了這幾根木棍，考慮的時間並不多，匆匆地把它們搬到車上，我還埋怨怕把我的車弄髒了。

春天一到，種花種菜成了我和博奧的最大快樂，但是，種蘑菇？還真是一種挑戰呢。

後院的日式小庭院，是我的設計，那裡的花草石頭都是我喜歡的，在早春還有殘雪的時候，粉色的山野草就開花了，葉子是淺綠色的亮亮的，就算是被大雪壓住了，太陽一出來，就異常地豔麗起來了，那山石下的青苔，四季都是瑩瑩的深綠，而每逢雨季，湛藍色的深玫瑰色的紫陽花就開得人閒情萬種了，那時候，還有螢火蟲飛來飛去，我呢，那時候總是要找一個晚上，在後院的露天浴盆裡泡上個大半夜，那時的蛙聲，以及不知名的天籟之音，總是讓人覺得健康地活著真好。

說是這幾個木棒是用來種蘑菇的。博奧就把它們放在了這裡。我還是有些不情願呢。

以前我不知道蘑菇是要種在樹上的，我們那個年代，教科書上是沒有這些常識的，而我們的教育，是一直傾向於萬般皆下品，唯有讀書高的，好像那些常識性的與勞動相關的東西都是很低下的卑微的，譬如，我曾經就不覺得自己不會做飯不會疊衣服是一件很難為情很為恥的事兒。結婚前，母親在和女婿交待自己的女兒時說：我女兒從小嬌生慣養，從來沒做過家務，什麼也不會做啊等等。當時，我覺得媽媽可能很愛我，同時也很炫耀自己的生活階層吧。後來，我為人妻為人母時，慢慢地懂得了能夠做一手好飯菜，能夠把自己分內的事做得井井有條是一件多麼值得讓人尊重的事啊，尤其是在日本，當家裡擁有庭院花圃小小菜園的情況下。家家戶戶都是花團錦簇，整潔乾淨，主婦們得心應手地忙完這些，悠閒地坐在玫瑰架下喝茶吃手做的漂亮小點心的時候，我終於徹頭徹尾地為自己感到悲哀。那天，家裡請來的園藝工人收拾我的莊園，那個年輕的小媳婦看了我的小菜園，笑著說：你是在玩玩具呀，這哪裡是菜園。

我的女兒每年都要種幾棵蕃茄，她自己選土選苗，灑水施肥，打尖搭架，一路幹下來像模像樣，迷你小蕃茄是夏天我們家飯桌上的快樂，也是卡奧理的驕傲。在日本的小學校裡，每年每個孩子都要種些植物，這是一門必修課啊，記得有一年，放暑假的時候，我還幫著孩子搬回家種的一大桶稻子呢。卡奧理不是那麼喜歡種花草，可是她覺得會這些是理所當然的事情。

再說，後來我媽媽到日本來小住，和親戚鄰舍聊天的時候，總是要說關於我從小嬌生慣養不會家務這樣的事兒，而且一點也不覺得難為情，還很炫耀似的。每逢這時候，我都不會那樣翻譯，總是按我的意思翻譯：我家女兒雖然笨笨的，但是，做家務還是很不錯的，小的時候就幫著我做飯洗衣服什麼的，還會包餃子呢。反正媽媽是聽不懂的。

記得我喜歡的作家王曉波說過「因為我們都當過工人，知道怎麼工作才有尊嚴。」其實這句話可以用在很多場合，於是，我就報名參加園藝班，學習養花種草，學習整備自己的小菜園。還請教日本主婦們，學著怎樣把家收拾得井井有條。還參加通信教育，學習怎樣理財儲蓄等等生活常識，而這些，和我差不多同齡的日本家庭主婦們，是早早就學習過的了，她們是在學校的家庭課上學會了縫紉，學會了針線，在料理課上學會了各種營養和色彩的搭配，在植物課上學會了養植花草蔬菜等的常識等等，甚至，我的兩個孩子都能自己動手做木工，讓我這個媽媽汗顏啊。

說到挑戰種蘑菇，倒也沒有那麼難，第一年是慢慢養它，沒有結果的。第二年，早春時節就開始冒芽，博奧非常用心地噴霧，每天看啊看啊，根本不想讓我插手。我呢，就等著採蘑菇吧。

說到採蘑菇，記得我那可愛的小侄女剛剛三歲的時候，晚上，我給她講小姑娘採蘑菇的故事。小丫頭認真地看著我說：大姑姑，蘑菇不能踩，會踩壞的。

我拿著籃子採蘑菇的時候，想到此，就哈哈大笑的不行，講給博奧聽，語言障礙啊，解釋清楚的時候，笑意都沒了。

那晚，把團扇輕輕地搧著小泥爐的炭火，蘑菇的香味很濃，在微冷的早春的院子裡瀰漫著，一家四口慢慢地吃，有一搭無一搭地聊著天南海北的事兒。

來年，是不是要要多添幾根這樣的木頭呢。

我自言自語著。他們三個竟好像是沒聽到呢。

到底是秋天

開車去鄉下那棟別墅的路上，心情總是會變得清朗起來。紅白相間的收割機在金黃的稻田裡，遠山是一抹深綠染紅的過程，那不知名的白色大鳥姿態安詳地在徜徉，暖暖的陽光和著微涼的秋風，雖然是諳熟的風景，依然年年感動著我心底最為柔軟的部分。

換上作業服，像一個農婦一樣侍弄我的庭院，花依然草依然。今秋的薰衣草和玫瑰開得極為任性。貼近自然的勞作，總是讓我心止如水。

然後，泡上薄荷香草浴，從浴室的窗望出去，林間已有不知名的葉子泛紅了。這裡的秋日，會持續三個月，那種漸變的微涼和枯萎正是我喜歡的過程，是絕望中呈現出的安然的美麗。當身體在熱水裡變得柔軟起來時，奢望就油然而生。本來預定今年的夏天，在我家屋後的日式庭院裡，放一琺瑯浴盆，就可以作露天浴了，遺憾的是，輻射線的問題，讓我放棄了這個浪漫，想到此，總是悲從心來。好在現在開始了積極除染活動，相信我的露天浴浪漫終會有實現的那一天。

難得這樣安靜的一日。

記憶裡挑出喜歡的詩人里爾克的一句話：挺住意味著一切。

日本家庭主婦的日子

每天早上快到六點的時候，我都會睜開眼睛，打開床頭燈的同時，老公迷迷糊糊的聲音也闖進我的耳朵，「幾點了？」然後他打開電視，又恍恍惚惚地睡去，同樣的片斷每天重覆，有的時候讓人覺得有點不知所措和地老天荒。

今天也是如此。

打開溫水暖爐，在被窩裡再懶一會兒，然後抱著自己的衣服，穿過走廊，去客廳，那裡的溫水暖爐早上五點就預約開機了，大廳裡暖洋洋的，把衣服丟到爐子前面烘暖，這會兒伸伸筋骨吧，這幾年來，腰腿變得硬邦邦的，尤其是後背，早上起來的時候就像是背上插了一塊鋼板一樣，彎不下腰，嗨！意識裡還以為自己年輕呢，身體總是恰到好處地提醒自己已經走過了一天又一天的日子，活動了筋骨，穿上暖暖的衣服，給自己倒上一杯熱茶，心情就向窗外的朝陽一樣，一點點地明亮起來。給自己加把勁兒，做早飯嘍。

通常，早飯是我家的正餐，沒辦法，在這個美食遍地的時代，飲食健康不能不提到議事日程上來啊，「早上吃得好，中午吃得飽，晚上吃得少」小時候我媽就常常這樣說，但是沒能這樣做，我娘家的正餐通常是晚上，一家人圍坐一團，其樂融融，回憶起來那些晚飯時間真是很讓人動情的天倫之樂畫面，好在那時的經濟限制了飲食，那時的農作物也沒有大量的農藥或者添加劑什麼的，我們的身體還都健康，不會因為食物的關係而出現異常現象，但是現在不同了，擺在超市裡的那些肥碩的碧綠碧綠的青菜大葉子，很可能就是化學物質的變體，很可能就會不知不覺地把有害毒素侵入你的身體，慢慢暗殺你等等，我們的身邊能入口的東西似乎都暗藏殺機。話說早餐。白米飯和大醬湯是日式早餐的標準，再加上一塊烤魚或者一盒納豆，當然，鹹菜是少不了的，日本人餐桌上常備的所謂鹹菜，才有點類似於我們南方的泡菜，不是很鹹很鹹的，而是淡淡的一抹清淡。這樣的泡菜，也是我家餐桌上不可缺少的常備菜。

博奧出過洋的緣故，偶爾他也要求吃吃洋食，洋風的早餐，通常是自己動手做的三明治，庭院裡有我的香草菜圃，現摘現吃，烤麵包火腿腸和煎蛋，自做的香蕉牛奶裡加上檸檬香味的葉子，孩子們也是很喜歡的，然後再拌上一大盤蔬菜沙拉，或者是義大利麵條和奶油玉米粥。

早上算是我一天中最為忙碌的時刻，急急忙忙地喊孩子們起床，然後攆他們去屋外熱熱身，又急急忙忙地喊他們快吃飯快吃飯。等到錶針指向七點，孩子們就背好了書包，開兩分鐘的車程把他們送到集合地點，他們這個登校班的七個孩子一起出發，要走上四十分鐘的路程才能到學校呢。送走孩子們，回頭收拾廚房，這時候吃完飯的博奧又溜回臥室攢進被窩裡看電視去了，我呢，把客廳裡的電視轉換到中文的衛星放送，那裡的京劇唱得山響。

早上最有情調的事兒就是送博奧上班，當然他是不需要我開車送他的，但我一定要把博奧送到他那輛黑色的三菱大越野上，雖然從出門到院子裡的停車場不到五十米，但這個相送的過程差不多需要半個小時或者更多的時間，似乎我們的愛情和幸福都濃縮在這段靜靜的晨光裡了一般，博奧似乎愛他的江山（庭院）勝過愛他身邊的美人我。看他指點我家房前屋後的小小江山，像是有一股溫馨的暖流緩緩滲入我的心。

送走了博奧，把洗完的衣服曬到屋外的晾衣架上，這時的陽光已經有點耀眼了，而對面隔著公路的那面山坡還在日蔭裡吶，陽光穿過那片山林的樹梢和淡淡的薄霧，有不知名的鳥兒在空中飛過，留下一串婉約的歡快。庭院雖然不需要每天整理，但花壇和香草圃每天都要佔用去我的一些時間，喜歡養花弄草可能是有老父的遺傳吧。我的老父，一個抗美援朝渡過江的老軍醫，在地凍天寒的日子裡也能養出鮮豔的玫瑰開在春節時分，那時沒有現成的肥料，老父也不知怎麼自己弄的那肥料，臭乎乎的三兩個月就要熏我們一次，他還得意洋洋地說：沒有這時的臭，哪有花開時的香。我的花壇裡栽種了好些老父喜歡的品種，常常一個人面對那些豔麗的花兒時，就深深地想念我那兩年前仙逝的老父。

我的工作間是用一扇大大的玻璃門和客廳隔開的，那裡是我的空間，擺滿了書籍——雖然已經在網路上可以閱讀許多的書，但對我這樣一個有點貪得無厭的人來說，把一本書拿在手裡，隨時都能翻上一兩頁，嗅到紙墨的香氣，那才是真正的踏實，才是擁有的快樂。繪畫用具和攝影器材也佔據了不小的空間，在這有點淩亂的間隙裡，還有的就是一盆盆室內生長的植物，右手相連的那間琴房兼書房是孩子們的，有鋼琴和電子琴，還預備增加兩把二胡，要讓孩子們從另一個角度認識和傳承我們中國的傳統，還有一張大的桌子，寬大的窗臺上有漂亮的筆架和小型天文望遠鏡，還有一個我喜歡的中醫使用的人體經絡模型，這裡的書架是紅黃藍三原色組成的，孩子們喜歡的畫和自己畫的畫都掛在自己的臥室裡了，這間屋的牆上有我的也有在美術館看大師們的畫展時買來的印刷品。左手相連的那件是我家洋風建築裡唯一的一間日式房間，八帖的榻榻米，原木裝飾的壁龕（日語叫床の間）那棵粗大的楓樹還是在我家的那面山上砍伐下來的呢，日本人長子的家裡在這個地方通常擺放先祖們的牌位來供養，或者擺放一些裝飾的古董字畫什麼的也是常見的，在我的家裡，那地方掛的是一副我的朋友寫的書法。我比較喜歡的是日語叫做緣側的地方，就是我們所說的後廈，套廊，廊下那種地方，每當仲夏時節，早上拉開木框糊紙的拉門（日語裡寫作障子）總是有一縷淡淡的香氣，問了老公才知道，原來這裡的地板是用檜——我們叫絲柏——鋪的，怪道呢，那種香氣很受用啊，無論是被叫做網代的天棚還是被叫做雪見障子的拉門都是典型的日式風格。如果是地地道道的日式房間，那造價是很高的，像我們這樣的小家小戶，也只能是用一間來保持傳統了。

這時候的家裡就是我一個人的天堂了。通常的星期一，在九點之前，我會收拾完所有家務，關掉電視，坐在電腦前，寫小說——最近開始快樂地寫博客，如果沒有什麼特殊的情況出現，每個星期有三天我會安靜地邊聽音樂邊寫東西的，一個星期裡，還有一天的上午是去體育館和朋友們運動的日子，健美操和羽毛球然後是溫泉，幾乎佔據了大半天的時間，還有一天是必須去給我的學生們上課的時間，而星期六和星期天是和家人們在一起的時間，我不會安排任何獨自行動的。

偶爾的雨天，我也會偷偷懶，在隔壁榻榻米的地桌旁邊喝茶邊看窗外的紫陽花在淅淅瀝瀝的雨聲裡嬌豔。那時候也偶爾地想起自己在國內的時候，那時的我也算是一個獨立的白領階層吧，在一家婦女雜誌社做編輯，做過一些在當時來說算是很先鋒很另類的話題欄目，那些豐豐富富的青春的日子，已恍若隔世了。

小的時候很傻的，媽媽總是把家裡的剩飯剩菜熱在一起吃，那時候還真的相信媽媽說她喜歡吃剩飯剩菜的話，現在自己也做了媽媽，每當把剩飯剩菜都獨自吃掉的中午時分，才體會到媽媽的那份愛和心情。偶爾也有比較奢侈的時候，打博奧的電話，確認他的位置，然後一起去飯店吃午飯，博奧是自己的公司，對自己就沒有那麼的嚴格了，吃過飯，還能把車開到有池塘的公園，慢慢地散散步，說一些無關緊要的話，他要是有事急著回公司的話，就我一個人去附近的大商場逛逛，買點兒意外踫到的小東西，像我的四個桃方塊梅花心型的黑色撲克牌耳釘就是在一個偶然的午後買到手的呢，為了把它們能一起戴上，我正猶豫是不是要再穿兩個耳孔呢。

一般來說，三點之後我就由一個悠閒的主婦變成了忙碌的媽媽，原則上孩子們是集團放學，天氣宜人的時候，我也不去接他們，放任他們一路玩玩走走地回來，但是這樣的機會並不多，孩子們放學後要上各種小班，每天的日程幾乎是排得滿滿的，我呢，也就只好在半路上截住孩子們，送到各個學塾。這時候一直到晚上九點之前，是以孩子為中心的時間，寫作業看學校的通知和吃飯，晚飯後，全家一起看半個小時的節目——通常是新聞，然後孩子們學習通信教育的課程和練練琴，然後各自準備好明天的東西，洗澡之後回到自己的房間，讀書半個小時，九點時分我準時去敲孩子們的門道晚安，熄燈。

博奧負責解決孩子們學習中的問題，也減輕了我的一大半負擔，雖然我也努力地教孩子們說中文，但是畢竟語言環境不可改變，面對著孩子們的那些功課，我這個外國人常常感到力不從心，何況我的數理化功底又是最提不起來的一項。現在孩子們也習慣了學習上有問題找爸爸，生活上找媽媽，但是最近我的地位有點動搖，已經十一歲的兒子和我博奧的關係開始親密起來，他竟時常把學校裡的事背著我講給他爸爸。

孩子們睡去了，一天就這樣正在黑夜裡慢慢結束，把身體泡在微燙的水裡，浴室的紗窗上有碧綠的小青蛙跳了上來，窗外月光如銀，濃郁的青草氣息在浴室裡彌漫，即使是夏季，也喜歡泡個熱水澡，解除一天的倦氣。

臥室裡的電視是老公極力主張的，通常都是他興致勃勃地看電視，我斜靠在床上讀我喜歡的作家王曉波的《黃金時代》，偶爾附合一聲博奧對節目的評判，而在星期六的晚上，我和博奧是一定要一起看電視裡的電影，一起笑一起哭，再各自嘲笑一番，那感覺像是回到了戀愛時節。

博奧在電視的閃爍裡響起了微微的鼾聲，悄悄地關掉電視，在黑暗裡摸索到博奧的手，我相信，今夜會有美夢。

日本祭天豔舞

早就聽說這座城市每年例行舉辦的全國祭天豔舞大會非常火爆，全日本各地的民間舞蹈團體都來競豔，但一直也沒能有機會來看看，今年，因為卡奧理的舞蹈教室也來參加，所以我也就第一次來光顧了。其實，這一天正好也是兒子卡茲的全省日本象棋選手權預選大會，我只好把陪兒子參賽的權力轉讓給了博奧，自己分身陪女兒。

本來是朗朗的天氣，誰想到星期五的下午就開始陰了起來，第二天竟斷斷續續地下起瀝瀝的雨來，儘管如此，卡奧理還是早早地整裝待發，化了一點點妝的小臉蛋又興奮又緊張。我盡量減少行裝，帶好雨具和相機，卡奧理自己的服裝也準備停當，冒雨出發嘍。

在市中心的一條繁華區的商店街上，有警車橫斷了交通，從上午八點到晚上六點這裡是禁止車輛通行的，而上演的豔舞會場就設在這條街道上，大概有五六個會場同時競演，路邊也有些小露店撐了出來，大都是各地豔舞團體帶來的小玩意和當地的一些小吃，數量不多但也很有意思。雖然下雨，來看豔舞的人還是不少，尤其是身背相機的人比別的節日裡見到的更多，據說，祭天豔舞大會每年募集寫真，還有不菲的獎金呢，難怪一時間能看到這麼多專業的業餘的攝影人呢。

把卡奧理交給領隊，認準了集合地點和她們街舞隊的移動時間，答應了一定來聲援女兒的表演之後，我就背著相機也混入人群。

雖然是斷斷續續的雨，豔舞的競演依然火爆。在日本，非常流行的一種舞蹈叫做窈薩蔻伊——日語寫的是よさこい，是流傳在日本民間的一種動感非常強烈的舞蹈，據說這種窈薩蔻伊的原型是日本民謠，有一定的節奏感，後來演舞者們加入了現代成分，所以根據當地不同的民謠表現方式形成了各種不同風格的舞蹈動作和服裝，而參加的人也不分男女老幼，通常都是利用業餘時間每個星期一兩次地一起訓練而已，而到各地參加豔舞競演也都是各掏各腰包，一齊快樂。對我這個外國人來說，這些服裝和舞蹈形式實在是太具有異國風情了。

因為有女兒參加，分了我很多心去拍照，沒辦法，女兒優先嘛。

這次熱熱鬧鬧一整天的祭天豔舞下來，我深感自己的傢伙不夠精良，設備不夠嚴謹，看看那些也是半真半假的攝影人們，有在雨中使用的透明相機罩，還有一種把傘固定在機身上的設備等等，相比之下我把毛巾纏在相機身上的樣子就顯得很狼狽了，好在身邊的觀客都很熱心，總是有人把傘微微斜一下撐在搶拍的我的頭上，讓我心裡充滿了暖意。

豔舞途中，手機不斷震動，博奧來電話說：兒子象棋大會成績出來了，第四位。雖然沒能取上，但第一次就有這樣的成績，我還是很滿意，電話裡大聲地喊過去：很不錯啊，有什麼獎品嗎？博奧在電話裡回答說：有哇，你那兒太吵了，回家再說吧。就掛了電話。我連忙把這消息告訴了女兒，也在同一教室裡學象棋的卡奧理顯得有點悻悻，我連忙安慰她：明年你也去參加象棋大會嘛，一定能有好成績呢。女兒說：但願和豔舞大會不是一天舉辦才好。女兒的象棋在同齡人中也下的很不錯的，所以她才有點遺憾呢。

豔舞完了之後，女兒的衣服都濕漉漉的了，他們的那首《加油日本》競演的時候正是大雨，但一點也沒影響孩子們的情緒，獲得了一片掌聲。

我和卡奧理在回家的路上決定去吃一碗熱騰騰的拉麵，拉麵店裡的女老板笑瞇瞇地看著卡奧理說：參加豔舞大會去了吧，多漂亮的孩子。女兒一臉害羞又得意地樣子。吃完麵，急急忙忙地往回趕，我還惦記著兒子的獎品是什麼呢。

「日本的鄉下生活

就生活的舒適程度來說，我還是喜歡日本，喜歡日本的鄉下生活。前幾天在書店裡翻到一本書，是一位英國女性寫的，她原本是英國的貴族，現在定居在日本京都附近的鄉下，在那裡買了一棟古老的民房，養花種草，生活得有滋有味。看到這本書之前的一個晚上，在深夜的電視裡我還看到過關於她的一個節目，主要就是介紹她的庭院和她的香草。拿起她的那本書，坐在書店裡的凳子上，我細細地翻來，心裡不由得一陣陣的感動，為她的生活態度和細節。而且，她所體會到的感覺和美好，和我的非常相近，我相信這也是大多數選擇生活在日本鄉下的人的一同感覺吧。其實到了日本之後我才真正體會到了生活在鄉下的好處。

我是在部隊大院裡長大的，在我們這個年齡段裡屬於比較特殊的一個階層，那會兒我父親現役的部隊駐紮在一個小鎮上，部隊的大院原是日本關東軍的一家醫院，那是兩個大院相連的設計，用高高的紅磚牆圍繞起來，正院是醫院，大大的鐵門邊上有角門，迎面是一個很大的人工池塘，裡面有怪石，荷花和魚，沿著圍牆是一排排的白楊樹，在整體是工字形的建築之內，有公共澡堂，集體供暖設備，還有一個高大的水塔，提供全院的飲水，還有一個大禮堂，除了集會用之外，還常常有演出和放映電影，在這樣的建築之外，還有花園，果園和涼亭，和正院隔開的是一道比較矮的紅磚牆，紅牆的上端還有一點變化，少了外圍紅磚牆的森嚴，多了一點點柔和，就連兩院之間的那道鐵門也有點雕樑畫棟的感覺呢，後院就是家屬區和宿舍區，和正院相鄰的地方是一棟棟單獨的帶小庭院的房子，這些地方是級別高的軍官們住的地方，正中間用同樣紅磚牆和矮灌木叢圍起來的幾棟房子是級別更高的院長和政委及他們的家屬住的地方，再依次排下來的就是兩戶人家公用一個廁所和廚房的級別，然後是三家公用的，再其次就是單身宿舍了，在這個副院裡，還有一個幼兒園和一個公共食堂，這些建築都圍繞著一個大大的操場而建設的，那個大大的操場可是我童年的樂園，裡面有一個籃球場，還有沙坑，單杠雙杠，平衡木等等的小設備，有間隔地在油漆馬路的邊上種了杏樹梨樹海棠果樹等等適應東北氣候的花果樹木，環繞著這個大操場。每個大門角門都有士兵24小時站崗，軍人的家屬及孩子們都有一個小紅皮的家屬證，沒有這個證件是無法出入這個獨立的王國的。我父親從哈爾濱調到這裡之後的第二年，母親帶著我們三個孩子也來到了這裡，那一年，我上小學二年級，後來，父親有好幾次的機會可以調到省城裡的駐地，但他都沒有努力，我覺得父親是喜歡這個院落，喜歡當時的那種閒適的生活，更喜歡那種田園般的環境。就在那個大院裡度過了我的童年少年青年時代，直到1997年東渡日本。

現在回想起來，那時父親玩笑般地感慨說過：這些小日本，真把這兒當家了，打算長遠住下去似的啦。幾年前，我又一次回到那個大院，據說，已轉交地方政府管理，今非昔比，果園花園已被佔用，變成了手工作坊，操場上蓋起了樓房，往日的一切已是記憶了，那一次的返鄉，讓我的心情一直都很落寞，沒有規劃性的建設，事實上就是一種破壞，是不是飛速的發展，讓人們已經顧不上回味了，而對於社會對於人類來說，持續和保留傳統是非常重要的。

但是隨著我在日本定居的日子越來越長，隨著我遷居日本鄉下以後，那些記憶又慢慢地在我的眼裡清晰起來，漸漸地在我的身邊真實起來。日本這個島國的民族有很大的局限性，我覺得最大的特點就是缺乏創造性和想像力，比較墨守成規，但世界上沒有絕對的好和絕對的不好，日本人的這一特點，和他們的認真以及堅忍的一面融匯在一起的時候，無疑使他們的生活和生活的環境，變得很美好。我們不講制度的好壞，只講環境。我老公從年輕的時候就長年地生活在國外，第一，第三世界的國家，以及發展中的國家，他都有居住經驗，但他對我說：「不是我偏心自己的國家，公允地說，日本真是一個環境良好服務設施良好的地方。」當然，他的話不能代表定論，但是生活在這裡，不能不覺得老公的話還是有道理的。

我家居的地方，是一條公路邊上的一座山坡上，在半山腰削平出一塊空地，蓋起一棟平房，那條公路算是交通量很大的，但因為有山有樹加上房子的隔音功能，倒也不覺得吵人，從我家開車到市中心，要十五分鐘，如果沒有汽車，這裡就是與世相隔的世外桃源，在這個桃源裡還有一家規模不小的超市，從食物服裝到雜貨，樣樣俱全，所以，也是很方便的，因為在沒有規劃到A市之前，這裡是一個行政獨立的村子，所以，有自己的圖書館，體育館，公民館，溫泉及老人介護福祉設施等等，現在變成了市區的一部分，只是把村役所的名頭換成了市役所的支所而已，一切都沒有改變。老公在買這棟房子之前很是猶豫，他擔心我會不喜歡這樣的田舍生活，後來他說，當他帶我來看這房子的時候，發現我兩眼放光，覺得很奇怪，一般來說，在日本較年輕一點的女人，都不喜歡生活在鄉下。

房子買來之後，老公用手一揮說：這一片山和那一片山都是我們的。那時是秋天，正是滿山的金黃，我的幸福就如同正午燦爛的陽光。

因為房子的整體設計是洋風的，博奧覺得把庭院鋪上草坪更為合適，博奧喜歡各種各樣的樹，所以我家的庭院一年四季裡都有供觀賞的樹，從梅花，櫻花和玉蘭，到杜鵑花，紫陽花，木槿，桂花，楓樹，山茶花，以及種種我叫不出名字來的花木，家裡庭院的美是隨著季節此起彼伏的變化的，他一個建築工程師，能把院子弄到這樣的悅目，也夠用心的了。我是偏愛奇花異草的，偏偏這裡的氣候能使大多數花草瘋長，我的庭院也就不寂寞了。

最讓我得意的是我們家是使用地下水的。我們這兒是號稱螢火蟲的故鄉，在每年的五、六月間這裡的稻田河邊到了晚上便是螢火點點，慢慢地在路上散步，就會有提著燈籠的小蟲子飛到你的手心，或者停留在你的髮辮上，這樣的童話般的景致，對生長在大都市裡的我老公來說也是新鮮和充滿驚喜的，我想說的是，我們這兒的水質好，才會有這樣的美景。而這兒的地下水就更是屈指可數的了，我有一個弄茶道的日本朋友，她常常到我家來提水回去，她說這水泡出來的茶格外好喝。而且，她還羨慕我每天居然還用這水洗碗做飯以及洗衣服洗澡，而我則是久入蘭芝之室了。

大多數的日本人對花花草草美景當前都置若罔聞了，但這並不妨礙他們繼續營造這樣的環境，在田間地頭，在家家戶戶的大大小小的院落裡，到處都是修剪整整齊齊的樹木，到處都是應季盛開的花草，是不是只有愛洗澡愛清潔的人才有這樣的美好習俗呢，我想是的。常常我面對那些很日常的日本東北式的院落感到親切和熟悉，細細想來，我成長時期的那個部隊大院，那些樹木建築，那些花草庭院，和這裡的是何等的相似，我無法考證那些當年的侵略軍是不是從這裡走出來的，但我相信，那個大院的設計者一定是日本東北部出身的人，那個設計也融進了他的一絲絲鄉愁。

從我家浴室的大玻璃窗望出去，是鬱鬱蔥蔥的一片山林，老公最喜歡在冬日的雪夜，拉開窗子，泡在熱熱的水裡，看紛紛揚揚的雪花在後庭院的燈光下飄舞，那個時候，我能看到他眼光裡流露出來的幸福和滿足。

住在鄉下的好處不僅僅是無限的美景，還有人與人之間的溫情。有了那樣一片庭院，我開始還信誓旦旦地對老公吹牛——要過自給自足的生活，自己種菜。事實上，種菜可不是像我想像的那樣簡單，何況在土裡草裡，指不定會跳出什麼樣千奇百怪的小蟲子，我就被一種不知名的小蟲子咬了之後，整個胳膊腫得像一根大蘿蔔，又是打針又是喫藥的，整整有半個多月才漸漸好轉。要不是我家的鄰居那個歐巴桑伸出了友誼之手，我家的庭院除草剪修以及我那片巴掌大的小菜園，指不定會怎麼樣呢。雖然在我再三地堅持下還是一天付她六千日圓，但歐巴桑的幫助還是解決了我的大難題，儘管我還是十分努力地養花種草，但真正的主力還是每個月兩天歐巴桑的勞動成績，她把我的庭院的草除得乾乾淨淨，把我那巴掌大的菜園也栽種的鬱鬱蔥蔥，只有在這樣的大前提下，我的異花異草才在我的呵護下生長的絢麗多姿。歐巴桑的情誼不僅僅如此，常常在我回家的時候，門口就放了一堆時令蔬菜，歐巴桑家是農業為主的，她總是憨厚地對我表示：自己家喫不了這些青菜，丟掉了怪可惜的。可我怎能不領他們的情誼呢，在日本這個人情淡薄的社會裡，在鄉下還是有這樣的溫情，真叫人感動不已。

鄉下的好處還遠不只是這些，夏天的夜晚，躺在草坪上和孩子們看星星（那斗大的星星惹得我一直想買個大號天文望遠鏡），穿三點躺在草坪上做日光浴也不擔心被人看去，ＰＡＲＴＹ的時候，把卡拉ＯＫ唱得山響也不用擔心吵到人家，冬天裡，不用去滑雪場，家裡的那面山坡就讓孩子們玩得熱火朝天，最最重要的就是大聲管教孩子也不會擔心被人聽去，打電話叫警察說是虐待兒童啊。

梅雨裡的一日

梅雨季節在老媽回國之後，姍姍來遲。屋後的紫陽花比去年更加藍豔豔的，那株去年沒開的，意外地開出了鮮豔的紫紅色，真真是美不勝收。我喜歡梅雨季節，喜歡空氣中那種陰鬱的略帶傷感的詩意，但如果不開空調除濕功能的話，日子也不好過，心情濕漉漉的很寫意，身體黏黏糊糊的就很失意了。

昨天，冒著毛毛細雨去院子裡割草，腳下一滑跪倒草地上，鄰家的歐吉桑滿臉擔心地說：沒關係吧，去年你老公把腳割傷了，你可得小心點。

在我們這個鄉下，我老公割傷腳的事簡直就成了笑話，周圍都是半個農家，拿機器割草是家常便飯，可憐的博奧那是他的人生中第一次拿這玩意割草，直到現在看到那個割草機博奧還心有餘悸呢。

割了一個小時的草之後，我的一天時間就毀了，就是今天，渾身還是像散了架一樣的累呢。看戲曲頻道裡的豫劇《朝陽溝》，那個銀環咿咿呀呀絕望地唱著抱怨——高中畢業拿鋤頭是有點屈才。那感覺很能理解，可是後來銀環不僅自己紮根了，還把她的老媽也拖下了水，我倒是不能理解了。

把院子弄得乾乾淨淨，然後把剪下的玫瑰花瓣丟在浴池，泡在微溫的水裡，喝著愛薔家釀的加冰蜂蜜水，心裡慶幸當初沒有聽鄰家歐巴桑種菜圃的建議。

冬天那陣子起早貪黑地在QQ農場裡經營的勁頭沒了，我早就知道自己，季節一到會有這一天。但每次看到愛薔津津有味地玩農場，總是不可思議，她家院子裡的薰衣草開的絕美呢，怎麼就能迷上遊戲呢。真是人各有趣。

〈梅雨玫瑰無奈的心情

連天的陰雨綿綿，彷彿像加勒比海的海島幽靈船裡的傢伙一樣，渾身都要長出貝殼和苔蘚了。大概是氣候異樣的原因吧，大團的紫陽花都含苞了，可園子裡的杜鵑還不斷地開呀開呀，只是不再是滿樹，而是在綠葉間一朵朵的奪目了。

因為這雨，又因為一些無可奈何的牽扯，竟沒有時間在雨季前修剪我的玫瑰。

拿了剪子，穿了雨衣，沒一會，就是一竹籃子玫瑰了。

往年的這個季節，和卡奧理採很多的玫瑰花瓣，散在浴室裡，淡淡的玫瑰香甜會持續一個夏天，卡奧理最快樂的就是自己決定當晚的玫瑰浴，園子裡陸續盛開的有紅黃白三色經典品種，還有就是粉色的淡藕荷色的，金黃的，還有一種是由開始的火紅漸變到黃色的品種。於是，玫瑰浴就被組合成各種各樣的美麗。

而今年，因為輻射線的緣故，改用溫泉劑了。而去年自制的玫瑰露，最後的那一勺放在紅茶裡之後，嘆息一聲，這幾年的自制玫瑰露就沒有指望了。看來得在園子裡多種些向日葵花了，現在正在福島各地大力推廣，到處無料發送，據說和油菜花一樣能吸收土壤裡的放射物質，有相當的淨化作用呢。

寫到這裡，手機響了，是朋友打來的電話，那是一件讓我感到很沈重的事情，很久沒有這樣的感覺了，一直都在寫小情小調的文字，一時間覺得自己好像又回到十多年前，手裡的筆變得沈

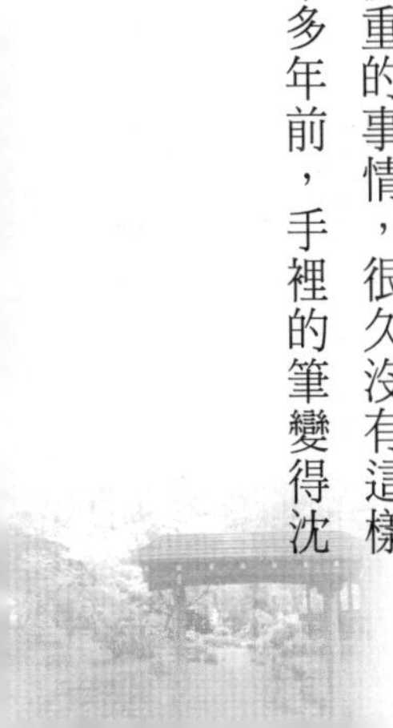

甸甸的。

心情就這樣被影響著，無法風花雪月。

雨淋淋漓漓的，濕透了心情。

〔博奧捉鬼

那天在浴室裡，博奧臉色沈重地說：阿孜薩，你知道歐巴開（日語的漢語諧音）是什麼意思嗎？我當然不會不知道了，卡茲前幾年最喜歡看的就是《學校裡的幽靈》，這種嚇唬小孩子的書，在日本很是蔚然成風的。得到我的肯定回答之後，博奧微笑著說：咱家就有歐巴開。如果博奧是一臉嚴肅說出此番話的話，我一定不會在意，這傢伙是愛胡鬧慣了的，可是，他是非常平靜略帶微笑說出這話的，這就讓人格外的心驚肉跳。

博奧接著用極其平常的口吻講——從那條路回家，轉過一個小山，就能隱隱看見我家建在半山坡上的房子。我和博奧一樣，每到這個時候心裡就充滿了溫馨和幸福。博奧因為有時候要加班，回來的時候，天已經完全黑了下來，於是，他就發現了一個奇怪的現象，每次車子駛到一定的位置，大約是在卡奧理房間的窗下方，就能看到一點豔紅色的光芒。「開始的時候，我還以為是卡奧理房間裡的小燈光，可是，回來後發現卡奧理早就睡下了，房間裡根本就沒有任何光亮。」博奧知道我膽小，偶爾他去東京，再晚也要趕回來，因為我說過一個人害怕睡不安穩。所以，這個男人把這個疑團藏在心裡，一個人白天黑夜地在他發現光亮的地方尋找，半年下來，竟一無所獲，那團光亮在白天神秘失蹤，沒有一絲痕跡，但到了晚上，在黑暗裡在車子駛到那個一定的位置時，它就在漆黑的一片裡熠熠閃著一點鮮紅。

看來，這個疑團把博奧折磨了很久。那你說，真的有幽靈嗎？我瞥了一眼黑乎乎的窗外，假裝鎮靜地問他。傻瓜，幽靈什麼的是沒有的，但到底是什麼呢。博奧說得也有點底氣不足似的。我說其實我也不相信有什麼幽靈呀鬼呀什麼的。他沒搭茬，我倆沈默了一陣子，我再問他到底看得真切嗎？是什麼樣的紅色亮光呢？博奧說半年多來一直都能看到，無論什麼樣的天氣，但那光亮不像是自然地，倒像是機械的感覺，也許是反射的光但一直也找不到源頭。那會不會是寶藏，或者是外星人？我說。博奧敲了我的頭一下：一會兒去看看，怎麼樣？我把自己縮在熱水裡，搖頭表示太冷了不想去。博奧揭穿我：你是怕鬼吧。其實有博奧在身邊，我倒是不怕，但是，昨天晚上，我們去喝酒唱歌鬧到半夜兩點多才回家，白天又送孩子去學鋼琴去跳舞，折騰到現在，好不容易孩子們學完空手道回來睡著了，明天還得早起做飯，就算想去捉鬼或是探寶，也沒那精神頭了，還是早點睡吧，一切等明天再說。一大堆理由說完，自己也安心了。想是這兩天太累了，或是把這塊心結說了出來的緣故吧，博奧沒像往常那樣半睡半醒地霸著電視不肯關，頭一沾枕頭竟睡了過去。

晚上捉鬼，是醞釀一天的節目了，七點送了孩子們去空手道道場，然後倒轉車身，奔家而去。一路上，漫不經心地說些無關痛癢的話，到了能看到家的那個位置，博奧明顯地放慢速度，車子緩緩而行，在博奧的略微指點下，那團紅豔豔的光真的就那樣停在那裡，車慢慢移動，那團紅光漸漸消失。沒有進屋，在院子裡調個頭，我們又做了一次實驗，依然是那個位置，依然是漸漸映入眼簾的，又逐漸消失的一團紅光。見到那團紅光，我的心倒安穩了下來，那絕不是歐巴開的光，就算是也是宇宙人的。因為那光的感覺非常機械。再次返回庭院的時候，我在紅光出現的大體位置，找了又找，想了一百個假設，最後我們一直認為，是電柱上的銅色鐵皮或是玻璃反射，這兩種的可能性最大。於是我們開始了試驗，先用編織布把可能反射光線的玻璃窗戶蒙了起來，然後，再回到那個位置，紅色光團還在。返回，然後再蒙上電柱上的銅皮，再試，那紅光依然在。「會不會是自行車的反光板呢」我說。博奧就把他的折疊自行車和孩子的都移到了後面，就在我們上車要返回那個位置的時候，長燈照射在博奧的另一臺三菱大麵包車上，自從博奧換了車，它就被放在後院，但放置角度也恰恰是能被那個位置盡收眼底的，博奧和我不約而同地說：難道是它。博奧二話沒說，把車挪到那個位置看不到的地方。這次大概看不到了吧。我們都這樣認為。

果然，即便是在那個位置搜尋了很久，紅色的那團光真的看不到了。我心裡鬆了一口氣。要是把車放回去，紅光還出現的話，我們的猜測才是正確的。博奧說得很固執。

結果，三菱回到原來的位置，可是那團紅光並沒有如期出現。我們倆面面相覷，難道真的是出了鬼了。在黑洞洞的月夜裡，我有點不寒而慄。

博奧不聲不響地把車開回院子，我有點放棄了，賴在車裡看電視，不肯下車。又過了一會，博奧滿身涼氣地回到車上，說：這次如果失敗，今天就算了，明天再捉。我問他有什麼線索了。他也不答，只是說：如果那團紅光出現的話，位置應該變動了，在房側的正中央。我半信半疑他。

車子又一次返回到那個位置，緩緩而行。你看你看。博奧的口吻充滿了成功的味道。果然，那團神秘的紅光在房側的正中央熠熠閃爍，比起以前似乎大了許多，我驚奇地問他，博奧滿臉的得意，只是不肯說，把車子第十幾次地返回院子，下車，隨他去房側，走至一半，我猛然驚覺，大叫——知道了。

看看錶，這一捉鬼過程進行了將近兩個半小時，博奧心滿意足地說：該去接孩子們了。

博奧的執著我早就略知一二，但這次真是執著得讓人不可思議，當明白那肯定是什麼東西反射車燈的光亮時，我就在心底放棄了，放棄了尋找確鑿的證據，可是博奧不想糊裡糊塗地自欺欺人，他說找不到證據的話，他會有一塊放不下的心病。換個角度想想，被這樣一個執著的男人愛著，我覺得很開心。女人就會從一些不經意的小事上扯到愛情，沒辦法。

心裡的石頭落了地，博奧一路哼哼著歌，那歡喜，充滿了莫大的得意味道，彷彿一路灑滿了浪漫的月色。

搬家了

就是這樣，孩子轉了學，家也從鄉下搬到市裡。雖說博奧樂觀地把方圓兩千八百坪的土地以及精心設計平屋建築和庭院權且當作了別墅，我心裡還是隱隱地痛。

費了周折才租到這座城市裡算是比較大的一套3DK，重新辦置一個家，那份累是不堪的。

輻射線已然越來越低了，學校除染之後的輻射線量已趨於平常，如果不是將近一個小時的通學路上還有高線量地域的話，也許就不會變動生活。

然而，生活環境的改變，家族之間的關係也隨之悄然變化起來。

最重要的一點是和孩子們對話的時間變長了。以前除了吃飯的時間，大家都分散到自己的空間裡，要想找卡茲說話，還得去敲他的門。現在可好了，我拿著電腦也和孩子們擠在一張桌子上，邊吃邊喝邊說話邊學習，真是其樂無窮。

下個星期開始，在開車需要半個小時距離的鄉下別墅，開始收拾準備開設文化沙龍及我的開放畫室。命運既然如此，我們依然不能放棄，活著就要活得快樂而有尊嚴。

彼岸花秋日的曼珠沙華

這花我以前從來沒有見過也沒有聽說過，忘了是哪一年，突然間在金黃色的稻田邊發現了開得豔紅的她，好一種驚豔的感覺。

然後就知道了她的俗名叫彼岸花，還有一個曼妙的名字曼珠沙華，據說這個名字是來自佛經，意思是天上的花。豔紅的她還有很多別名，比如死人花，地獄花，幽靈花，剃刀花，狐狸花，舍子花等等，總之是與另一世界有關的植物。於是我的感覺裡她除卻美麗還多了份神秘。

這花是沒有葉子的，在荒草地頭一根莖一枝花成群地瘋長，獨立而妖冶，往往一面山坡就是一片火紅，因為她的花型似火，所以在日本沒有人把她們插在花瓶裡，據說會招來「火事」。但是在墓地到了這個季節，便有這點點的火紅在暗青色石碑邊燃燒起來，弄得像我這樣疑神疑鬼的人心裡不知不覺間怪異起來。黃昏時節路過墓地公園時，就覺得背後有頂著滿頭曼珠沙華的鬼，想像就變得豐富起來。

後來查了一下，原來這彼岸花是有毒性的，所以她能牽起一條往他界去的線。

鄰家的歐巴桑說，把這花種在地頭，能防止各種偷糧食的小動物，因為她的毒性使那些小動物們望風而逃。然而，對於人類來說，她居然還屬於「救饑植物」當然是把毒性拔除之後食用了。

愛薔家的那面山坡上，也是滿坡的火紅，彼岸花是百合科植物，俗話說大概是串根兒的，所以怎麼看一年也是比一年多起來。

早上翻報箱，這個季節日本的各家旅行公司都是大打廣告，今年注意到了原來「曼珠沙華」還是一大景觀呢，在日本各地都有，幾公里都是漫坡火紅，那景色很是壯觀，日本人雖然喜歡小

情小景，但是作為景觀，他們比較像荷蘭人，喜歡大面積種植一種植物，春天的芝櫻就像是草坪一樣到處可見，還有水仙和鬱金香，這是我能叫得出名字的，叫不出的各種花花草草也在不同的季節裡大面積地出現在或是公園或是私有地的山坡上，這種大氣的感覺有時能改變我對日本這個小國的印象。

微醺的晚上

星期五的晚上，總是不覺得讓人放鬆，接卡奧理從體操教室裡回來時，已經快九點了，喊了她去洗澡，又煩了煩關在自己房間裡學習的卡茲，博奧因為這幾天往返於東京，早就縮在床上睡去了，電視裡驚爆福島大臣被罷免，也懶的看，普天間的問題，讓我覺得民主把日本國民都慣壞了。

因為下午我和老媽去泡了溫泉，省略了晚上入浴的程序，設定好明天早上的飯，一下子覺得自己怎麼會輕鬆了起來。

換了中文電視臺，只看我喜歡的戲曲頻道，給自己倒上一杯日本的清酒，看大屏幕裡一板一眼的《紅娘》在撮合著一對愛情，心裡有一搭沒一搭地想著明天得早起收拾收拾這幾天綿雨中的花花草草。

這會子是老媽來日後我的一次少有放鬆的時候，說來可能是因為預約了給老媽做眼睛的精密檢查，也算是了卻了我心裡的一塊心願。雖然老媽要花的是全額醫療費，但博奧一點也沒有猶豫地支持，也讓我心裡頓生暖意，今世由此生相伴，足矣。

一杯清酒落肚，紅娘已經歡天喜地把小姐送到了張生的懷抱，卡奧理呢，也起了微微的鼾聲，卡茲還是像往常一樣遵守著自己的作息時間，讓我這個做媽媽的欣喜之餘還是有了一點淡淡的失落。

眼睛也變得沈甸甸的了，睡去吧，明天還得去看卡茲的全市中學生的乒乓球比賽呢。

微醺的感覺真好。

〈無聊日日

每年盂蘭盆節一過，便是涼風習習了，而今年，看過了花火大會，依然是要十幾個小時開空調。院子裡雜草瘋長，鬱鬱的草坪上也有不知名的倔強的野草星星點點，而我只能躲在大玻璃窗後面的冷房裡，百無聊賴地盯著滿眼的綠色。日本的今年，熱得離奇。

說來真是讓人難以置信，據說電器行裡電風扇脫銷，而安裝空調要排出兩個星期，我家裡，幾年來也沒派上大用場的空調，今年真是大有作為起來。

昨天，太陽落山時分，試著出去割草，不到三十分鐘，全身竟像淋了大雨一般，本來輕型的割草機也變得萬分沈重起來。一稱體重，呵呵，減了兩斤，敢情夏日裡的胖倒是有些水分呢。

昏天黑地地看完了《射雕英雄傳》，明天無論如何得認真工作了。任教的那所高校下個星期要考試，得出試題。兩個中文班下個星期也開始正式上課了。暑假好日子懶到頭了，可這樣熱的天兒，真是打不起精神頭來。

博奧今夜出去喝酒，孩子們躲在自己的房間裡，也不知道是學習還是在玩。我得去泡個熱水澡，然後舒舒服服地看看電視。說到這，得向大家推薦個妙方，那就是大夏天裡要泡個熱水澡才會通體舒暢。尤其是整天生活在冷房中的人，這一個熱水澡可是最好的解乏良藥呢，光沖淋浴只能洗掉身上的汗跡，而泡在熱水裡，才是真正的放鬆呢，何況夏日裡，肌膚外露，沒了衣服的保護，皮膚也會疲勞，這時便是泡熱水的功效了。不信，你試試看。

像是有雨在拍打窗戶，拉開窗簾一看，原來是尋著燈光來的各色小蟲，還有碧綠的小青蛙也爬到玻璃上。蝸居鄉下就是這樣，那天晚上，博奧有興致想出去，我們就開車出來，因為都吃過晚飯，不想去城裡，想在附近找個地方喝喝酒而已，轉來轉去的二十幾分鐘也沒喝上，不是打烊了就是早就黃攤兒了，最後到底還是去了那家常去的唯一的一家壽司店，沒辦法，店老板也是那張熟悉的臉，翻來覆去的也還是那幾樣吃熟了的壽司，不變的氛圍，不變的話題以及老板娘斜倚在柱子邊的姿勢。這裡時間好像都靜止了一般。輕輕嘆口氣對博奧說：「我們將來老的時候在這裡養老可能最合適不過了呢。」博奧可不這樣認為，他覺得老了還得返回市井，不用開車就能買到東西上醫院，就算是叫救護車也不用等很長時間呢。他倒是實事求是呢。

卡奧理又在叮叮咚咚地彈鋼琴了。無論如何，我的眼睛開始打起架來。一天就這樣畫個句號吧。

野百合的春天

野百合的春天是在梅雨之後的季節裡。

上高中那會兒聽羅大佑《野百合的春天》，被迷得一塌糊塗，那時我還沒有見過野百合呢，只是在母親上班的中醫院藥房裡，看過用毛筆認真地寫在舊舊的高大的藥閣子上的字眼，而那裡面秤出來的也不過是一些爛黃色的東西，我怎麼也不願意那玩意被叫作百合的。

日本的這裡到了雨季的尾聲，便到處開滿了野百合。

那年，母親來小住，隔著一片稻田的那邊山坡上，有群生的碩大的野百合，微風裡也滿是寂寂的香氣，這種香氣總能讓我想起一個「薰」字。

母親便打算穿過稻田去摘一枝野百合。

那條路不是很長。日本鄉下的稻田邊，都是修剪得整整齊齊。年過七十的母親腳步健壯得我都不及。那會兒卡茲和卡奧理還不會很多漢語呢，眼見著姥姥要去那山坡，卡奧理急得大叫：不行，姥姥，回來。姥姥當然不會回來的。卡茲突然大叫：蛇，蛇，姥姥回來，回來。邊說邊合起雙手做出蛇扭動的樣子。哈哈，把我樂的呢。怎麼一急就會說這個單詞了呢?也沒有教過他呀。至今，依然是個謎。

母親折回來的那枝花，大得驚人，插在花瓶裡，擺在母親的寢室，那香氣持續了很久很久，以至於現在走進那屋，還恍惚地有野百合的味道呢。

有一年的春天，博奧從朋友家的山裡請來一株野百合，精心精意地落戶在我家的庭院裡，當年正是花蕾滿株，倒也開得讓人心花怒放，然而第二年，她竟沒有發芽。

再後來，能理子妹妹送給我五株薩卡布蘭卡（百合的一種），我心驚膽戰地植下她們，也沒敢奢望花開。然而那個雨季末，足足讓我滿心都是「野百合也有春天」這幾個字眼兒。

鄰家的歐巴桑來喝茶的時候說給我，野百合是不能挪動的，易地便不再開花。

從那時起，野百合的倔強更令我心儀不已，這樣的勁頭才配得上野百合這幾個美麗的字呢。

我家的庭院裡，散散落落種下了五六種百合花，但是每年的那個季節一來，我還是要把車停在路邊，去看望野百合，山裡的路邊的樹下的石旁的，看也不夠，大概因為是不能佔為己有的緣故吧，野百合就愈發顯得美麗。

最欣慰的是，去年，博奧在我家山的那面坡上，發現了十株寂寞的野百合。

在我，生活就此有了另一番的意義。

〈悠悠香草

喜歡上香草是很早的事了，因為愛香草紅茶那種軟軟的自然的小情調，而真正動手自己中種種香草，還是在庭院初見規模的時候，那時候，瘋狂地逛各種園藝市場，恨不得把全世界的花花草草都搬到自己的庭院裡，還是旁觀者清，愛蕾提醒我去圖書館翻翻書，心裡有了譜再動手，可別把好好的庭院弄得一點品位都沒有。聽了她的勸告，我也變得冷靜了一點，認真安下心來，開始考慮自己到底想要個什麼樣的庭院，也就在那個時候，我那隱約的喜歡香草的情結漸漸明朗起來。

那一年我開始種植各色香草。

香草日語寫作ハーブ，是從英語herb的發音過來的，其實裡面也包含著藥草的意思，但和我們的漢方中草藥還是有很大的使用區別的，漢方草藥大體上是熬著喝或弄成大藥丸來吃的，雖然那味道喝著嗅著都是苦汲汲的，很不討人喜歡，但對我來說還是情有獨鍾，可能是因為小的時候，媽媽在中醫院做醫生，我常常溜到那個高高的一面牆都是抽屜的藥房，看那個大個子阿姨一份一份的用小秤秤藥，在牆角還放著藥碾子，大大小小的，兩頭尖尖的像小小的帆船，一個中間橫著鐵棒的亮亮的鐵餅子轟隆隆地在碾碎那些乾燥的藥草，感覺像是能把生命渡到一個安全的彼岸，這是我小時候最深刻的記憶，我哪裡知道這個畫面的深刻印象，將一生如影相隨。而歐洲那邊過來的藥草，首先冠以了一個浪漫的香字，使用方法也不再是藥用，而是食用，那感覺因為漂亮變得很上品。

大部分的香草種植都是很簡單的，用我的話說就是「放養」，因為都是多年草或宿根草，而且繁殖力極強，所以很合我意，原本第一年養在花盆裡的幾種香草，後來全部讓我移植到地裡

面，成了半野生狀態，尤其是那種貼著地皮到處竄根的薄荷，很快就在那面上坡上蔓延起來，我沒什麼感覺，博奧倒說，雨季的早上，總能嗅到一陣陣薄荷香草的味道。後來，請了寶樹園的人來整理庭院，在日式石燈籠的下面，移上一大片低矮灌木的各色杜鵑花，在杜鵑花的後面，我種上了一片薰衣草，鄰家歐巴桑問我為什麼滿院子滿山都要種香草呢？我笑說：怕蟲子來呀。說是香草因為異味很大，不長蟲子，但其實也分類型，而我選擇的都是那些異味大繁殖力強的，就像那個有檸檬香味的葉子，種它不僅僅是喜歡那一抹碧綠，即使在夏天，那綠色也通體透明獨具欣喜，更可喜的是，在冬天，把它養在玻璃杯裡，綠意和根鬚都很有美感，更更重要的是，那些指甲大的小葉子，也是夏日冷飲中的一道絕品。就因為這個，雖然是自動製冰的冰箱，我還是去買了一個凍冰塊的盒子，注滿水後，把剪下來的小小的檸檬葉一片片用牙籤浸入水中，然後冷凍，在盛夏裡，還不用加入特別的飲料，單單就是把這些瑩瑩的冰塊放在透明的玻璃杯，注入冷水，那淡淡的檸檬香氣就非常宜人了。即使在冬天，用漂亮的玻璃茶壺，只放幾片自己喜歡的香草葉子，注入熱水，如果喜歡的話再加上一點點的蜂蜜，捧在手裡，那暖暖的熱熱的感覺完全就是一種幸福，幸福其實就是這樣的簡單而直接地作用於我們的感官和心靈。

雖然是早春二月，向陽的溫暖處的水仙已經開了，鬱金香和百合也露出了新芽，撥看雪下面的香草，也是嫩芽畢現，一個春天帶來的驚喜，在寒冷中萌發。

今年的香草，打算用來多烤些蛋糕吧。

有這樣一種日子

昨夜，為了看一檔節目，熬到深夜，還是那個定居在京都鄉下的英國貴族老太太，這次不是她的香草園和蛋糕。她說冬天植物休息了。便和她的日本丈夫開車去山裡邊的朋友家。她的朋友過去在東京一家很大的會社任職，但因為酷愛自然平靜的生活，便辭去工作，和妻子在山裡蓋了一棟小木屋，種菜種米，過起自給自足的日子來，說是幾年前，開始烤製麵包，用自己種的麥子，用自己疊的火爐，每星期開爐烤制一次，一次的數量也不多，一出爐就「完賣」。

在日本，有一群像這樣放棄都市生活放棄繁華，選擇在鄉下過簡樸日子的人，有的時候我覺得自己可能也是這樣的人，但事實上我還是比他們有些欲望，一些享受的一些名利的一些世俗的。我雖然也是選擇了住在鄉下，但我卻沒有他們那樣的自理能力，一條奇怪的動物會把我嚇得好幾天做惡夢，一條毛毛蟲會讓我食欲不振，而最為頭痛的還是除草，那樣強烈的陽光下，到處潛伏著蛇和蟲子的危機，不塗上厚厚的防曬霜哪裡敢出門呢，更別提種菜了，心血來潮留下來不肯種上草坪的那塊巴掌大的地方，要不是鄰家歐巴桑每年來幫忙料理，還不知會怎樣的荒草蒼蒼呢。要選擇這樣自然的生活，必須具備的條件有兩個，或是真的能自食其力，樂在其中，要麼就得拿出銀子來打理著一切，當然也是樂在其中。

那年的夏天，院子裡的一棵松樹不知不覺地長滿了毛蟲，是那種肥大的，滿身張牙舞爪毛髮的，就是我今生最怕的那種，在小的時候被叫做「貼樹皮」的一種毛蟲。雖然後來松樹被消了毒，但博奧還是請來了造園會社的人，伐掉了那棵樹，原因就是因為我一連三天晚上得靠吃藥才能入睡，而且反覆從夢中被那毛蟲驚醒。博奧罵我是紙老虎，是葉公好龍。是呀，住在鄉下，連小小毛蟲的關都過不了的話，只能是返回城市去聞汽油味了。

沿著我家後面的那條石子路，走下去，有一棟建築風格很洋化的小二樓，後來才知道，那是東京一位畫家的別墅。博奧聽說之後，就幻想等孩子們自立之後，我們住回琦玉縣老家，把這棟平屋也作為別墅，一年來住上幾次——在關東氣溫零上35度的時候，在冬日想看雪的時候，在春天採山菜的時候，想在滿山紅葉的山巔泡溫泉的時候。想來想去，這裡既然這樣好，幹嘛非要回到大都市去養老呢？

寫到這，窗外風雨交加起來，電腦前坐久了，後背隱隱痛了起來，沏上一壺熱茶，算計著過兩天去訂一枚大畫框，給自己一年的時間，想畫一張大畫呢。想想就覺得奢侈。

老東西帶來的恍惚一日

博奧去東京的時候，順便回趟家，翻出了一個他早年使用過的傻大傻大的錄放機，那種可以聽CD又可以放磁帶還有收音機功能的老傢伙，博奧說是他二十幾年前的老收藏。同時拿回來的還有一大堆CD，「磁帶嘛，那時已經少聽了。」博奧邊翻弄那些積了灰塵的CD邊說，說著說著，他像孩子一般叫道：看看看，這是我年輕的時候非常喜歡的一張碟。我歪了歪頭，是一張全寫英文的碟，我看不懂，就說：放來聽聽。那老傢伙雖舊了，但音質還是很不錯的，像我這樣不懂音響的人，聽起來足夠了。

那是一張精選碟，有很多好聽的老歌在裡面，像Unchained Melody，Put Your Head On My Shoulder都是十幾年前我在國內時也常聽的，當那些熟悉的旋律響起來的時候，突然之間，我覺得我們分別在兩個國家度過的那些不一樣的青春的日子，原來還是有那樣的相似，也許青春的日子都不會相差得太遠吧。

第二天，博奧和孩子們都不在家的時候，我翻出了當年出國時帶來的那些塵封了十幾年的磁帶，一個人在仲秋的豔陽日子裡，沏上一壺釅釅的茶，懶洋洋地把自己堆在藤椅裡，讓林憶蓮的聲音在花間葉下緩緩蕩漾，套句朱自清的話——什麼都可以想，什麼都可以不想，便覺得——這片天地是我的了。可我還是貪心不足，又捧出這次回國老母移交給我的那些她和老父年輕時的相片，以及我姥姥年輕時的幾張老相片，老母說她也開始到了有今天沒明天的日子，希望我能把這些老相片好好保存。於是在那個芭蕉冉冉的一日，我一張張翻看那些泛黃的老相片，一盤盤聽那些舊舊的老磁帶，時間變得緩慢而多情。

一首首的歌聲中，讓我想起有一個晚上我們幾個男男女女好友從斯大林大街那頭的藝術學院一直走到八大廳後面的鹿鳴賓館，然後再打車去紅旗街吃烤羊肉串堅持到後半夜的那幾家小店。想起在做晚上的節目時不小心觀點說的偏激了，第二天被打到編輯部的聽眾電話一頓臭罵。想起採訪完竇唯張楚他們之後我寫的《搖滾三劍客》。想起當年去甘南藏區高原上拍片時的瘋狂，想起蹦迪，想起橫渡南湖，想起半醉時不甘示弱的前手翻等等，當崔健《新長征路上的搖滾》那盤帶被拿在手裡的時候，我想起當年採訪崔健時，他的那張臉和前幾天在電視裡看到的那張臉真是大相逕庭。那麼多的往事都已成風，當年嘔心瀝血的雜誌合訂本還立在書架上，而我——抬頭看看牆上的錶，該是接孩子的時候了。

收拾起那些老東西，關掉那些老歌聲，打點起精神，回憶的門是不能輕易打開的，做上十個仰臥起坐，還算年輕，再等等再等等，等卡奧理到了穿婚紗的日子，我再去打開往事的門。

現在我還得陪孩子們翻跟斗打把式呢。

對了，說到這兒，去接孩子之前，先把我的花施施肥灑灑水，生活還是進行時呢。

學習中文吧

今天可把我氣壞了，早飯時說得好好的，吃完飯先把自己的房間收拾乾淨，把學校的作業和通信學習的作業都寫完，然後就可以看DVD了，孩子們每個星期每個人選一張喜歡的DVD借回來，卡茲一直迷中國功夫片，借來的都是成龍呀李連杰呀李小龍什麼的，卡奧理借的大都是動畫片，有迪士尼的還有宮崎駿的，也都是我喜歡看的，我們常常一起看，這兩張DVD著實給我們娘兒仨帶來了很多相同的話題和樂趣，也成了我們這段時間生活裡的小小習慣。可是今天就出了毛病，卡茲的功夫片他自己是百看不厭，所以作業一完就急急忙忙收拾好自己的書包，搶先坐到電視機前放上DVD，接著看後三分之一部分，卡奧理慢騰騰地收拾完自己的東西，也不是特別著急的樣子，她好像不太喜歡這張漫畫，一會兒看看哥哥的功夫片，一會兒看看我寫字，我問她：你不看漫畫了？她搖搖頭也不吱聲。我看她無所事事的樣子就問：「你想幹什麼？」她說她想在電腦上玩學英語的遊戲。我說：等媽媽寫完這篇字你再玩，你先去彈鋼琴。其實每天卡茲和卡奧理都在一些時間的空隙裡練練鋼琴的，誰知今天這小丫頭心情不暢，馬上小臉就變了，嘟嘟囔囔地把鋼琴敲得山響，我哪還有心思寫字呢，就說她：「不想彈就別彈，別吵人吶。」

卡奧理聽了我的話像是更生氣了一樣，大聲地喊道：「不，不。」

「什麼不不不的，想彈就好好彈，不想彈就別彈。難道媽媽說的不對嗎？」

那小丫頭一邊敲著鋼琴一邊喊著：你就是偏著卡茲，總是逼著我練琴練琴，哥哥在那兒看電視就行，我就得練琴，你就是偏著他，偏心。

嘿！你說這小丫頭是不是太刁蠻太不講理了，我離開電腦，拉開琴房的玻璃門，怒火沖天地說：你說什麼呢你。

卡奧理這丫頭可會吵架了，小嘴像蹦豆兒一樣劈里啪啦，我一著急日語功能變成一片空白，一把把她從椅子上扯下來，用中國話說：小兔崽子，我不會說，我還不會揍你。狠狠地在她屁股上拍了兩下，隨後跟進來的卡茲馬上去護著卡奧理，邊說：「不能打不能打，她還小呢，是個孩子呀。」「小！她這麼小就知道和媽媽頂嘴，不管她，長大了還了得了。」卡茲拉著我的袖子，附在我的耳邊，在妹妹的哭聲裡小聲說：「媽媽，學校可說了，不許虐待兒童。」

前幾天，學校可不是發了宣傳單，上面有虐待兒童的舉報電話。呵！想威脅我，我又氣又好笑，衝回琴房，對賴在地上大哭的卡奧理說：你自己在這兒好好反省一下，到底誰有錯。

我還想告訴他們，中國可是有句古語叫「棍棒出孝子」呢，像我這樣只是動動嘴，你們就想威脅我虐待兒童了，這孩子可沒法管了。老爸老媽不擔當起修理孩子們的責任，那孩子們還不像小樹一樣瘋長，誰能保證不長得歪歪扭扭的呢？想威脅我，哼，沒門兒。我給自己倒了杯熱茶，剛坐在沙發上，就聽卡奧理大叫一聲痛，哭聲就大了幾分貝。我示意卡茲進去看看，卡茲馬上跑出來叫我：媽媽，不好了，卡奧理受傷了。原來，那小丫頭，不服氣我讓她反省，雙腳在牆上亂踢，恰好把隱在窗臺上的紗窗架子給蹬了下來，砸在她的臉上，那東西很重的，她的小臉馬上就青腫起來，還好，沒有出血，我馬上在冰箱裡拿出小袋冰塊，冰鎮在她的傷處，心裡又氣又痛。

那天晚上，孩子們都睡去，我沒有像往常一樣和博奧一同入浴，只是一個人泡在浴室熱熱的水盆裡，只恨自己為什麼沒有好好學學日語，能像日本媽媽一樣只用語言教育孩子。博奧自己進來，笑著說：跟我也生氣了。我就忍不住眼淚流了下來，博奧舒舒服服地把自己的身體泡在熱水裡，勸我說：我倒是有個好辦法，你現在開始教孩子們說中文，然後用中文教訓他們，準成。

瓷器女人

女人愛茶具愛食器，大概是天生的。

小的時候，因為老父是軍人的關係，在那個物質貧乏的年代，家裡的日子還算過得比較寬裕，記得我在上中學的時候，擁有了一把漂亮的銀色勺子，橢圓型的，長長的把柄上精雕細琢了很古典的繁複的對稱花紋，至於那質地是不是銀的就不清楚了，反正拿在手裡沈甸甸的，那段時間，吃完飯就精心地把它刷乾淨，然後用手絹細細地擦乾，放在櫥櫃的最裡面。以後，母親不知從哪裡得到一套暗黃色的玻璃套杯，略扁的杯子還帶著一個小小的托盤，在當時，喝水的缸子都是鍍瓷帶把，上面寫著為人民服務什麼的，好一點的就是上面模模糊糊噴印著幾朵小花圖案的那種，像這種玻璃造型的簡直就是鳳毛麟角，那個時候誰知道它是咖啡杯呢，母親把這五個杯子放在一個托盤裡，擺在茶几下面，上面蓋她自己繡的一條白色的上面有美麗鮮花圖案的手絹，平日子也不讓我們用，只有來客人的時候，母親才用它來倒茶。我呢，總是趁母親不在的時候，用小小托盤端著一杯水，放在學習桌上，慢慢地分好幾次把那杯水喝下去，感覺好極了。

真正在日常生活當中體會到茶具食器的美麗，還是幾年前的事兒，孩子上了幼兒園，生活和自己的時間也步入正軌，也就有了悠閒地心情。實際上，大部分日本人家的茶具食器用法還是滿講究的，吃什麼樣的東西用什麼樣的盤子碗，喝什麼樣的茶用什麼樣的茶具，弄錯了會讓人笑話的。一般來說，家裡每個人都有自己的不同於他人的一套基本餐具，它包括飯碗，湯碗，筷子，勺子，當然還要有茶杯喝水杯以及牛奶杯。像我家，因為下午茶的時候我常常烤蛋糕，卡茲和卡奧理也喜歡喝紅茶，當然就得多預備出一套喝紅茶的杯子了，這些都是個人用的，那麼，客用的就是成套的居多了，而對我來說，逛商店的魅力也就由服裝不知不覺地移轉到了茶具食器。

我不是一個愛名牌的人，買東西憑感覺，一眼看中的大體上都不會很差。開始的時候也不過是在大商場裡逛逛，後來就逛到了專門店，做了幾次陶之後，就只逛每年各地舉辦的次數不多的陶器大市了。當然還有各個作家的即展即賣會，雖然買了不少稀奇古怪的杯盤碟碗，但也說不上專門喜歡哪位作家的東西，客人來喝茶，也沒有怎樣贊不絕口的，只是會說：很奇怪的杯子呀。或者，微微一笑說：這個盤子很有意思呀。對我來說，這可是最高的評判了。

後來，有朋友嫁到了茨城，她的老公是自己的土木會社，有解體工程項目，就是拆舊房子，日本人家拆舊房子可是價格不菲呀，這倒和我沒什麼關係，有關係的是，日本人真的很敗家呀，在拆房子的時候會丟很多的東西，尤其是年輕些的人，老一輩的很多東西都不要的，當作垃圾來花錢請人處理，朋友知道我有喜歡古怪東西的癖好，每次有拆房的工程都要事先打電話給我，我呢，就開上近三個小時的車，去收垃圾。三十幾年前的脫粒機看似漫不經心地擺在庭院，有大片香草倚在下端，淡藍色的牽牛花細細地縈繞。還有不知是多大的一個家族的大爐子，淡青色的花紋，常年煙燻的痕跡，厚重的木質鍋蓋，刷掉油膩，來做花盆臺，連花都顯得格外裊娜，日本有名的南部鐵器，還有各種稀奇古怪的好玩意，在別人眼裡可能是垃圾，在我這裡可是寶貝呢。當然，也有走眼的時候，有一家丟很多的食器，像往常一樣，我對成套的東西總是要挑挑揀揀的，因為太多，眼一花，撿到家裡就都是垃圾了，所以，可要可不要的東西，我是堅決不要的。那次，鬼使神差我就順手打開一個爛舊的盒子，裡面的茶具小巧淡雅，憑感覺會是好東西，雖然不是十分喜歡，但還是沒捨得讓那些工人把它砸到廢棄堆裡面。拿回來也沒在意，刷乾淨就擺放在食器櫃子裡面。直到有一天，有一個日本茶道世家出身的學生來我這裡喝茶，才知道這原來是日本很有名的「九古燒」。

雖然我也珍愛這些食器，但如果只是把它們擺放在那裡，我倒覺得失去了食器本身的意義，所以，它們無論貴賤都會適當地出現在我的飯桌上，惹得卡奧理在外面飯店吃飯的時候總挑剔：這家的食器可不如咱家的好看。或者面對盛著義大利麵條的白色的大盤子建議說：吃洋風料理還是像媽媽那樣用日本風格的盤子，更加別具一格呀。每逢這時，我心裡著實得意洋洋。

愛食器的女人一定會是一個愛家庭的女人，因為這些食器的美麗，只有在點點滴滴的日常生活中才能大放魅力，也只有愛生活的人，才能欣賞這些不經意的美，而生活的幸福，也就在呈現這些點滴的普通生活細節裡面了。

當然，博奧給帶來的驚喜也是出乎我的意料的，看似不修邊幅一臉大鬍子的他，漫不經心地用分配給他的茶碗喝茶，氣不過，就問他：好喝嗎？他不理人，邊看電視邊說：還算好喝，只是這茶可配不上這杯子。哈哈，原來還不是牛嚼牡丹。

這樣的好天氣，從書房的大玻璃窗望出去，火一般的楓葉相應著碧綠的茶花葉子，一只無名的野藤倒是用金黃色來糾纏著，電視裡咿咿呀呀唱著京劇《白蛇》，沏上一杯紅茶，滿心的安詳。

癡迷花草

很多花，是先知道名字，後來才對上模樣的。

小時候，最喜歡的就是爸爸的《東北常用中草藥手冊》，那裡面文圖並茂，很惹我的心。記憶中最深的就是盛夏時分，院裡的柏油路曬起了油亮的小泡泡，知了不嫌累似的叫著，我就逃課，歪在家裡軍綠色的沙發上，捧著這本小書，看得津津有味，而我的有關植物的常識，大多數是來自這些個無視時間的逃課午後。

轉眼間，鄉下的日子滋滋有味地已經過了五年。庭院也漸漸有了模樣，喜歡的花花草草每年栽種的熱熱鬧鬧，對植物的熱愛，在實際接觸泥土的過程中，被提升到了生之快樂的實用哲學地位。而我的植物知識，也空前絕後地得到了極大的提高，當我叫出了連日本人都不認識的花草的名稱時，那份欣喜和得意也充實著我這異鄉的日子。

這是我家院子裡的紅豆，據說此物最相思，遺憾的是，悠閒的日子裡，哪裡還顧得上相思情結呢。對我觸動最大的情形就是春天裡占了先兒開放的水仙和鬱金香。水仙是在學國畫和唐詩裡面認識的，沒覺得很美，只是在文字裡覺得珍貴和高潔，而鬱金香，則是從阿蘭德龍的一部電影裡知道的，那是帥和略略有著邪惡意味的花。而這裡的春天，當看到水仙和鬱金香在田邊地頭裡像野草一樣瘋長的時候，我最初的感覺就是不知所措。

很多家的斜面上都是盛開的水仙，間雜著鮮豔的鬱金香。婆婆每年春天都從琦玉老家郵送給我一大盆各色的鬱金香來，我是拒絕栽種這打破我的幻想的花的，可是，每年的春天一到，我還是不由自主地盼著婆婆送來的鬱金香，猜想著今年與往年會有哪些不同的花型和顏色。這份偷偷的不為人知的失落中滋生出來的快樂，會貫穿著我整個的春天。

萬種風情話季節

前幾天想做一件家常穿的日式外套，特特地跑到和服專賣場去打探一番，一般來說，冬天的時候，我在家裡常披的是被日本字寫作「絆天」的一種棉襖，寬大的袖子，沒有扣子，用兩根帶子在腰間偏上的地方打個結，非常方便。但天氣漸次溫暖起來，我心裡就活動著再做一件薄的來穿，博奧總是嘲笑我像穿的都是日本老太太喜歡的東西。可不是嘛，日本的年輕人平日裡是不穿這種衣服的，只有那些有時間和經濟能力的上了年紀的女人們，學著日本茶道花道穿著這些價格不菲的日式服裝，我有一個學生，她老公是個醫生，她整年地穿著各式各樣的和服，惹得我每次上課前都在猜測她和服的花樣。

日本的和服季節感非常強，尤其是那些季節性的花花草草模樣的料子是不能隨便亂用的，那天在店鋪裡，一眼就看上了我喜歡的深淺不一紫色的紫陽花模樣的料子，但那個服務員耐心地給我解釋道，像我這樣要每天在家裡穿或買東西時要穿出去的話，不適合用這種季節性花紋模樣的，像梅花，只適合冬天穿，櫻花在春天時穿，牽牛花被設計出來的樣子可愛得不得了，但只能在夏天穿，再拿上一把同樣的扇子，再看花火大會的時候可是夠惹眼的，楓葉呢，就只能穿在秋天了，而按我的這種要求，只能穿帶有素樸螺紋等模樣的，然後就是一些花紋模樣不顯著的設計了。這東西很講究的，穿錯了會讓人笑話的。那些料子看起來個個好看呢。只是因為我的身量很高，現有的穿起來都有點不合體，要是定做的話，要等一個月呢。

其實，日本整個社會的季節感是非常強的，可能是由於國土狹長的緣故吧，漸次變幻的季節養成了這裡的人們很大的追隨性。譬如每年有很多的人跟隨著電視裡「櫻前線」的報導推移而去日本各地的櫻花名所賞花。每到什麼樣的季節在商店裡就會有和這個季節相應的東西銷售，他們誘導你步入各個季節。我定居日本有十幾年之久了，有很多我們過去的風俗習慣，我只是在書本裡閱讀過，但在這個和我們一衣帶水的異國他鄉裡，我都一點一點的體會一次一次認真地度過。最簡單的譬如冬至的時候要吃南瓜，春分秋分的時候要掃墓，還有撒豆驅鬼，乞巧，吃七草粥等等，日本人常常問我：這個節日是從中國傳來的，你們也這樣過嗎？是啊，我們也這樣過嗎？我只能實事求是地回答說：這些風俗習慣我在書上都讀過，但是因為我的家鄉是中國的東北部，和這些習俗出處的黃河兩岸相隔甚遠，所以不過的，但是在別的地方可能也是要過的吧，中國很大的嘛。你說呢。

現在已經嗅到春天的信息了，向陽的地方已鋪滿了星星點點紫色的小野花，而那種在這裡有代表性的初春的花——福壽草已經豔豔地開在雪線的邊緣了。前幾天去妹妹家玩，回來的時候歐巴桑給了我一個紙袋子，說：這是山上的フキノトウ（一種蜂鬥葉的花莖的植物，可以有各種各樣的吃法）。這種東西前幾天在商店裡也看到了，很貴的，一盒裡整整齊齊的擺上六個就要二百日圓，我還沒捨得買呢。每年的春天，我都找一個陽光燦爛的休息日，帶上孩子們去妹妹家的山坡上採這種植物，吃不吃的倒在其次，那種感覺季節變化的心情是非常愉悅的。

日本人很有意思，他們喜歡吃季節性的東西，叫做「旬物」，按我老家的說法就是吃個鮮兒，我家博奧對別的「旬物」倒也罷了，他比較講究的是吃生魚片，被日本漢字寫作「刺身」的就是，每到哪種魚肉肥嫩的季節，他都要求先嚐為快，連帶著小學五年級的兒子也知道什麼季節吃什麼魚，什麼好吃不好吃了，不像我，吃生魚有點牛嚼牡丹的味道。現在每到舊曆新年，博奧就會說了：該吃中國老家的旬物了。你能猜到是什麼嗎？博奧說的是中國水餃。

我喜歡季節分明的感覺，她似乎能讓人感到生命的波動。日本人很會協調和大自然之間的關係，他們欣賞初雪，然後是新綠，還有花見（看花賞花的意思，大都是指賞櫻花，或家族或公司或戀人或呼朋喚友，帶上吃的喝的玩的，在櫻花樹下狂歡）竟把秋天稱為文化的秋，運動的秋和食慾的秋。而我最喜歡的就是每年的「新米」時節，這也是住在鄉下的好處呢，開車取回一袋在農家預定的新米，直接到無人的投幣精米機那兒，把米精白一下，這個過程是生長在大都市的博奧也感到非常新鮮有趣的事兒呢。博奧也很有意思的，前一段時間，電視節目裡說吃玄米能有助健康，所謂的玄米就是脫過殼之後但沒經過精製的糙米，而精米就是把糙米用機器弄白，通常有標準，中白和上白三種。那天我們又去農家取回預定的新米，博奧就突發奇想地決定要吃玄米，我沒吃過當然也想嘗嘗，結果第二天的早飯，孩子們各個吃得愁眉苦臉，想到還有一上午的功課，只好拿出麥片加上牛奶來補充熱量了。看來憶苦思甜在我家裡是行不通的。說到新米，我就想起了日本的おにぎり，也就是飯糰。我家博奧在熟悉了中國的部分料理之後總結說：中國的料理都很濃香，而缺少了東西本來的自然味道，我想原因大概是中國的米不太好吃吧，所以用味道濃重的菜來調節。此話有沒有點道理先不管它，單說日本的米，那個香啊，就是單單撒上些鹽來吃也是美味無窮的。飯糰算是日本的一道飲食風景，記得有一年，好友來日本看櫻花的時候，我也是捏了幾個飯糰帶上，好友面帶不屑之色，言下之意是：太摳門了，這幾個飯糰子就想打發我啊。可不是嘛，在國內，出去玩的時候也是帶上燒雞啊醬肘子什麼的啊。可是好友到後來一直念念不忘那天的美景和那美味的飯糰呢。

今天隨著報紙送來的廣告紙裡面，有和服大市，我打算去看看有沒有我喜歡的東西，快要換下冬衣了，給自己一點奢侈，換來一季的好心情，不算過分吧。

螢火蟲的故鄉

搬到這兒的鄉下已經兩年多了，今年是第二次參加每年例行的螢火蟲觀察會，晚上八點時分，在集合地點，我們這個地區的育成會會員們就都到齊了，育成會和PTA會是孩子們就學過程當中不可缺少的兩大家長協會，PTA主要是協助學校的，而育成會則是以小學生為主的區域性的團體，主要在各個假期發揮作用，結合當地的情況組織孩子們進行各種活動，我們這個育成會一共有十五個小孩子，各種各樣的活動也很多，但我最喜歡的還是每年一度的螢火蟲觀察會。

我們這兒被稱為「螢火蟲的故鄉」，當地鄉親非常驕傲自己家鄉有好吃的大米，黃瓜（據說曾是貢品呢）等蔬菜，這些東西之所以好，就是因為這裡的水質上乘，據說，螢火蟲非常「擇水而居」，而我們這裡的水源，據說是後面那座深山裡流下來的泉水，這裡的人們無論生活還是灌溉，都恩惠與那幾眼清泉。而我家吃的是地下水，自家的水井，有一個淨水槽，我家的水質化驗結果是含很多對人體有益的礦物質呢，我家的水道用水就是這一眼井。我媽去年來的時候就說這可是天然礦泉水呢，你們連洗澡澆花甚至沖廁所都用它，真是太奢侈了。就是因為這裡的水質，久而久之，竟成了螢火蟲的故里。

每年的雨季，也就是在六月末七月初時節，是螢火蟲最盛的時候，到了晚上，濕漉漉的空氣像是能擰出水來一般，鄉下的路燈，間隔很遠，就算是躲在燈影裡，也能看到有微弱的螢火悠悠飄蕩，如果岔入小道，依著山腳就有一條小河，在小河與道路之間的那一塊稻田裡，是螢火蟲集中的地方。博奧是在東京近邊長大的，看螢火蟲的記憶不是很深刻，他印象中，父親開了車要走很遠的地方才能守候到散散落落的幾點螢火。正因如此，他的驚喜也就不亞於我了。

這個季節裡，我們全家都非常喜歡夜幕降臨，在微涼的潮濕裡，一家四人步行在田間河畔，點點閃爍的螢火，像天上的星星吹落在人間，不知什麼時候，卡奧理的髮辮上就停留了一點螢火，一轉身，博奧的肩頭也有閃耀，而卡茲的紗網裡已經捉進去了一團的光亮。我慢慢地講小時候看來的故事；一個很窮人家孩子，因為沒錢買燈油點來讀書，就捉了很多的螢火蟲來借光用功。講到這裡，卡茲把螢火蟲舉到自己的臉上大聲地說：這個光亮可不能看書，會害近視眼的。我一下子就把自己要說的「刻苦讀書」本意拋到九霄雲外了，我的教育系統怎麼被培養得這樣無聊呢。一伸手，捉住眼前飄過的一點螢火，放在自己的鼻子上，卡奧理一定是看迪士尼的《彼得潘》看的，想像更豐富地說：螢火蟲可能是妖精的粉呢。說完就做飛翔狀撲到博奧的身上。

也是連續兩年了，家居大都市的博奧的兄妹們也在這個季節抽空趕來看螢火蟲，在我家的草坪上吃烤肉，放煙火，第二天再去泡溫泉，搬上幾大箱地產的黃瓜回城，小孩子們還要把螢火蟲帶幾個回去給老師同學們看等等，對他們來說，一趟鄉下，世外桃源般的神仙日子就結束了，可是我們天天都過著這般日子呢，就算是仙境，也為習以為常了。

遺憾的是我的技術無法拍到美麗螢火。

閒閒的仲春一日

4月29日這天是日本日曆上的紅日子，寫著「昭和の日」。通常，紅日子是法定要休息的。前兩天，看著春日陽和，便各處的風景就在心裡過了一遍，選著要去哪裡瘋上一天才好。商量來商量去，卡茲悶悶地說：不是早就定了這天請人收拾院子嗎。呵呵，瞧我這記性，心裡一絲絲地悔了起來，這好天兒，豈不可惜。

早早地跟孩子們說今天一起動手。

卡茲和卡奧理竟然沒有不情不願也是出乎我的意料之外，以往，可是拗著呢，就不喜歡弄得灰頭土臉。話裡話外，很快探知，原來並不是熱愛勞作，也不是為我這老媽分擔些許，原來是要把自己曬成太陽的顏色。

這兩孩兒，天生肌膚似雪，小時候大夏天的也常常有人問：這孩子不冷嗎？如今，班上的同學身邊的朋友都在追著一種小麥色，有這個爆曬的機會，倆人豈能錯過。

當然，在我的威逼誘惑下，還是先塗上了防曬霜，不是美白的那種。好傢伙，赤膊上陣，跟我這捂得嚴嚴的成了鮮明對比，惹得園藝師傅一直偷笑。

其實，園藝師傅不過是兩個年輕的小伙子，一直是我家的協力公司，多年前，老社長帶著剛畢業的他來我家設計院子，那時他是新婚，剛剛接替他的老爸，剛成為一個年輕的社長，率領著他的弟弟，是一個家族公司。我家的院子，原本人家給設計的不錯，只是博奧隔三差五地又買回來喜歡的樹木山石，又不著調地提各種建議，所以，幾年來樹木添來減去的，好不容易現在出落成了些許的模樣。這小哥倆現在也輕車熟路了，兩天下來，漫山的荒草割掉了，樹木春剪也齊整了，草坪修剪，消毒滅蟲等等。

這時候，卡茲和卡奧理做的就是整備我的小菜園。買來了兩袋發酵的雞糞混入土中，這活幹起來很累，一鍬鍬地翻土，然後拌勻，最後還要把整塊地平展一下，卡奧理簡直就是做做樣子，沒一會兒，就自動變成了端茶倒水遞工具的小伙計了，我呢，鐵鍬沒舞三兩下就要坐在草坪上歇息一陣子，心也跳得慌，大汗淋漓的。卡茲一點不計較地默默地勞作著，很像個男子漢。

其實，在外面的時間也不過就是兩個小時左右，卡茲進屋沖個澡就一頭撲在床上睡了過去。卡奧理搬出了躺椅，在外面陽光浴起來，睡姿和納納一樣。

送走園藝師傅，在冰塊裡註上自家的泉水，掐兩片薄荷葉子扔進去，午後的陽光慵懶愜意，慢慢地翻手裡的宋詞，不遠處，誰家的炊煙裊裊升起。（註：此炊煙乃鄉下極少的人家是用木柴來燒洗澡水的。據說此燒法，水質溫潤綿軟。）

卡茲十歲了

卡茲生來就是小兒哮喘，小嬰兒的時候，嗓子裡總是像裝了一只小小的哨笛一樣，即使是雙親都是醫生的我，依然心急得不得了，恨不得把兒子的不良癥狀換到自己身上，國際電話的那端，小兒科醫生的母親說：孩子大一大就會自然轉好的，要是三歲之後還不見好轉的話再看醫生也無妨的。話雖這樣說了，道理我也知道了，但還是不甘心的，總希望能有什麼奇蹟能讓我的小寶寶立馬好起來。因為這種想法一直在作祟，終於在某一天，我帶著剛滿三個月的孩子去了我這兒的一家國立大醫院，等了一個上午，好容易見到了醫生，聽完我的訴說之後，醫生的診斷和我媽媽說的大同小異，只不過日語的表示方法更曖昧一些，可是我還是不死心，就問：那麼他大一點就一定會好起來嗎？醫生看我那窮追不捨的樣子，就微微笑著說：不放心的話就照照相，看看有沒有什麼異常。當我刨根問底地問清楚，原來照照相就是把一個極小極小的照相機從卡茲的嘴裡送到他的身體裡，然後檢查他的氣管呀，食道呀什麼的，醫生給我看了看那架小小的照相機，我再看看熟睡中卡茲的小臉蛋，和小嬰兒來比那架小小的照相機就不算小了。我斷然拒絕了這個建議，選擇了等待。

卡茲現在每個星期練三次空手道，每次兩個小時，這個十歲的小男生，目前迷上了中國功夫，迷上了李小龍，成龍和李連杰，每天追在我和他老爸的後面比比劃劃的，又好玩又煩人吶。但我也有個絕招對付他，借來那三個人的DVD，他就會一直安靜地看下去，不過，看完之後我就慘了，那些中國功夫只能由我來解釋，卡茲就跟在我的身後不斷地提問題，這時候最可恨的是博奧，他一臉幸災樂禍的表情，還用漢語磕磕巴巴地問我：自作自受是什麼意思啊？

溫泉和混浴

表哥雖然在東京住了好些年，但去溫泉的次數卻不是很多。大都市裡的溫泉雖然也弄些精緻的小景致，但畢竟不如大自然那種味道。我家居的地方溫泉很多，有市營的有私營的，要是有時間想好好享受一下的話，開車到山裡也不過是幾十分鐘的路，在馬莉全家來之前，我就擬訂好了有幾家溫泉是一定要去的，那也是我和博奧常去的地方。日本都市裡的溫泉已很少有混浴的了，但在鄉下，在很多山裡的溫泉旅館，還都保留著混浴的地方，尤其是有一種免費的露天小溫泉，更叫人流連忘返，那種小溫泉常常要把車停下來，再走上十幾分鐘或者更遠一點的路程，就會抵達一個小小的或用木頭或用石頭疊起來的小小溫泉，有的溫泉小的只能容下兩個人，有的在溫泉

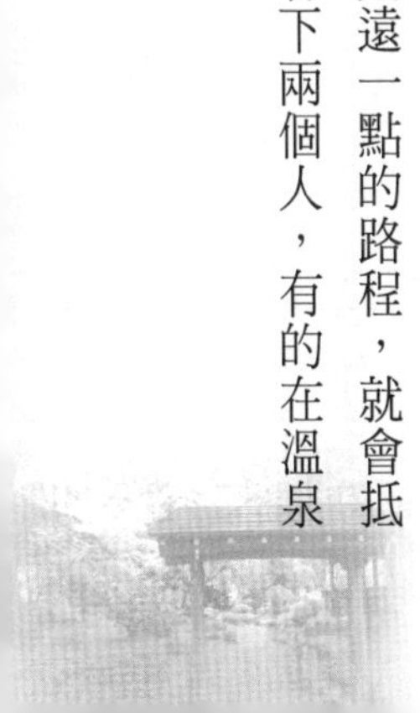

邊上有一個小小的木箱，上面寫：入浴請投幣一百元。當然那種小溫泉是沒有換衣服的地方了。

過去很多山裡面有名的大溫泉旅館都只接待住宿客人，想泡那樣的名湯就得花上幾萬塊錢在那兒住上一晚上，大概是因為經濟蕭條的緣故吧，現在很多那樣的名湯秘湯溫泉旅館都開始接受一次性入浴的客人了，而且價錢也可以接受。我和博奧去那種地方的時候，博奧很奇怪地問我：你為什麼看起來鬼鬼祟祟的樣子啊？我回答他：「這種地方就像是貴族像是宮殿嘛，我們這樣的平民進來，就是這樣的心情嘛。」博奧就罵我沒見識了。其實，花那麼點兒錢享受這樣的待遇，像我這樣有感恩心理的人當然是受寵若驚了。

話說馬莉一家來了之後，就開始了我的溫泉計劃。

那天天氣格外的好，送走了上學的孩子們，又送走了上班去的博奧，喊著馬莉幫我曬衣服，自己飛快地預備好大大小小的幾條毛巾，表哥和大成正在庭院的草坪上打羽毛球呢，「快上車，快上車，出發嘍。」馬莉急急地再次衝出房門大聲地叫著。車子駛過小鎮，駛過小村子，很快就鑽進大山，雖然已經是十月初，但還有零星的紫陽花在山道邊的蔭地裡鬱鬱地開著，馬莉有點沈不住氣地問我：到底要去什麼樣的溫泉啊？我只是笑，不答她。大概有一個小時的路程，我的小紅馬岔進了一個沒有什麼顯著標誌的小路，沿著很陡的小路向下向下再向下，在兩座大山的中央，突兀地出現一道山水畫般的人家，深藍色的門簾上斗大的白色「湯」字，一條彎彎小徑被姿態萬千的楓樹包圍著，非常典型的日本風物，大成蹦蹦跳跳地走在最前面，他突然停下來回頭對我們說：「這深山老林的，這家人家怎麼過呀。」大成四年前來過我家，讓我印象最深的就是自動販賣機事件，在日本，自動販賣機到處都是，就連荒山野嶺也不放過，走過很多國家的我的博奧就常常說：日本是世界上服務最好最貼切的國家。他解釋說一點也沒有老王賣瓜的意思，是理智和客觀地認為。事實上日本的服務真的是讓人無可挑剔，讓人覺得做一個納稅的公民很有尊嚴。話說大成那年來日本，最喜歡做的事兒就是在自動販賣機裡買飲料，那天，他把硬幣剛剛投進去，自言自語地說了句：要是有熱的就好了。話音未落，我順手就按了紅色的鍵子，大成拿著還微微燙手的紅茶，驚愕了半天才說：「呵！它能聽懂話。」又歪著頭神秘地說：「它聽懂的還是中國話呢。」把我們笑得不行。一轉眼，大成已經不再是會被自動販賣機迷惑了的年齡了，像他的這種擔心，我的母親來日本度假的時候也曾疑惑過。母親後來得出的結論就是：日本這地方，哪兒有人家哪兒就有平展展的馬路，哪兒有房子哪兒就有水電。

　　這家溫泉的玄關很大也很矮，是典型的日式旅館，三層是受付（服務臺）二層有客房和飯廳，一層是室內溫泉和露天大浴場，穿過長長的向下斜面的走廊，有一個不起眼的小玻璃拉門，旁邊擺放著塑料拖鞋，換上拖鞋，有很陡的只能走一個人的石頭階梯，這是兩座大山之間一個峽谷，有湍急的小河穿過，河的對面是森林，河的這面是一片整理過的風景，但不著痕跡，有好幾種方式的溫泉，有一個巖風呂，在一個木制的房子裡面，很地下的感覺，那是混浴的，我和馬莉身上纏好大浴巾，表哥和大成也是一樣，這種纏法和日本人非常不同，有一次，我和一個日本朋友一起來這裡的時候，她只是拿半大的浴巾擋在自己的前半身，那次，我和她正在這個巖風呂裡說說笑笑的時候，一個女人敲開門溫柔地問道：男生可不可以進來啊？還沒等我反應過來，我那日本女友就點著頭說：請吧。也就在那一瞬間，我抓起池子邊上的大浴巾，跳坐在池子邊上，把自己的身體嚴嚴實實地包在大浴巾裡，當那個女人和那個男人進來的時候，我看似悠閒地只把兩條腿泡在溫泉裡，女友有點目瞪口呆的樣子看著我，我可沒敢一副若無其事的樣子去看那個只拿小毛巾把自己私處擋上的那個男人。

〈絕色庭院

拜託了叫「寶樹園」的那家園林會社，很快就來人給我家的院子進行設計和調整，雖然天是陰陰的，但我的心情卻好極了。上次把愛薔家的樹挪到我家的山坡，也是請的寶樹園，不僅僅是因為博奧和他們工作上有往來的關係，更重要的是我看好了這家年輕的小社長那股子認真勁兒，還有已退居二線的老社長和我的忘年交，說到忘年交，倒是我佔便宜的地方多呢。

退休之後的老社長是輕易不出山的了，一聽說是去博奧家，他就嚷著要來，早就聽說博奧家有一片帶山的莊園，老社長是愛山的，自家的那山坡無論春夏秋冬被他探個爛熟，哪個季節哪個地方能採到什麼山菜，他閉著眼睛都是如數家珍。在日本這地方就是這樣，私有地的山林即便漫山遍野都是寶，你也不能越雷池一步，那是侵犯他人私有財產，不定什麼時候就有一張法院的通知跑到你家信箱裡呢，那可不是鬧著玩的。基於此，那寶樹園的老社長哪肯放過來我家闖山的機會呢。我自然也是愛山的，但多多少少有點葉公好龍的味道，路邊地頭還能躍躍欲試，但那草陰樹高遮天蔽日的地方，我是萬萬不敢去的，怕的倒不是通常人最怕的蛇，而是怕那些長著一身毛的軟體蟲子。愛薔就戲言：要是你做地下黨被逮住了，不用上各種大刑，只需拿一堆毛蟲，不招就把你放到毛蟲堆裡，你準招。

博奧臨去公司前，假裝正經地吩咐年輕的「寶樹園」小社長，說：今天的現場監督是她，大大小小的事兒只聽她的吩咐吧。我連忙謙虛地說：什麼監督哇，我今天是打小工吧，你們是專業，我哪敢亂說呀。話雖像玩笑一樣說，小社長還是每棵樹每塊石頭的移動和定位，都認真地和我商量，弄得我都有點難為情。話說一天的工程下來，我這個連小工都算不上的現場監督竟累得渾身筋肉痛，但是無論如何，第二天還得繼續下去，博奧還真是當甩手掌櫃了，我呢，只有勤勤懇懇地幫忙了，儘管很累，中午休息的時間，我還是不能拒絕和老社長上山，他說我家的山是寶山，在山裡剜了很多的苔蘚和陰地植物來裝飾我的庭院，他居然還發現了長在陰地裡的冬蕨菜，這可是罕見的，年輕的小社長說這種植物在店裡賣五百日圓一株呢，喜得我有點不知所措，錢倒在其次，我是沒有變寶為利的能耐的，只是那份目擊生長的驚喜就足夠了。

庭院在四天後圓滿竣工，漫山坡的花木要等到明年春天才能分曉美麗，而直對正門的典型的日式小景就像一幅千年不倦的畫面展現在那裡。那天的博奧，半夜裡從東京趕了回來，看到他的車燈晃進庭院，我打開輻射那副山水畫卷的長燈，博奧進門那一瞬間流露出來的驚喜，讓人心花怒放。而後來的幾天，在孩子們睡下之後，我們坐在大大的玻璃窗前，慢慢喝兩杯陳年老酒，聽絲絲的冬雨細細地敲打著那些景致，到了這個年齡，喜歡享受的大概就是這樣一份寧靜的日子吧。

博奧像西方人一樣，喜歡朋友相聚，喜歡向朋友展示自己的快樂和幸福，就定下了在第一場大雪的時候，請朋友來小酙，我呢，忙裡偷閒，先請自己的朋友來喝茶，假裝漫不經心地接受贊嘆，心裡倒是樂開了花。

羅馬不是一天建成的，細微處還得幾個季節過後才能見分曉。而我的日子，為了這些個綠肥紅瘦而變得滿是喜悅。

鄉下 竹筍 人情

鄰家歐巴桑送來了兩顆大的出奇的竹筍，說是在自己後院砍來的。這可難為壞了我這個土生土長的東北人，小時候倒是偶爾能吃些父親部隊裡發的竹筍罐頭，但在我的飲食習慣裡，吃竹筍只是偶爾的事兒。

日本這地方，一年四季都能吃到竹筍，尤其是這樣的晚春季節，簡直就是鄉下人的家常便飯，大超市裡面也擺滿了新鮮的竹筍，電視的節目裡也大教這種「旬物」的各種做法。可是我對著這兩個大傢伙，著實發了好一陣子的愁，想到鄰家歐巴桑說放久了就不好吃了的話，只好給博奧打電話求援，博奧也是個只管吃不管做的傢伙，他告訴我給她妹妹打電話問問，嘿，我怎麼忘了，我的這個小姑子是半個料理專家呢，上次去她家做客的時候，她還做了一桌子又好看又好吃的義大利飯菜招待我們呢，惹得她老公直央求我們多多地來玩，他好能藉光享受享受太太的烹調手藝，原來啊，他太太雖然在料理教室通學，可是到沒心思在家給老公大顯身手。我那小姑子說了，給他做得再好吃也是「牛嚼牡丹」。

話說打電話請教了之後，博奧的妹妹還發來了短信，詳詳細細地做了進一步說明，按照短信的指導，我首先開車到超市裡買來了重曹（小蘇打粉），然後，一步一步按部就班地操作起來。那麼大個的竹筍，剝了外皮，也沒剩下多少，這倒是出乎我的意料，在心裡一衡量，我的廚房裡最大的鍋剛好還能放得下，小火煮上胖胖的兩顆竹筍，給自己沏上一壺香草紅茶，坐到暖桌那兒，看窗外火樣的杜鵑花在正午的豔陽下靜靜地燃燒，對面山上似有風掠過樹梢，安詳的連喜歡的京劇都不想聽了。過了好一會兒，空氣中開始彌漫淡淡的清新的竹筍的味道，翻了翻手上的料理書，今天晚上就做日本的「煮物」吧。我比較喜歡日本的「煮物」，清淡而保持了素材的原汁原味，尤其是這樣來吃竹筍，倒也算對得起它的風雅了。

我按照書上的做法把竹筍，胡蘿蔔和馬鈴薯放到一起來煮，總覺得不夠香，自作主張地放進去幾段香腸，臨出鍋時再放上一把碧綠的豌豆，嚐一口，也算得上是色香味俱全。吃晚飯的時候，博奧問我：這是中國料理嗎？還沒等我回答，女兒就贊揚地說：到底是媽媽，中華料理就是正宗啊。我只好低頭猛吃飯，不做任何回答。

看看還泡在水裡的那一棵竹筍，決定把它變成紅燒筍片。可是紅燒筍片還沒做成的時候，又有鄰家的歐吉桑送來了幾棵更大的竹筍，一時間，我家廚房裡的幾個大盆裡都泡滿了白白胖胖的竹筍，打電話說給博奧的妹妹聽，電話的那段無限羨慕地說：到底是鄉下好哇，那麼新鮮的東西都習以為常了。博奧妹妹家是在東京近邊的鬧市區裡，但也有自己家園子的一戶建物。我建議說自己在院子裡也種上幾桿竹子嘛，又好看，又能吃到竹筍。但妹妹嘆道：好是好，就是竹子太麻煩，繁殖的那樣快，不小心長到別人家那兒麻煩就多了。可不是嘛，城裡的人哪像鄉下的人那樣好相處呢，這可算是放之四海都皆準的感覺啊。

我的紅燒筍片端上去的時候，家裡的那三個人就變得十分客氣起來，一盤看起來還蠻可以的紅燒筍片，味道卻不怎麼樣，不能怪筍，是我的手藝太差。後來我又嘗試了各種做法，但被接受的只是那種淡然的煮物，沒辦法。好在沒幾天博奧要去東京，我封好口袋，千叮嚀萬囑咐地告訴他一定要帶給妹妹。等博奧回來的時候帶回來一盆白色的有淡淡香氣的小花，說是他妹妹送給我的。倒讓我有了佔便宜的感覺，但說什麼我也不捨得把這盆花送給鄰家歐吉桑歐巴桑的，好在博奧從東京還帶回來兩盒點心，我也就學著日本人的禮數，把點心送過去，還謙虛地說：也不是什麼好東西，請收下吧。鄉下的鄰里之間比較簡單和純樸，這很對我的口味。

無論如何，我得學會更多的竹筍做法，恐怕年年我都能吃到新鮮的竹筍了，而我和博奧開始考慮要不要在自家的後院裡種幾桿竹子呢。

〈鄉下的櫻花季節

十幾年來，附近的櫻花名所也去過不少，因為孩子的緣故，一直也沒能如願以償在櫻花季節去追隨一下各地的櫻前線，今年的春天，一如既往，只能在星期天的時候，帶上便當和「賞花丸子」躺在櫻花樹下看老公和孩子們扔棒球，任陽光暖暖地籠在身上，感覺春天的來到。

自從兩年前把家搬到了鄉下，每年「花見」的日子就變成了家常便飯一樣了，鄉下人喜歡在田間地頭房前屋後種上各種各樣的樹木和花草，一年四季裡都有花開花落，每年的四月中旬是我們這兒的「花見」——賞花季節，雖然日本人在這個季節裡的「花見」主要是指賞櫻花，但事實上，在這個季節裡也是各種早春的樹木花草盛開的時候，像玉蘭花、桃花、梅花、臘梅花、山茶花等等，而花草類的大抵上水仙和鬱金香是主流了。日本列島上的櫻花種類很多，這種原本是野生的樹木，被人工培育出了上百個新的品種，然後又被人工種植在全國各地，據說在日本學校、墓地、神社、寺院是最早集團種植櫻花的地方，而現在，體育場、河岸邊、集會所、公園等等也是被大量集團性種植櫻花的地方，而鄉下，櫻花更是隨處可見，據說作為紀念樹，櫻花是最人氣的選擇。

在孩子們每天上學的路上，有一棵很大很大的垂枝櫻，枝枝蔓蔓像柳樹一樣柔軟而飄蕩，而樹幹卻比柳樹要嫵媚的許多，每天清晨，淡淡的雲霧從山嶺間蕩出一條水平的白線，靜止般地環繞著那棵淡粉色的櫻花老樹和樹旁的幾戶農家，早起的歐巴桑牽著狗，大聲地和上學的孩子們

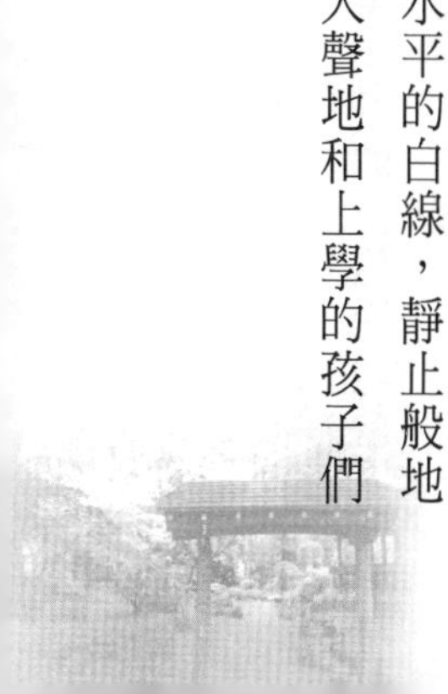

打招呼，孩子們書包上的黃色交通安全的標誌，很快就繞過山坡不見了。我的女兒每天放學回來，總是要向我表達一下她的驚喜發現，譬如渡邊家的門前山坡上的蒲公英開得像黃色的地毯。節節草（問荊）長出來了等等，而最近，她每天都對我說：媽媽，那棵大大的垂枝櫻開得非常好看啊。在這種春天的氣氛下，星期天不去賞花就像是愧對了這個季節一般。今年，我選擇了一個新發現的場所，那是距我家開車只需十幾分鐘的一座山村的河岸，據說在五十多年前，這裡經常洪水泛濫，地方政府就修建了橫穿這座村莊的河岸，並沿河岸栽種了千棵以上的櫻樹，持續了兩公里以上。五十多年過去了，這裡因為遠離都市，並沒有很多的賞花遊人，河的兩岸，也沒有像通常的公園那樣整潔寬敞，但是田舍和自然的感覺卻讓我心儀，那天我家的「花見」就選擇在這裡，一家人沿著河岸散步，不時地能嗅到櫻花的淡淡的香氣，博奧有板有眼地給我講「櫻花年糕」的做法，這個季節裡，日本人幾乎家家戶戶都少不了的一道點心就是「櫻花年糕」，小巧的形狀淡淡的粉色，入口時甜裡帶著一抹鹽味，很是好吃，就連不喜歡吃日式點心的我，也在這個季節裡要飽一飽口福呢。

孩子們晚上要去市裡的體育館練習空手道，我和博奧借此又去看了市裡的河岸櫻花，晚上賞夜櫻的人一點也不比白天少，兩岸的櫻花樹掛上了粉紅色的燈籠，人們在樹下慢慢地或散步或喝酒，偶爾有微醉的歌聲，我和博奧坐在遠離人群的對岸樹下，我喝啤酒，博奧因為要開車，只能喝茶，慢慢地夜有了一絲絲的涼意，賞夜櫻的人也漸漸少了，想是孩子們該練完了吧。拉著博奧的手站起身，頭有點微微的暈，眼前的夜櫻和燈籠變得格外溫馨，沿著長堤慢慢向停車場走去，體育場的門口，穿空手道服的孩子們也正魚貫而出。

呵！回家泡一個熱水澡好好睡上一大覺。明天，還有一個賞花會要參加呢。

閒話小日子

梅雨季節在老媽回國之後，姍姍來遲。屋後的紫陽花比起去年更加藍豔豔的，那株去年沒開的，意外地開出了鮮豔的紫紅色，真真是美不勝收。我喜歡梅雨季節，喜歡空氣中那種陰鬱的略帶傷感的詩意，但如果不開空調除濕功能的話，日子也不好過，心情濕漉漉的很寫意，身體黏黏糊糊的就很失意了。

昨天，冒著毛毛細雨去院子裡割草，腳下一滑跪在草地上，鄰家的歐吉桑滿臉擔心地說：沒關係吧，去年你老公把腳割傷了，你可得小心點。

在我們這個社區裡，我老公割草傷腳的事簡直就成了笑話，周圍都是半個農家，拿機器割草是家常便飯，可憐的博奧那是他的人生中第一次拿這玩意割草，直到現在看到那個割草機博奧還心有餘悸呢。

割了一個小時的草之後，我的一天時間就毀了，就是今天，渾身還是像散了架一樣的累呢。看戲曲頻道裡的豫劇《朝陽溝》，那個銀環咿咿呀呀絕望地唱著抱怨——高中畢業拿鋤頭是有點屈才。那感覺很能理解，可是後來銀環不僅自己紮根了，還把她的老媽也拖下了水，我倒是不能理解了。又不是她自己家的產業，沒有前因後果，那突兀地熱愛和奉獻怪嚇人的。

但是，把院子弄得乾乾淨淨，然後把剪下的玫瑰花瓣丟在浴池，泡在微溫的水裡，喝著愛薔家釀的加冰蜂蜜水，心裡慶幸當初沒有聽鄰家歐巴桑種菜圃的建議。

冬天那陣子起早貪黑地在qq農場裡經營的勁頭沒了，我早就知道自己季節一到會有這一天。但每次看到愛薔津津有味地玩農場，總是不可思議，她家院子裡的薰衣草開的絕美呢，怎麼就能迷上遊戲呢。真是人各有趣。

日本鄉下女子阿孜薩系列之二

阿孜薩福島的小旅行

阿孜薩福島的小旅行

〈羽鳥湖的周末

因為輻射線的關係，竟然錯過了今年賞花時節，當晚春的風掠過，漫天花瓣飄零的時候，心底就有了絲絲縷縷的悵然。日語裡把這個時期叫做「櫻吹雪」。為了這幾個字，也不得不喜歡，很是俠情，是日本動漫的感覺吧。

前些日子，每天關注核電站的消息，每天關注當地的和學校的放射線量數值，憂心忡忡。上個星期天，帶卡茲和卡奧理去了山裡的一個人工湖——羽鳥湖，那裡有高爾夫球場和一些相關的休閒娛樂場所。因為學校是限制學生們屋外活動時間的，一天下來，孩子們幾乎一直都生活在屋子裡面，大概和我的想法一樣，到了周末，一些放射線量低的地方就成了孩子們玩的樂園，呵呵，這也算是振興經濟的途徑吧。

那天羽鳥湖出了很多露店，還有當地的樂隊和歌手義演等，很是熱鬧。

山櫻和八重櫻的季節在山裡來的愈發晚些，穿過一趟櫻花繽紛的整潔道路。卡茲打開車門之前，臉色認真地跟我確認：這裡的放射線量是多少？唉，是不是我的小心緊張對他影響太大了呢？

一路看過去，到底是山裡，大面積芝櫻盛開為景觀的這裡，芝櫻竟然還沒有一點動靜，滿山的荒涼，但濕地上的水芭蕉和不知名小黃花倒是開出了一片春色。

租來自行車，心情豁然起來，繞著湖畔的山有自行車道，坡雖然緩，但對我和卡奧理來說夠挑戰，眼見著卡茲沖到前面，然後得意洋洋地俯視我們狼狽地奮力爬坡，他很有成就感。這傢伙五歲開始練空手道，百米紀錄14秒，動不動就和博奧比試俯臥撐和仰臥起坐，博奧私下裡說：再過一兩年，我就不是這小子的對手了。說這話的時候，得意裡帶著傷感，那是父親對兒子的感覺。

要是爸爸能一起來就好了。卡茲說。呵呵，言外之意竟是眼中無對手啊。

一個半小時的自行車，讓人精神煥發，露店就格外誘人了。卡茲卡奧理吃刨冰，哈密瓜和巧克力味的，我呢，就想吃烤的「章魚丸子」。然後，坐在溫泉足湯邊上，把腳泡在熱熱的溫泉裡，風中隱約傳來I LOVE YOU BE BOYふくしま的歌聲，地震海嘯以及核輻射暫時地忘掉吧。

回程，卡茲道：再有一場雨，就到了「新綠」了。卡奧理說：我最喜歡五色沼的新綠了。那年，卡奧理三歲的時候，自己走完了五色沼探險路，好像是二十幾公里的山路呢。所以她一直留有那時的記憶，很得意的。

又要回到有放射線量的生活當中，這樣的低線量長期輻射，據說在世界上還沒有先例，所以沒有肯定的科學說法，在眾說紛紜的情況下，我只能在不崩潰日常生活的情況下，盡量減少孩子們輻射數值。所以，每個周末的小旅行成了生活的重要一部分。

下次去哪兒呢？

雨季去鎌倉

雨季的鎌倉是以紫陽花為名的。而去之前，最令人癡心的還是「茶漬」。翻譯成中文我認為就是「茶泡飯」，這一譯法還是來自《紅樓夢》，那會子，大觀園裡的芳官說：油膩膩的誰吃那個。就來了一碗茶泡飯。那時我還是初中生，這「茶泡飯」真是糾結了很久土生土長東北丫頭的想像力。

據說，鎌倉那地方的「茶漬」很有名。

神奈川的鎌倉地方不大，雖然算是旅遊城市，但就算是盛季，就算是泱泱的人群，依然給我安靜的古老的，腳步和心都能慢下來的感覺，這感覺是讓人鬱鬱的，很異鄉的，略微感傷的。新幹線，電車，又是巴士，又是電車，然後慢慢地走，路邊的牆上滿是青苔，素雅的小飯店門口的花，石臼裡的水草。

與紫陽花是一見鐘情的，這花在我三十年前沒見過，來日本的第一年雨季，每天看著窗前鄰家矮牆上搭進院子裡，大團大團的深藍豔紫，那個幽怨呀，日日裡都是賞心樂事誰家園。

翻詞典，中文裡寫的是八仙花或木繡球，一個南方妹妹說她家那兒叫瓊花。其實，日語如果音譯的話，應該是——阿吉薩伊，非常喜歡這幾個字的組合。

其實，這裡的阿吉薩伊並不是特別出色的，就算是我家小鎮上的那家常去的小醫院的後院，到了雨季，也把阿吉薩伊一路滿山滿牆地開遍。

在一些依花傍山的地方，有著看也不夠的那些日本式精緻的驚喜，順著沒有目的的小路總是不經意能遇到喜歡的美術館，這裡的是「吉兆庵美術館」，裡面有一個非常激勵我的陶藝作家藤原啟，他師從的流派叫「備前燒」，他是從三十九歲才開始入門的，而且茶道經驗是白紙，仗著文學培養出來的悟性和向自己挑戰的毅力，也算是沒有辱沒這個流派，以前我也無意中收藏了他的幾個作品呢。說到這兒，就愈發地對我家後山的窯有了非分之想，這是後話。喜歡日本的陶藝，就是它的彩虹性，它在藝術和生活之間搭建了一座橋梁，所以，在日本最最鄉下的地方和城裡的鴿子樓裡都是一樣，能讓我們看到愛不釋手的器皿用來吃飯喝湯飲茶。藝術至此，何有他求呢？

還是說說「茶漬」吧，一個大大的宣傳布從頭掛到底，素頭素面地「鎌倉茶漬」幾個草楷，其實，一直不明白的是裡面沒有茶呀，為什麼叫「茶漬」呢？就像我也一直覺得大觀園裡的人兒們也不會用茶來泡飯吃，也許需要追尋一下那個年代的有關滿族的風俗吧，比如油茶麵，也不是茶呀。這話另論。買了各種「茶漬」，有卡奧理喜歡的烏梅的，卡茲喜歡的鮭魚海草的，當然還有博奧喜歡的辣根兒的，還給妹妹家買了小白魚的、雞蛋的、山菜的等等。用素樸的日本紙包裝好一小袋一小袋的，當然，我還是沒忍住去了隔壁的「風呂敷」店，給自己和愛蕾買了兩塊包袱皮。雖然，我的格子裡已經有了幾十塊了，還是慾壑難填啊女人。

日本這國家，有些中規中矩的地方是錯不得的，即使在鄉下在小鎮，這包袱皮也是很體現一個女人品味的，如果在阿吉薩伊盛開的雨季拿了一塊有櫻花圖案的，那是會讓人笑話的，她們

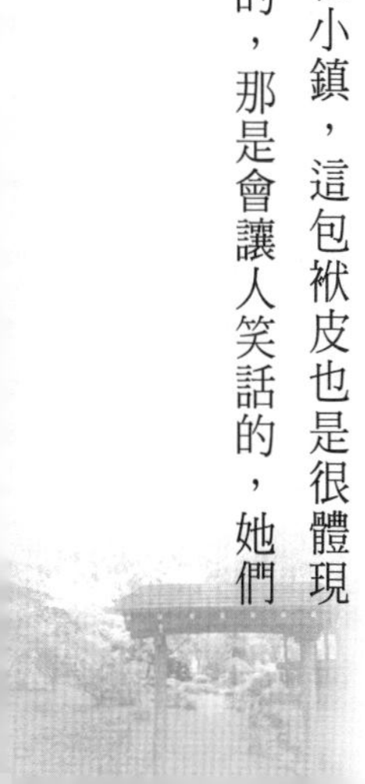

的「笑話」也是在心裡的，不動聲色地，但那眼神和氣氛會變得不自然起來，雖然對外國人夠寬容，怎奈我不想用一個冠冕堂皇的藉口彌補自己的教養缺陷啊。

還是要電車新幹線地回來，拜託了博奧接卡奧理，卡茲自己騎自行車的。所以，下了新幹線，已是燈火闌珊，接站來的博奧興致很高，提議喝一杯去，把這提議存到了下次，最想泡個熱水澡，趕快睡一覺，那小白魚蓋飯的味道還在，牙都不想刷了呢，還喝什麼酒呢。

〈魚鷹的岬

雖然1月15號的新年會是幾個月前就訂下來的，但因為過年回國孩子放假開學等等亂七八糟的事兒，還是覺得很緊張，不過，當把簡單的行李甩到車上，邊和卡茲分吃巧克力邊聽小田和正的歌，一路向茨城駛去的時候，一直沒有舒緩下來的心情，突然鬆懈了。

石橋太太說，預訂的那家溫泉旅館是全國最大的一家國民宿舍，也就是說不是個人的是市立的溫泉旅館，我一向喜歡的私人的那種，服務細心周到，對公立的總是有點不放心，畢竟那也算是吃大鍋飯的形式嘛。說給博奧聽，博奧晃了晃腦袋，根本沒在意我的嘮叨，或者根本就沒懂我的意思。

在導航裡設定了最近的路線，因為開始要走一段國道，剛剛因為在一時停止的地方沒停而被減了點數的城阪，速度慢的驚人，打了手機去罵他，城阪不敢開車接電話，愛薔笑著傳他的話說：駕駛執照的點數再減兩點就該進學習班了。還讓我看看路邊的速度限制，雖然是50，但是哪一個在這條國道上不開70以上呢。罵他也沒用，就晃晃悠悠地貼在他屁股後面開吧。半路進入高速公路，還沒等我說話，卡茲大叫：超他，超他。因為博奧新換的本田環保車音薩伊都，著迷環保的卡茲非常喜歡這種車型，每次一出門他都要求開博奧的車，一上高速就大叫超車。博奧穩穩地滑到超車線上，卡茲怪裡怪氣地向愛薔的車又擺手又大叫，興奮不已。而我一路上不斷地提醒他們的就是140過了，150過了，有警察呀，有攝像呀等等。就是這樣，抵達茨城那個國民宿舍的時候天也已經黑了下來。

因為天黑，只覺得大廳裡倒是富麗堂皇的，住宿的房間也乾乾淨淨，吃飯的地方是榻榻米，大體上的溫泉旅館大同小異，因為新年會上有新人加入，再加上是住一晚上，不用開車，大家都喝酒，吃吃喝喝說說笑笑倒也快樂。然後回到房間，旅館的服務員早就在榻榻米上給鋪好了被褥，我們都集中在一間屋裡，願意喝酒的繼續喝，我呢，拉了愛薔和石橋太太去泡溫泉。

溫泉在八樓，石橋太太說從這裡望下去是太平洋。順著她的手看去，只是一片閃閃的燈火，黑黑的什麼也看不見。只是在那一片大大的玻璃上能看到自己恍惚的影子，倒也覺得有趣。水很軟很滑，把身體在熱熱的水裡伸展開，看著卡奧理幫著愛薔忙活著她的兩個小淘氣，覺得自己真是很幸運，身邊有了卡奧理這樣的一個懂事的熱心腸的女兒，這樣一想，全身也隨著心情舒坦起來。

夜裡雖然優優和駿駿哭鬧過兩次，但當早上石橋太太打來手機說去看日出的時候，雖然睏得不想起來，還是不好意思負她的美意，不忿博奧呼呼大睡，把他也拉了起來。昏昏沈沈地進了電梯，呵，人還不少。石橋太太說，在這兒看日出是我們茨城比較有名的地方啊。懶洋洋地脫掉浴衣，一拉開門，就被眼前的景色驚呆了，一望無際的太平洋像藍色的緞子，緞子的盡頭，微弱的橙色正漸漸彌漫，而近前是逆光的裸女或泡在溫泉裡，或半坐在溫泉旁，還有站立著的，都在等待著那輪昇起的瞬間。我趕快轉身衝出去，上電梯，跑過走廊，在房間裡拎出相機，再奔回溫泉，啊！太陽已經跳出海面。

人們很快就散去，剛剛還是略顯擁擠的溫泉，一下子變得空蕩蕩的，這時我才靜下神來，慢慢地欣賞窗外的景色。有的時候，一瞬間的感覺，就讓人覺得地久天長的。

我心裡充滿了恬靜的幸福。

第二天，穿過長長的玻璃長廊吃過早餐，相約去沿著海岸看魚鷹獵魚，因為此景，所以這個國民宿舍的前面是一定要加上魚鷹的岬的字樣。因為卡奧理急著趕回去上舞蹈課，而博奧還要趕到東京，我們一家只好依依不捨了，回來的路上，卡茲和卡奧理一定要和我約定，夏天的時候再來。我胡亂地應著，心裡知道，哪有那麼容易呢，這個地方一個人一宿兩餐才九千多塊錢，就因為環境好服務好，吃的也好，所以得提前三個月預約，能不能約上還很難說呢。但是真的無論如何，還是想再來這裡看看日出，尤其是想拍拍那些裸女的背影襯著初昇的朝陽，那場面真是很動人很美。

好吧。我也告訴自己，一定再來一趟。

享受獨自一人的溫泉時間

常常想變身成一個人，給自己放縱一下，浪漫一下，自由自在一下。十幾年前遵循了自己的一個強烈願望，於是生活進入了另一個世界，責任義務不單單是給自己，還擴大到了家庭和另外三個人的身上，一個女人在做妻子和母親的時候常常會不由自主地慢慢忘記做自己。可是孩子們漸漸地長大，不再需要母親的手過多地幫助，老公依然有自己樂在其中的事業和吃喝玩樂的團伙，女人呢，才會驚覺，在慢慢有了的空閒日子裡，需要找回自己。

突來的晴天，讓沮喪了幾天的心情豁然開朗起來，送走孩子們再送走老公，飛快地把洗衣機裡的衣服曬到太陽地兒裡，把浴巾胡亂地塞到兜子裡，發動我的大紅馬，去山裡的溫泉。想去獨自一個人泡溫泉也是突來的念頭，很多年沒有這樣率性地由著自己了，看著外面滿眼新綠，漫山雲霞般的山櫻，連音樂也不想聽了，大紅馬歡快地駛過一片片耕作中的水田，駛入怡人的山色，山裡還是乍暖還寒的季節。因為是平日，這條山路幾乎沒有車通行，穿過一帶大樹環繞的森林山洞，山澗裡湍急的小河水聲遠遠近近，然後是蛇形盤山，繞過一個很大很大的人工湖之後，是一座小山莊，山裡的人家花團錦簇，有頭紮圍巾的歐巴桑在自家菜園裡忙碌，狗懶洋洋的躺在門前，即使有車子慢慢駛過，也不動聲色。路上的牌子寫道：農用車輛優先。開著農用機器的歐吉桑也沒因自己優先而橫行，打開雙閃燈靠邊慢慢前行，揮手示意讓我超車先行，友好的感覺讓人心情愉快。

大約不到一個小時，到了我的目的地。車子向下再向下駐進停車場，環望四周，早綠的樹和早開的花參差婆娑，一條依然是下山的甬道，通往一個掛著深藍色布簾的小草門，小小的石板鑲嵌在蒼苔之間，豁然一座典雅的日式門面出現在眼前，寬大的門廳裡插著一大捧野百合，大大的花朵散發著濃烈的香氣，古香古色的桌椅，偌大的落地大玻璃，窗外的景色撲面而來。今天的客人好像只有我一個人，乘電梯下到一樓，穿過長長的走廊，在自動販賣機裡買了一桶涼茶，拉開一扇小門，換上外用拖鞋，要小心翼翼地下很陡的石階，然後是緩坡，緩坡上的景致小巧而秀麗，應季的花草不經意地點綴在山石之間，還要下幾階石梯，小小山坳裡是一間木質小屋，小小整潔的脫衣所，擺放著擱衣服的藤筐，推開小門，還要下不規則的幾個石階，這個小溫泉是自噴泉，溫度是43度，我嘗試著把腳伸進去，那是一種很溫和的感覺，大概因為是溫泉水的關係吧，倒沒有那種生硬的難以忍受的熱，把頭髮盤上，身體在適應了熱度之後，是一種極其放鬆的快意。突然外面傳來腳步聲，一個女人的聲音隔著門問進來：男同胞可以進來嗎？我一把抓起地上的大浴巾，說：不行不行。外面的聲音說：對不起，那我們一會再來吧。外面的聲音漸行漸遠，我長長出了一口氣，把大浴巾裹在身上，出來一看，原來是我疏忽了，門上寫著是混浴的。

出了自噴泉，在長凳上坐下，喝了幾口茶，涼涼的山風吹在身上，感覺很舒適，向前望去，通往右面的緩坡是女性專用的露天溫泉，掛在小木屋外面有些褪色了的紅布簾在山風裡緩緩地飄動。這裡先是一間屋內的山石疊成的小小溫泉，一根原木的房梁大約有些年頭了，顏色深淺不一還有些裂痕，這裡的水質更加溫潤，溫度是41度，拉開一小門，通向河邊的是一個絕美景色的露天溫泉，不規則的巖石砌成的池子，有溫泉水從一石縫間涓涓流出，近在咫尺的是一條湍急的小河，河對岸是陡立的山崖，高大的不知名的樹木參天挺拔，這裡是兩山之間的溝底，回頭望去，只有客房十幾間的溫泉旅館隱約在半山之間。我一個人泡在泉水裡，看著眼前的薄薄的春色，入耳的風聲，什麼也不想，只覺得自己變成了樹，化成了風，身體逐漸溫潤逐漸輕盈，那不是用快樂能形容的感覺。

我一個人在那裡待了很久，直到有淡淡的音樂重覆響起，那是《友誼地久天長》的主旋律，它在告訴客人一個資訊——到用午餐的時間了。

乘電梯上二樓，是和式的榻榻米小餐廳，選了靠窗的座位，座墊上還有陽光的味道呢，穿和式短裝的服務員靜悄悄地送來冰水，又靜悄悄地送來我訂的蕎麥定食，然後就隱去了，整個餐廳裡就我一個人，還有那淡淡的音樂。因為有點餓，等狼吞虎咽地吃完，才想起來忘拍相片了，遺憾。

這家溫泉原本是那種只接待住宿客人的溫泉旅館，但現在經濟不景氣，他們的經營方針也改了，在每天的上午十點到下午兩點之間接待零散客人。當然零散客人也可以不在這裡吃飯的，像剛才在混浴那兒敲門的那對夫婦，大概是在附近登山，在電梯門口匆匆地看到了他們，都是運動打扮，很健康的一對。

開車回家的路上，突然想起我家附近的那座山也有幾個登山路線，大多是給初心者設定的路線呢，那麼，下個星期天，和博奧和孩子們去登山吧，就這樣一決定，先去市裡買幾雙登山鞋再

回家，車子一轉，城市的邊緣就近了。

吾妻小富士

突然決定帶卡茲和卡奧理去登這座山，還是在七月裡一個炎熱的星期天。

吾妻小富士對我來說算是輕車熟路了，婚前婚後和博奧兜風最多的地方就是這裡，博奧常常面對那片蒼涼的火山口遺跡感慨：你怎麼會喜歡這種地方呢。

我也鬧不懂自己為什麼會喜歡這種地方，每每來此我的身心都像是受到了一次絕大的震撼，那種恍若隔世般的，來自遙遠的亙古的感覺，彷彿回到了史前的世界一般，是觸摸生命源頭的感動和敬畏，我偏愛這種感覺和場面。

卡茲認真地在導航圖上設定了地址，這種事他總是不放心我，搶著做，好像他這老媽是個白癡，其實我原本還笨笨的做得來，實踐的機會被奪，才慢慢略顯白癡本色的。

話歸正傳，沿著導航圖的指點，我們穿過郡山市，本宮市，在大玉村一個不起眼的路口拐了下來。然後便進入了安達太良山脈，這裡的嶽溫泉鄉很有名，一串串的燈籠掛得一條小街道熱熱鬧鬧，以前還在這裡看過博奧的朋友舉行的露天音樂會呢。

和卡奧理說著話，紅馬就跑到了磐梯高原，耳朵也開始不爭氣的有了高山反應。從車窗望下去，盤山公路蜿蜒得有些驚心動魄，好在一路上有些觀賞景色的最佳位置，這些位置都留有駐車的地方，走走停停所以倒也不覺漫長。在一處山頂，是一片溫泉地帶，那裡有久負盛名的野地溫泉和相模屋溫泉旅館，卡奧理建議回來的時候返原路，到這裡泡泡溫泉。

到了這時，車裡已經關掉空調，打開車窗，空氣中哪裡還有夏日的炎熱，那一絲絲的風，涼爽宜人，看溫度顯示，已經從34度降溫至21度，那涼爽的感覺不含秋意，是夏日的清涼。

進入收費的スカイライン——SKY LINE（字典裡查來，有兩種解釋，一是建築物，山等以天空為背景映出的輪廓。一是環山遊覽汽車路。我更傾向於前一種解釋，生動而貼切。）果然景色突變，白樺，斷崖，遠山，奇花以及路上突然出現的動物，都引得卡奧理一片歡叫，而卡茲到底是中學生，表面上一片穩重，眼神卻不肯放過一草一木似的貪婪。轉過一座山，突然間空氣裡充滿了硫磺的味道，原本晴朗的天空不覺之間佈滿了陰霾，穿過這段迷路，天空又是驟然晴朗，筆直地一片路下去，對面的半山頂正有煙霧噴出，這座活火山在近幾年開始活泛起來，濃煙的噴出量比以前多出很多，但據地質科學家們分析，近百十年來不會有噴發現象，所以，而因此有更多的遊客來此逛逛體驗了。

這裡就是吾妻小富士最有名的「淨土平」。

山腳下的停車場裡，不只有飲食店和超市，還有介紹此山此景此地歷史形成緣由的博物館，在那裡卡奧理悄悄拉我去看一隻狐狸的標本，那是一隻擅自闖入此地方圓禁區而氣絕的狐狸。

據說，這地方每年都有些體弱的人昏厥，不知真否，只是更增加了神秘的感覺。不過一陣風壓下來，那原本疏淡的硫磺味竟濃烈得嗆人了。因為是兩山的低窪處，那濃煙竟像是沈甸甸的一

樣壓下來。博物館裡的人說：今天風向不對，要小心呀。

我問卡茲卡奧理還要不要登山？

兩人毫不猶豫地說：當然。

幾步晃過，背影就似乎遠不可及了。這便是這山的妙處。因為沒有綠色的障礙物，這赭紅色的山顯得愈發孤寂，登山路也是用原木搭建的，那自然的古舊的原木道路簡直看不出是人工的，這種是精心地設計出漫不經心的感覺，算是典型的日本風格吧。

一步步拖著越來越沈的腳，覺得自己真是有些力不從心了。

登上火山口，卡茲卡奧理少有的凝重，過了好一會兒，卡茲才說：像好萊塢的SF電影場面。

轉過身便是濃煙裊裊的活火山口，眼前是幾個世紀前噴火後的遺跡，眺望過去便是綿延的青山，天邊處有淡淡的白雲，碧綠山間有一座隱約的城市。腳下的紅土無言，滿目的青山無言，在這裡自然的肅穆使人類噤聲。

我們決定繞火山口步行一周。

半路上，突然鋪天蓋地的雲團夾著火山的濃煙壓了下來，頃刻間，一米之內竟不能視物，好在那一瞬間我和卡奧理的手握在了一處，不知何處傳來小孩子的哭聲，那聲音膽怯而惶恐，我大聲地確認：卡茲。回答的聲音小但鎮靜：我在這兒，沒關係。我說：原地不要動。卡茲回答：知道。接著他又問了一句：卡奧理呢？我心裡一陣溫暖，卡奧理說：我和媽媽拉著呢。聲音有些興奮。濃霧中的日本人鎮靜得出乎我的想像，沒有任何驚慌失措的叫喊，小孩子的哭聲也漸次隱去，那種未知的恐懼令人窒息，好在有卡奧理的手和我相握。濃煙雲團中的水氣越來越重，分不清是在下雨還是泡在水霧中，反正頭髮和衣服已經濕漉漉的，氣溫似乎降到零點，我抱緊卡奧理在懷。

那感覺似乎有幾個世紀的漫長。也許就此我們會誤闖到另外一個世界或空間去吧，我的記憶翻騰出來的都是這樣的荒誕片斷：飛碟、太空人、地心、百慕大三角、失蹤、空間轉換等等。

然而，又是一陣狂風，眼前似乎什麼都沒有發生一樣，依然是藍天白雲，依然是青山綠樹，太陽暖暖，腳下的火山遺跡依然默然，只是我的感覺裡那不言的紅土和火山似乎到處是眼睛，冷漠黯然地關注著這裡的一切。

下了山，停車場的賣店裡略顯擁擠。卡茲和卡奧理吃現打出來的冰淇淋，我選了煮蒟蒻，好吃而沒有熱量，是日本女人人氣的減肥食品。

返回的路上，我們去了相模屋溫泉旅館，這裡有一次入浴的服務，典型的日本式建築，小小的庭院柵欄邊支出一排日本式的溫泉旗幌，飄在風中充滿了誘惑，當然是對像我這樣喜歡泡溫泉的人來說。這裡的入浴價格也不貴，大人500日圓，小孩兒250日圓。

往下走長長的走廊，有一處小小的古老的木造換衣間，藤筐不知用了多久，已經磨出了光澤，日式拉門也吱吱呀呀地響，「湯」是乳白色的，42度。那天只有我和卡奧理兩個人，那邊男生也只有卡茲一個人，日本山裡的溫泉就是這樣，對於我這樣喜歡安靜的人來說，這便是最大的魅力。

這裡的露天溫泉是我一直心儀的，裹上大浴巾，穿過木板路，這裡怪石林立，溫泉的霧氣不斷從地面噴出，聲音加景色，無一不動人，當然首先是你得欣賞。

出來後，在大廳裡略略休息一下，就該回家了。

回家的路上，一轉山彎，路上竟有一群灰毛紅屁股的猴子，牠們旁若無人地或坐或立我也只好緩緩移動，往常在這樣的山路上，碰到各種動物的機會很大，只是成群的還是第一次，慌亂中，卡茲拍了幾張相片。雖然慢慢前行，但後面跟著的幾輛車都沒有顯出急躁，一直等猴子們穿過橫路，我們才開足馬力，一路下山回家。

博奧看著相片，聽卡奧理繪聲繪色的描述，他決定下次全家再去一次。

哈哈，那時候人是時非，哪裡還有這樣的奇遇呢。

江戶村漫遊

很早就知道在櫪木縣境有一片好玩的地方，上次去日光的時候也只是匆匆看看了東照宮，這次因為幾家好友一年一度的溫泉旅行定在櫪木縣境內叫鬼怒川溫泉鄉的一個溫泉旅館，所以晚上就一直在商量第二天的行程，結果還是採納了我兒子的建議，去「日光江戶村」。我對這樣的旅行觀光一直是不太感興趣的，但是，據說這個日光的江戶村是比較有名的，而且特別受外國遊客的歡迎，加上兒子最近迷上江戶時代的歷史，我也就放棄了想去河岸探險路散步的想法。

江戶村距我們入宿的溫泉旅館很近，開車不到二十分鐘就到了，駐車場的管理人員首先就讓人眼睛一亮，全然是江戶時代的裝扮。江戶村的整個建築據說是江戶時代的翻版。買了貴得驚人的門票，順著依山的一條甬道慢慢地走進了江戶時代。三月末的季節，是乍暖還寒，雖然有了點點的綠意，但除卻梅花獨秀，依然是很寂寥的景色，這個季節裡遊人也不是很多。像日本鄉下的很多小情小景一樣，甬道兩邊或有小小的神社，或有小小的裝飾，因為是依山而建，幾乎看不出人工雕琢的痕跡，江戶村的熱鬧是緩緩的，甬道兩旁的風光漸漸加入一些江戶建築和風情，從門衛小屋，水車小屋，旅館，車行等等一路看過去，就到了一個非常受年輕的女孩子們和有小孩的家長們歡迎的變身處，如果有心情的話，就可以在這裡把自己裝扮成江戶時代的人，通常是少女和小孩子變身的比較多，博奧極力鼓動我和孩子們變身，但一想到穿上邁不開步的和服，就無法拿照相機亂拍了，我就只好拒絕了，而孩子們早就跑的不知去向了。穿過大江戶天滿宮，黃金茶屋就到了江戶村中心了，中心有一條河，河的兩岸有古代水墨畫上的垂楊柳，穿過兩國橋，一條江戶中心街道就像是電影一樣的畫面，屋形船的碼頭上有身著豔麗家常江戶服裝的女人，各家店鋪也正在忙碌著開張，遊客也漸漸地多了起來，因為沒有大聲喧嘩的遊客，也沒有大聲叫賣的店家，儘管小小的街道上人流熙熙攘攘，但整個江戶村卻安安靜靜，顯得格外平和。

江戶村裡的服務人員都是非常合作的，就算是把相機觸到臉上也泰然處之。那些身著江戶服裝的人夾雜在現代服飾的人群中，到顯得現代裝束和這裡的風格及氣氛有點格格不入了，博奧在被隱藏在一間木屋裡的自動販賣機裡買了兩罐熱茶，呵，和全世界觀光點的商業行為一樣，在外面120日圓一罐的茶，在這裡賣185日圓，我細細地去看店家的招牌，果然，門口立著的明碼實價標牌都比外面要高出一些來。我和博奧喝完熱茶，順著街道一路看下去，有著名的常在歷史電視劇和電影裡出現的北町奉行所，也就是江戶時代的警察局，然後還有江戶時代的監獄及行刑的人型館，最後看完吉良上野介宅，老公建議帶著孩子們去看忍者劇場，其實裡面還有很多的傳統劇場可以看的，像日本傳統文化劇場，日本傳統藝能劇場及傳統劇場兩國座，從宣傳單上看，都是很好看的，但是博奧說孩子們一定喜歡看忍者。我最初知道忍者還是小的時候看的日本動畫片《忍者神龜》，後來在NHK的兒童節目裡也陪孩子看過有關忍者的動畫片，一襲黑衣，身背長劍，身帶暗器，飛簷走壁，十步殺一人的夜行人，是不分國籍不分年代被孩子們喜歡的。

原本還想等著看一場傳統的藝能劇，但是因為孩子們晚上還要去空手道場訓練，我們就急著要結束觀光，但孩子們玩飛鏢正在興頭，我就和朋友去看了地獄寺，那兒的入口是地獄，出口是極樂世界，實際上不過就是嚇人的鬼屋，我正被嚇得戰戰兢兢的時候，一片光明的觀世音出現，出來後我大呼上當，陽光下，博奧正拿著玩飛鏢得來的戰利品和孩子們切磋技藝呢。

現在來日本旅遊的中國團體越來越多了，我建議不要只在東京買東西，到東京圈以外的地方看看，會更有意思更有異國味道。隨便再介紹一下，江戶村裡的廁所都是看起來古樸，裡面很現代啊，就算是帶著小寶寶來玩也沒問題，裡面有專門給小寶寶換尿布的廁所，當然不可缺少的就是給小寶寶餵奶的地方了，那裡面還有開水提供。

〈今日的貴婦人

一年中總是要在各個季節去豬苗代湖的，但去天鏡閣卻是第一次，還是在報紙上看到一則關於天鏡閣「今日的貴婦人」活動的消息。於是去圖書館翻了翻關於天鏡閣的小冊子，才恍然，原來我心儀的豬苗代湖的邊上，居然還有皇家別院。

老友家的大成在我家度假，他的年齡正好在卡茲和卡奧理之間，三個小學生混在一處，翻譯是不給他們做的，便是中日英的一頓亂說了。

去豬苗代湖是輕車熟路，在湖邊最繁華的地方往上拐入一條幽僻的小路，路轉峰迴便是一片開闊的停車場，然後再徒步200米，繞過一片影壁一般的樹木，便到了這皇家別院。

院內開闊的鋪滿草坪的洋式庭院中，矗立著一棟白色的意大利文藝復興時期風格的建築，這在1908年（明治41年）的日本應該是不多見的，可見一個國家的精英階層在領導時尚方面該有多麼大的力量。那個親王的名字叫做有棲川宮威仁，後轉讓給了高松宮宣人親王，連帶著庭院的另一端隱蔽處另建的威仁親王慰子妃的日式靜養別邸，在1979年被指定為國家重點文物。經維修整理之後，現在正式對遊人開放。其實如果單單是一個皇家別院開放的話，也沒什麼看點，雖然裡面雲集了當時明治時期日本的各色流行，比如臺球室，細膩華麗的文藝復興時期的裝飾，以及那個時代少有的豪華吊燈、壁爐臺等等，這些都不足以為奇，最為有人氣的是這裡不定期舉辦的各色活動，譬如小型音樂會，萬聖節遊園會，賞櫻會，湖畔散步加上紅茶蛋糕會等等，要說的是，那裡的小咖啡店真是烤制一手好的糕點，單憑這一點，逛完湖畔，喝一杯咖啡或紅茶，加上一塊喜歡的蛋糕，在薰風習習的庭院聽著蟬在急急地歡叫，慢慢歇歇，便有何論魏晉之感了。

而我是奔著他們的「今日的貴婦人」這個長期活動去的。

會津的木棉歷史悠久，到現在為止依然有手工作坊在運營，這裡的木棉質地細膩淳厚，手感自然溫暖。天鏡閣裡有用會津木棉仿製當年上流社會的各種禮服，供遊客體驗，穿上這些華麗的服飾，穿行在百年前的建築裡，那氣氛是匹配的。卡奧理自己選了一條酒紅色的禮服，略微大些，服務員仔細地幫她穿上又調整好，於是在我們三個人的前擁後護下在華麗的建築裡優雅地（這丫頭怎麼會變得優雅了呢）倘佯著。最喜歡的是全館只有我們四個，這種旅遊體驗真是豪華，大成快樂地大叫：包場了包場了。

據說，喜歡唐詩的大正天皇在還是做皇太子的時候，在此小住過。也許是一個月清星朗的夜晚吧，一句李白的「明湖落天鏡」深深刻在他的記憶裡，於是手書一筆，天鏡閣由此得名。在周邊樹木未成林的初期，在二樓是能看到一望的豬苗代湖，現在，皇家別院已經掩映在樹木之間，一條蜿蜒的路，也成了接觸自然的又一種方式。迂迴之後，坐在庭院，最後一季阿吉薩伊的花還開得豔豔的，大朵的百合在微風裡細細搖曳，風中隱約的香氣隨著手制冰淇淋的味道一並浸入體內。小憩之後，下一站，直奔香草園。

豬苗代湖的香草園，這個季節正是初季薰衣草盛開，我對香草有特殊的感情，各色香草除了有食用功能之外，還有就是驅蟲之用，但最令我動心的是，香草繁殖力的茂盛，能壓倒一切雜草。愛薔的鄰家漫山遍野鋪滿了薄荷，這種植根性的香草隨風一陣陣撲入愛薔家，薰得這些左鄰右舍一致提出意見，然後就被大面積鏟除了，當時，我還得了一大堆，種在了山坡上，期待著在我家這裡也能漫山遍野起來。

香草園有一座使用鮮花搭建的大堂，常常有些戀人在這裡舉行小型婚禮以及訂婚儀式，大成有些一見鍾情這地點，悄悄地對我說：趕明我跟卡奧理在這裡辦一下吧。

好吧。我答應。

在香草園裡走了一大圈，認真地認識一下各個香草名，然後，發現了一個「足湯」，舒服一下吧。也是喜歡鄉下的這種地方的貼心處，走累了，就能燙燙腳，一般的足湯，也就是溫泉的水要熱一些。在鄉下，溫泉多的地方，有很多這樣的設施，可以免費提供遊客歇息。

最後，在香草賣店裡買了些手製作各種小點心，搬回一盆北海道的薰衣草一年苗。回家的路上，還要再去吃那家大成每來必吃的旋轉壽司店呢。

開車時，怎麼突然安靜起來，回頭一看，三人東倒西歪地已經睡去。

殺生石畔的愛情

博奧非常驚奇我有能尋找到各種各樣祕境的本事，他說他都沒聽說過殺生石這個地方。那又怎麼樣呢，我的那些日本學生和朋友們也一樣沒聽說過，或者聽說過也沒去過呢。我就是喜歡尋找到鮮為人知的地方，然後去感受一下陌生的環境和氛圍，那是一種非常非常好的狀態，它能讓我覺得生命的神奇和幸福的可貴。其實，殺生石倒不是這樣一個鮮為人知的地方，因為那裡的溫泉號稱是日本最古老的溫泉鄉之一，還有一個類似金庸小說裡的情節呢，說是一頭白鹿被獵人追殺，受箭傷逃到這裡的一個溫泉裡，等獵人追到此地時，發現白鹿身上的傷已痊癒，後來人們就把這能療傷的溫泉傳播開來，所以至今，這裡的溫泉效果是以療傷為主的。

遠遠地在高速公路上就能看到那須高原上的皚皚白雪，以前跑高速公路的時候我都有點心痛，每當車子穿過ETC料金口的時候，我都要惡狠狠地看一眼那個顯示出來的紅色數字，可是現在不同了，ETC的料金在星期六和星期天跑遍全國也只是一千日圓，這可真是個促進消費的好辦法。這樣一來，我家的日歸小旅行就可以向外縣進發了。

下了高速，就是一條非常有味道的觀光街道，說它有味道是因為這裡原本是一片荒山野嶺，因為旅遊才開發出來的一條街道，所以一棟棟獨立的店鋪都隱約在突兀的大樹森林之間，建築風格也很歐化，每到這裡我都會不自主地想起小的時候讀過的一個童話，兩個小孩子在森林裡發現了一棟用糖果做的小屋，車窗外的那一棟棟房子裡面是不是也會突然出現騎著掃把到處飛奔的妖精呢。穿過那妖精出沒般的森林甬道，就是道路窄小建築風格非常日本式的山村了，又是穿山越嶺，空氣變得凜洌起來，山上的白雪也近在咫尺了。一個急轉彎，突兀在眼前的是一個兩山之間的大峽谷，非常有壓迫感，而正如看板上提示的一樣，如果是沒有風的天氣，空氣流動緩慢的話，請注意安全。那天風是緩緩的，所以空氣中彌漫著刺鼻的硫磺味道，放眼望去，這峽谷之間怪石林立，顏色偏黃，草木少生。老公四周環望一下，感慨說：又是一個火山口遺址。我狠狠地瞪了他一眼，指了指看板上的說明，那上面介紹了這片被稱為殺生石的來歷，這也是吸引我來的原因。

說是在幾百年前，有一個從印度經中國抵達日本的白毛狐狸，變幻成一美貌女型，勾引當朝皇帝，使其身體日漸羸弱，被當朝一大臣識破其秘密，伙同另一武將把那女狐仙追趕至此，女狐仙不甘就地正法，奮力反擊，發出毒氣，以致方圓幾百里草木不生，人畜皆亡，後來那大臣請來一法師，法師法力大於狐仙，摧一大石將其壓制至今。故事介紹的簡單而毫無情趣，但正是如此，才能引發像我這樣的人的大力想像。小的時候看《白話聊齋》，後來看蒲松齡的原文，常常看到半夜裡發呆，對狐仙的想像也就被訓練得豐富而老練了，而狐仙必定是要和愛情聯繫在一處的，那麼這個可能說印度話又能懂中文的女狐，定是個美貌的女子，從簡單說明上看，她好像也沒有禍亂朝政什麼的陰謀，充其量不過是使那個也喜歡她的皇帝有些縱慾過度罷了，但是，偏偏有一個像法海那樣愛管閒事兒的大臣和法師出現，這段不被記錄在案的愛情故事也就悲慘結束了。那千山萬水為了愛情來到這兒的女狐仙被壓在大石之下，望故鄉遙遙，念愛人無期，那感覺一定很絕望，她在石下會不會後悔自己遠渡至此呢？如果能轉世重生，她會不會繼續尋找那個雖然愛她但卻無能為力的君王呢？或許，她心中怨恨難消，會千百年地追逐那大臣和法師一決生死呢？說出來給博奧聽，博奧半天沒吱聲，在渡過一條小橋，順著山坡去神社的路上，他一直拉著我的手，在神社的入口處他站定，依然握著我的手說：你要覺得自己是那個女狐仙的話，那我就是那法師，把你掠在我這裡，永遠不放手。這個男人，很少甜言蜜語的啊，今天怎麼了？我側頭望他，他做法師狀來掐我的脖子，溫柔只在一瞬間就變得像往常一樣張牙舞爪了。

穿過神社，有一間木頭小屋，是「足湯」——就是泡腳的溫泉。我和博奧沒進屋，在外面的露天裡把爬山後有點痠脹的腳泡在熱水裡。陽光已是正午時分，回程我們沒有走高速，慢慢地穿過一座又一座小山村，在一個無人的混浴溫泉裡又耽擱了一會兒，窗外春色尚薄，車子裡，夏川りみ那沖繩風格的歌聲淡淡地蕩漾著，博奧熟睡的臉像孩子一樣，我真想把這條路一輩子就這樣慢慢開下去。

狩獵櫻桃

這個季節最想做的事兒就是去「さくらんぼ狩り」。用中文該怎樣講呢？——「去櫻桃園現吃現摘」或者「自助櫻桃園」，這樣的解釋很精確但缺乏詩意，而生活中的詩意對某些人來說很重要，如我。

幾天前，博奧的關係公司又如期送來一盒上等櫻桃，當作飯後水果，一下子就吃掉了半盒。那個時候就萌生出了一定要去さくらんぼ狩り的念頭。

福島市的飯阪町是我一直想去的地方，尤其是那條「水果ライン」譯成「水果通道」吧，有名的「佐藤錦」，被稱作「福島紅寶石」的櫻桃就出在此地。而6月至7月初正是櫻桃成熟的好季節。

因為政府有指示，災區住民使用東北地區的高速道路一律免費通行，所以預備了受災證明書，跑高速也就是40幾分鐘就到了飯阪町高速出口，而那個小鎮開車轉來也不過是二十幾分鐘，這也正是我喜歡的，恬靜而有餘裕，是「寧靜而致遠」的感覺。

選定了去「紺野果樹園」為的是在宣傳單上的那幾個字——愛情たっぷりこだわり農園——想像滿樹都是愛情大櫻桃，該是怎樣的動人呢。

其實，往年的這個時候，收獲櫻桃已經到了尾聲，因為除了很高的樹枝上還有些紅豔之外，幾乎都被「狩」光了，所以心裡一直有些不安，打了電話過去，那端傳來了略帶東北口音的女聲。

紺野果樹園就在「水果ライン」的路上，果樹園中有一棟很新的自宅，電話裡的那個女聲，很標準的日本式營業員，簡單的介紹了「狩り」的規則，我們就鑽進了用藍色大網罩起來的櫻桃園。

因為輻射線的「風評被害」，到了這個日子居然還是滿樹滿園的櫻桃，叫人又欣喜又心酸，

歡喜的是自己能有這樣獨佔美食美景的機會，心酸的是這樣大的損失，對以果為生的果農家來說，該是多麼的痛心呀。就算是國家和肇事者——東京電力有各種補償制度，作為果農，看著自己的成果無人問津，那種心痛和失落可不是錢能補償來的。

30分鐘的自助，恨不得吃掉所有的櫻桃，而事實上，一條樹枝就能把人撐住了。

在進園之前，我最擔心的就是有毛蟲，因為像櫻桃，杏子，李子等香甜的水果，最容易的就是長毛蟲，那種貼在樹上的東西，能讓我做上一輩子的噩夢。因為果農說可以從樹上摘下來就吃，沒有撒農藥的。所以先怕得要死。而到底沒有發現毛蟲，卻找到了根源，原來在一些樹根處，掛著驅蟲劑呢。

一排樹一排樹地吃過去，雖然是同一品種，也有很微妙的不同口感，而不同品種的味道就很容易分辨了，很快就感覺自己的胃慢慢地漲了起來，這時候，吃已在其次了。

傍正午的陽光，透過櫻桃及其葉子射進果園，果院裡地面上的銀色通道像一條條波光粼粼的小河，恍惚間這個場面似乎在我的記憶裡出現過，這一驗證就成了永恆。我就是這樣常常被生活中的細節和不經意的場面感動著，我的日子也在這樣的接二連三的感動裡變得生動起來。

又買了幾盒上等的櫻桃，宅急便送到埼玉的婆婆家。

那邊坐著的歐吉桑一板一眼地把櫻桃分類裝盒，問了可以照相，就對著他拍了好幾張，歐吉桑面對鏡頭依然不慌不忙的樣子，就看得出這裡不僅僅是「食」而已，還有觀光的經驗，不然，老果農對著鏡頭哪裡會有這樣自自然然的感覺呢。問了才知道，原來往年這裡要接待的不僅是全

國各地的觀光者，還有坐大巴來的外國人，好多人都是趕著季節來さくらんぼ狩り的。當然，拍工作中的歐吉桑也成了觀光的一個亮點呢。

翻了宣傳單，原來水果ライン可不僅僅是這一個季節呢，從6月的櫻桃開始，陸陸續續還有7到9月的桃子，11月法國梨，11到12月大名鼎鼎的富士蘋果，11到2月的柿子，呵呵，這大半年下來，還不吃出個美人來呀。偷眼看了果農家的女孩兒，果然面色嬌嫩如水果一般，一瞬間就恨不得自己也能做個果農，守著這一大片的土地生生死死。

回程的路上，車子開得飛快，不走ETC卡的出口，遞上了受災證明書，哈哈，省了將近四千日圓，覺得佔了好大的便宜呀。這時候，恰好博奧的電話打了進來，急急地告訴他：今天我去了天堂。

親愛手工

博奧說走後面的一條山道，四十幾分鐘就能到豬苗代湖。捏上幾個飯糰，我們就上路了。那條山路很險，據說是六十多年前修建的呢，雖然少有車行，但依然維修得很好，在有山澗，略微寬敞的地方還有一些帶帳篷的人釣魚，據說，山裡面的河流因為很涼，魚很好吃的，日本人很喜歡吃的川魚叫あゆ，漢字寫作「鮎」就是我們叫做「鮎魚」或「香魚」的。話說那是一條讓人心驚膽戰又驚喜萬分的山道，一路上像鑽進了綠色的隧道，落下車窗，關掉音樂，入耳的是潺潺的水音和鳥鳴，真是不知世外為何物了。我說：真想一輩子就這樣把這條路開下去呢。博奧笑嘻嘻地說：那你怎麼沒多準備點食物呢。博奧這傢伙總是這樣不失時機地給人掃掃興。

原來這條路是通往豬苗代湖後面的路，越過湖再往山裡面走，就得靠導航圖了，那是一個叫做三島町的地方，我們都沒有聽說過。愛蕾的老公喜歡手工，也不知他是怎麼知道這個地方每年例行一次的「大工祭り」，以前在愛蕾家裡看到過一些很有品位的擺設，問她，總是滿臉笑意地說：這是世上獨一份的手工作品呀，買不到的。得意之色溢於言表。今年還算她有良心，把那個地方的電話號碼傳給了我，我就拉上全家翻山越嶺地去尋寶了。

所謂的「大工祭り」就是全國一批手工製作者和手工製作愛好者舉行的集市，我最心儀的就是他們選擇的集市地點，那是一處鮮為人知的深山老林，說它是深山老林一點也不過分，因為穿過很多著名的旅遊景點之後，還要走很遠的，只有一條單行線的山路。博奧總是有點疑惑是不是我把電話號碼輸入錯了，好在每當我自己都失去信心的時候，山路邊就會出現一個不起眼的簡樸的小小路牌，寫著「大工祭り」。就這樣穿行了很久，到了有指揮停車的人出現的地方，我們被指揮到了第五停車場。天陰陰的，難道還要走那麼遠的山路才能進集市嗎？我有點氣餒。博奧把外套抓到手裡，跳下車，大聲說：快，那兒有巴士。果然，一輛大巴士正在喊人上車，原來是免費送停車場的人到會場的。大約開了七八分鐘的路程，就到了會場中心，下車之前，司機千叮嚀萬囑咐地說：記著回來的時候是到第五停車場，巴士很多，不要上錯了啊。巴士上的人都大聲地道著謝下車了。

主會場是在當地林協的一棟建築前面的一片草坪，四周是各種小吃攤，當中還有一些團體的表演以及抽獎什麼的，而道路的那邊，在一片高大的林間，彎彎曲曲地甬道兩邊，散落著一個又一個手工製作者的小攤兒，我們還來不及和愛薔會合，就深入林間了。

一個攤兒一個攤兒的看過去，心裡充滿了真心真意的歡喜，要是在年輕的時候，我會把喜歡的東西都想方設法變為己有，但現在經歷了一些人間世事，變得沒有那樣貪婪了，只是把喜歡的東西多多地看上幾眼，把玩一陣子，也就知足了。但要想不帶回幾樣心愛的也是不可能的，因為是手工製品，我的挑剔就不僅僅在作品上了，攤主通常都是那些製品的製造者，所以我挑人也挑得很厲害，即使是同類的作品，我倒要先看看作者是不是我喜歡的那種，就這樣慢慢一趟趟逛來。首先看到她的時候一眼就喜歡上了，細眉細眼，安靜地坐在那裡，手裡在擦著一塊圓潤的石頭，她的小攤兒上擺放的是首飾，手工製作的項鏈，耳環和手鐲等等，細細地看來，先是喜歡上了一對音樂符號的耳環，拿在手裡，慢慢地和她聊天。也就知道了這對耳環的來歷，是她設計出來的，由他的老公一錘子一錘子敲出來的，材料是一種合成的銅，她說這種材料不軟不硬做起來很順手，而且不容易變色和上銹。手裡的合成黃銅有暗暗的光澤，豐富而又沈穩的感覺。那女子說：因為自己是個小提琴教師，偏愛音符。說到這裡她微微笑了一下。我把那對音符遞給她說：幫我包一下吧。她伸過來的手細長而有力，無名指上戴著一個細細的銅圈，難道結婚戒指也是敲出來的嗎？她好像看穿了我的疑惑，說：這是我丈夫打出來的，也是銅的，是他的第一百個作品。細聲細語的音調，依然透出無限的幸福。她在慢慢地包，我在慢慢地看，我們在有一搭無一搭地聊。我在一個角落裡發現了這對長長的耳環，造型是不用說的了，看那一錘一錘的印記，就讓我能感受到那個男人的執著和愛。沒有講價，把這個也買了下來。臨走的時候，那女子說：剛才那個一臉大鬍子的是你的丈夫吧？我點點頭。女子又說：你們是哪個國家的人哪？

我如果不開口說很多話的話，沒人以為我是外國人，但博奧不開口的話沒人以為他是日本人。告訴她我是中國人之後，她很急切地說：她非常喜歡中國的小提琴協奏曲《梁山伯與祝英臺》，尤其是《化蝶》。我輕輕地哼了一下旋律，她馬上就合了上來。看那樣子她今天真是很後悔沒帶小提琴來給我演奏一下的遺憾的樣子，讓我真是非常感動。

一個喜歡的人，兩件心儀的手工耽擱了我幾乎半個上午的時間，然後在布製品那兒碰到了愛薔，她的背上多了一個竹筐，竹筐裡是她一歲大的愛子，很風情的樣子，也成了很多人的鏡頭焦點，尤其是高鼻子藍眼睛的老外們。

忍了又忍，我還是決定也買一個和她一樣的竹筐，遺憾的是沒有現貨了，如果訂製的話要一個月的時間，那個編竹筐的男人一臉純樸，他說那是在他家後院砍下來的竹子編成的。沒有時間聊得很多了，約定好一個月後有一個竹筐會交到我的手上，孩子們已經嚷嚷著要吃東西了。

在停車場和愛薔一家分手後，我提議回去的時候順路去齋藤清美術館看看，齋藤清是日本很著名的版畫家，以仕女圖為擅長，倒不是我很喜歡的畫家，但是逛美術館也是我家的一個習慣，看看倒也無妨，何況那兒還有很漂亮很舒服的「足湯」呢。

腳一舒暢人就犯睏呢，回家的路上雖然說好去吃一家當地有名的日本蕎麥麵，但是車上的三個人都呼呼大睡起來，因為孩子們晚上還得去空手道道場訓練，我也就沒叫醒他們，改上高速公路，一路無甚風景地回家了。

事隔多日，每每把玩那兩對耳環的時候，心裡還是充滿了一絲絲的暖意。據說現在在日本，手工製作者大都是業餘的，因為在現代化的工業社會裡很難用手工製作養家糊口，而靠手工製作養家糊口的也都是那種極其昂貴的作品，也不是一般人能消費得起的，像在這種中流的手工集市上，能看到得到的大都是業餘愛好者的興趣製作，這一點也是我比較喜歡的。我喜歡手工的感覺是由來已久，當年在國內，有一次和一些攝影師的朋友們去藏區拍片，在那裡就得到過幾樣藏人的手工製品，只是很粗糙，沒有現在得到那樣精緻。那是多年前的故事了，偶爾翻起來還是恍若隔世。這便是一件東西的真正含義吧。

博奧有一雙皮鞋，是完全的手工作品，據說是他十年前得來的，一雙鞋從預訂到拿到手整整等了三年的時間，據說這個手工作鞋的師傅，訂單已經到了五年以後，他一年只能做出三十雙鞋，每一雙鞋賣價三十幾萬。定客絡繹不絕。遺憾的是他的孩子們都不肯學做這一門手藝。

喜歡手工的人越來越少了，手工製作的人也越來越少了。是不是這個世界已經不需要飽含感情的東西了呢？機器的工業社會固然會製造出人工無法比擬的精緻的作品，但是它一定缺乏一種天長地久的東西——那就是感情。這種感情在一根根藤條裡面，在一錘錘的敲鑿裡面，那是人的痕跡，也將是永恆的痕跡，是機器製造永遠無法替代的。

我愛手工製造的那份真意，那個「大工祭り」一定會年年去的。

水戶觀梅

原本打算星期天全家一起去水戶看梅花的，可是早上起來的時候，卡奧理有點咳嗽，一想到現在正是日本列島流行感冒的時候，還是小心為上，再說，卡奧理過幾天就要參加空手道的晉級檢定了，晚上還得去道場練習，還是孩子優先吧，星期天的小旅行就取消了。晚上吃飯的時候，我還是不由自主地表示了遺憾。本來嘛，位居茨城縣水戶市的偕樂園，和金澤的兼六園，岡山的後樂園是日本三大和風公園之一，而偕樂園是以梅園而揚名全國的。而現在正是賞梅的好時節。博奧聽了我的嘆息，不由自主地說了句：明天我可能有時間。卡奧理馬上把叉子舉得高高的抗議說：太狡猾了，我們上學，你們要去看梅花。卡茲像模像樣地說：得了得了，看你吃得滿嘴都是義大利麵條，爸爸媽媽明天是去約會，去吧。兒子顯得很大度。

第二天一早，淅淅瀝瀝的飄點雪花，孩子們的表情有點曖昧，再見的時候，卡奧理笑眯眯的說：玩得快樂點兒啊。送走了孩子們，我和博奧各開各的車，先到公司打個轉，處理一下手頭的事務，然後開我的車上路了。車裡的地圖顯示的是普通道路距離比較近，但博奧堅持走有點繞遠的高速公路，他的理由是能縮短時間，事實上，非節假日的日本的交通根本沒有那樣堵塞，只是紅燈較多，但為了防止萬一，我們還是上了高速。從博奧的公司到偕樂園，是橫斷三分之二的日本，方向是直奔太平洋，正常跑高速的話需要兩個半小時，博奧偷懶，沒帶駕駛執照，我也就能過過跑高速的癮了。一路上，從博奧的嘴裡知道這偕樂園原來是日本水戶藩九代藩主——德川齊昭在天保13年（1842）創始的，當初的梅園有三萬株梅樹，想想看，三萬株梅花綻放，那景色該是多麼動人。現在這塊大約13公頃的藩王的園林，已經變成了國家的公園，因為有一條鐵路和一條公路通過公園中央，所以現在據說只有大約三千多株梅樹了，但幾乎囊括了日本列島上所有的梅樹品種據說當初德川齊昭公是以食用梅為目的建園的，而餘暇纔是修養遊玩。我對梅花的印象和喜愛純粹是來自書本，小的時候學國畫，最先畫的就是梅花，然後讀詩詞看古文，知道中國文人最推崇的四君子梅蘭竹菊，以及那篇選在中學課本裡的《病梅館記》等等，使我覺得自己一定也是喜歡梅欣賞梅的一個小知識分子。遺憾的是，我的老家窮山惡水，地凍天寒，再傲霜雪的梅花到了那片土地上也得壯烈犧牲了。所以在來日本之前我沒見過真正的梅花，更不要說那種凜冽的寒香了。

老天作美，在沿途的山坳裡瞥到太平洋海岸的一角時，天空晴朗起來，天藍得像安上了濾光鏡，高速公路沿途的山茶花開得讓人心裡充滿了愛情，進入茨城縣，地勢漸次平坦起來，顏色也混入了柔和的綠意，最讓人歡喜的是，偶爾一戶庭院裡伸出的一枝梅花，或潔白或紅豔的，那感覺真不止是——只把春來報了。

偕樂園的梅園當然讓我有了驚豔的感覺。

早春二月時節，草坪還是泛黃的，就算是有一點點的綠意，但整體的色彩還是很寂寂的，就在這樣的天地之間，梅花搶先綻放，寂寞了一個冬季的眼睛，怎能不為之一亮呢。平日的梅園沒有那樣熙熙攘攘的人群，偏多的就是那些背著傢伙的攝影者們。梅花的美是可遠觀亦可近玩焉的，走在蜿蜒的梅林甬道間，陣陣香氣淡淡地圍繞，若是駐足在一株梅樹之下時，沒一會兒那落花就「拂了一身還滿」了。見了白梅，觀了紅梅，還有花心呈淡淡綠色的綠梅，還有紅斑相間的等等，那份淡雅，那份清爽是語言難以表述的。

在穿過一條小小的甬道之後，和梅林相應的是一片竹林，而在兩者之間偏偏安置了一個廁所，聽起來怪煞風景的，但是匠心獨具的設計師竟把它設計的成了一個點綴。在老公的掩護下，趕快按了幾下快門，博奧說：要是讓人看到你拿個相機對著廁所狂拍的話，人家都會以為你不正常呢。收起相機，攜了博奧的手，慢慢逛去。

上面說過，有一條鐵路和公路穿過公園，那麼就有一條天橋連著它們，那座天橋有三層樓那樣高，在上面能把右側園林的湖面（千波湖）和梅林以及市民休憩廣場等等盡收眼底，有列車穿行而過，偌大的草坪上錯落有致地佈滿了各色綻開的梅樹，像是一幅濃淡相宜的山水畫卷。因為時間的關係，我們放棄了去近觀右側梅林，沿著蜿蜒的日式甬道穿過小巧的草門，便是公園的名景之處——好文亭。這裡是收費的，要150日圓就可以登上這個幾百年前木造三層建築，據說這個名字還是齊昭公模仿中國文人對梅的喜愛而命名的呢，這裡也是當時的文人墨客附庸風雅的地方，我只是拍了齊昭公的文碑，沒有登好文亭。

在博奧遺憾地表示要是帶便當來像那些遊人一樣坐在梅樹下喫喫喝喝就好了的同時，我把相機對準了一對「病松」，梅樹是不是天生就不能提拔的生長，我不太清楚，只是在龔自珍的《病梅館記》裡知道，那些彎彎曲曲形態各異的梅樹是人工的，忘記了作者當時是怎樣的一種態度，只是覺得這些「病梅」倒是真得很美，尤其是在倍顯滄桑的老樹幹上開出那梅花點點來，那美是很絕倫的，而我相機對著的竟是一對病松，我們的常識裡，松是挺拔的很英雄的，但這裡的兩棵松可能是被滿園的病梅傳染了吧，也彎彎曲曲起來，因為彎曲得很難正常支撐自身的重量，只好用粗壯的木頭來協助他們，倒也別具一番特色呢。

戀戀不捨的出了梅園，順便說一句，這裡的梅園是不收門票的，只交了300日圓的一個小時的停車費，我的水戶觀梅便告一段落了。

「走一條古老而又循規蹈矩的路線

因為前幾天卡奧理染上了流感，所以這個星期天沒有出門的打算，可是到了星期六，卡奧理就在屋裡待不住了。星期天一大早，兩個孩子就要求，不去玩也可以，給吃一碗香香的拉麵也能滿足啊。卡奧理還委屈地表示：前幾天，愛蕾送來的草莓都讓哥哥和媽媽吃了，自己一個也沒吃著。所以就想吃草莓。卡茲辯解說：那是因為你病了，不能吃，我才和媽媽吃的，又不是我們不想給你吃。還是博奧決斷說：先去小峰城再去吃拉麵，然後回家的路上去草莓園吃草莓。孩子們雀躍起來，我連忙潑冷水：草莓只買一盒就成了，卡奧理現在剛剛好可不敢吃多了，明天還得上學呢。瞧，當媽媽的有時候就是這樣掃興。

博奧說的小峰城是奧州關門的名城，說是大約在六百年多年前，結城親朝建成的，像這樣的小景點在國內根本不算什麼的，但在日本就把這樣的一些小景點都維護和營造得非常自然來供人觀光遊玩。那個小峰城在和我們的相鄰的城市裡，以前也去過，尤其是好友馬莉來的時候，她一下子就對那種黑白相間的建築風格著了迷，爾後的日子裡，不斷地拿照相機對類似的日本民居拍照，惹得差點被人當成不審者——就是可疑的人。我惦記著小峰城那兒的數點梅花，這個季節該是豔豔的了，但我以為僅僅是小峰城和梅花也有點太單薄了吧。博奧說：還有周邊COURSE呢，先到小峰城，拿個宣傳單就成了嘛。可不是嘛，日本人常常把這些鄰近的小景點做成各種各樣的COURSE——中文該叫做旅行路線吧，非常方便，而且沿途都有公共汽車可乘。日本人在做這種服務設計的時候真是一絲不苟，雖然有點古板，但是非常體貼。

出門的時候，有風而且覺得有點冷，但藍天白雲很是宜人。走一條繞山的小路，偶爾有一株株的梅花在暗淡的山色裡很提神。很快地到了那座城市的中心，而小峰城就地處在市中心，繞過梅林，就是一大片略有起伏的草坪，有小孩子們在草坪上踢球，也有推著嬰兒車的年輕夫婦在散步，卡茲有點遺憾地說：要是帶棒球來就好了。穿過草坪，進入小峰城，小峰城有很寬的護城河，然後是斜斜的用大石塊疊成的高高城牆，日本人在維修古蹟的時候，非常講究保護和延續，所以像這樣的地方，幾乎和幾百年前沒有大的變動，就連石牆間年年枯榮的荒草，似乎都在像我們展示著以往的風貌，因為沒有現代人濫補的痕跡，所以，一到了這裡，整體的氛圍就像是和這個時代脫離了一般，連孩子們都變得異常安靜。小峰城的天守閣跟大多數日本古城閣的建築一樣，是完全的木製，而且整個建築裡沒有一根鐵釘，完全是木與木的銜接而組成的，據說這是從中國傳來的製造方法，我想大概是木匠的祖師爺魯班的延續吧。像這樣的景點，我最不喜歡的就是進到裡面，但是博奧搶先領著孩子們進去了，我也只好脫了鞋跟了進去，裡面雖然很窄小，樓梯又窄又陡，但是因為是木製，還是很有看頭，每一根木樑上都有一刀刀削出來的痕跡，很美很有感覺，似乎能感覺到那個工匠強健的筋肉在波動一般，但牆壁的四周都是一個個防御用的小方洞，整體很悶，像是通不過氣來，誰要是住在這裡面真是得天天做惡夢，我不等老公和孩子們自己趕快出去了。

本來出了大門，覺得沒什麼好看的了，但是博奧悄聲叫住我，指著大門上的兩個鐵鉈說：你看這像什麼？像不像乳房。我踢了他一腳：就你想的歪，博奧正色地說：是真的，這樣的大門上的裝飾真的是按照乳房來設計的，不是我胡說。嘿！這我倒是第一次聽說呢，在國內各處旅行的時候也見過這樣的大門，只是上面多數穿著門環，怎麼也不會是乳房吧。有機會到要考證考證。

在小峰城的周邊，還有玫瑰園，集古苑等等，這裡面最有意思的要數小原莊助的墓了，它是「喜歡酒」的代名詞，墓石的形狀和酒盅差不多，據說他的戒名叫：米汁吞了信士。看來一定會有很有意思的傳說，遺憾的是沒有特別的說明。看過了周邊，就到了午飯時間了，到了這裡當然要吃的就是拉麵啦。

說起來，白河的拉麵在全國還是比較有名的呢，小小的一個不足八萬人口的城市裡，竟有數千家拉麵館，但我比較喜歡的還是叫田中的那家拉麵，他家是在市中心路邊的一個小小店鋪，只有三輛停車位，屋裡只有四張小桌子擺在地上，榻榻米上也只有兩張小炕桌，因為是經營了兩代

的店鋪，沒有新店那樣乾淨方便，桌子上也是油汲汲的，牆上掛著經年累月的各種名人留言相片什麼的，一個半老的徐娘進進出出端碗送麵，隔壁裡的廚師只是在來客送客的時候有洪亮的聲音傳出來，如果趕上吃飯的時間，隊列能排過駐車場呢。日本人日常吃飯可不像國人那樣複雜和講究，三個盤子兩個碗的，偶爾來個朋友，中午也得喝杯酒，日本人吃飯很簡單，像這家小拉麵店除了拉麵什麼也沒有，拉麵呢，也不過就翻來覆去的那麼幾樣，可真的是很好吃的。

吃完拉麵之後，按照宣傳單上的指示走，是有名的南湖公園，這個公園宣稱是日本國最古老的公園，說是在1801年白河藩主松平定信造的人工湖，本來是用於灌溉良田的目的，在那個等級森嚴的時代裡，這也是當時向庶民們開放的古老的一個公園，遠遠望去，是那須連峰，湖邊圍繞著無數的吉野櫻和松樹以及楓樹，在各個季節裡都有美景相映，而這裡的南湖神社也是當地比較人氣的一個大神社，孩子們沿階而上，博奧帶他們去祈願的時候，我看到了一個木架上掛滿了各種各樣的小木牌子，湊近一看，上面寫找各種各樣的心願，這個季節裡寫得最多的就是合格祈願，比如有一個牌子上寫著：東京海洋大學某某部，然後是自己的名字和住址。還有一個畫著兩個日本小偶人的牌子上寫著：相愛天長地久等等。卡茲興奮地說：靈嗎？那我也寫一個，東京大學怎麼樣。博奧笑著說：你就寫學期考試全部滿點就行了。我又掃興地說：寫一百個掛上自已不努力也沒用的啊。話說完我就有點後悔了，博奧和卡茲果然都狠狠地白了我一眼。我假裝沒看見，伸過頭去看女兒，卡奧理抽了一個吉籤，有點樂不可支，沒想到卡茲竟抽了一個大吉籤，卡奧理就小心眼兒地有點失落的樣子，張羅著趕快去吃草莓，也沒像別人那樣把籤折折疊疊然後掛在神社的繩子上。

在南湖其實還有很多可以觀光的地方，但是，像現在青黃不接的季節，大家都在等著看櫻花，所以遊客極少，我呢，因為有觀賞水戶的梅在先，再見梅花，雖然依然是美，但是缺少了那種熱烈的心情，竟也淡淡的了。所以，南湖周邊的翠樂苑，松風亭蘿月庵等等名勝也就沒有駐足。

開車在南湖慢慢地繞了一周，櫻花舒展的枝枝杈杈已經含苞待放了，博奧和孩子們正在嘰嘰喳喳地商量著今年的「花見」去哪裡呢。我倒是想起如果走那條有天鵝的湖畔就有一個草莓園，遺憾的是，現在這個季節，天鵝已經陸續飛回西伯利亞了，只剩下水鴨和鷺鷥還在，買了一大箱草莓，個個都像雞蛋那樣大，據說這家草莓的主人是東京大學畢業的呢，因為非常喜歡種植草莓，所以放棄了在東京某大公司就職的工作，在這個臨市區的鄉下建起了草莓園，生活的悠然自得。可不是嘛，要是能把自己喜歡的事兒變成一生的工作來做的話，那正是無憾的人生了，但是很難吶。

很快，車裡充滿了鮮草莓的香氣，回家的路上，遠山還有點點白雪，那景色和心情一樣美麗舒暢，幸福的感覺就這樣彌漫開來。

薩爾瓦多達利的大餐

突如其來的意外驚喜，總會讓人念念不忘。自打那年的初春，山間陰地還有處處白雪，坐落在里磐梯山，著名的五色沼入口附近的諸橋近代美術館，又到了每年冰消雪化的開館季節。而在這個時候，去這個美術館是我們家早春時節的慣例。

從後山走，是山道，彎曲陰鬱，頗有世界末日的情緒，小田和正的聲音清亮而多情，車內暖暖的，這此情此景總會幻想著這一路開到地老天荒下去。博奧突然說：卡茲，說說這美術館的事兒，給阿孜薩上上課。

「賽標，知道吧。前幾年在中國的上海吧，開了店。」卡茲問。

「當然知道了。」我說。

在1976年，這個會社的社長諸橋延藏在旅行中，在西班牙的一個地方走進了薩爾瓦多達利的美術館，於是，便有了一場近乎持續了二十年之久的夢想成真的過程。其實，也並非偶然，這個諸橋延藏的興趣愛好是美術鑒賞。在日本，如果誰敢說這東西是自己的興趣愛好，並且還是學生時代的「部活」的話，那就跟專業相差無幾了。所以，當幾百幅達利的作品突入眼簾時，那份感動和震撼，難免讓人想入非非，何況，人家還有實體支撐著呢。話說至此以後，這位社長便在歐洲各地的美術館考察，出入於各個美術品拍賣會。在1997年開始動工，歷經一年，在1998年建築物完成，又歷經一年，各種各樣的手續準備等等，終於在1999年6月3日這天，正式開館。從此，在日本這個小小的島國，在遠離大都市的一個群山之間，顛覆美術經典的近代藝術之父——薩爾瓦多達利在這裡悄然落戶，慢慢地這裡又匯集了像馬蒂斯，畢加索，雷諾瓦，夏卡爾等十九世紀二十世紀的20幾位大師的作品。

所以，這個地方算得上是參與支撐著一座城市的道德構架和人文上的關懷。

卡茲最終總結說：不是不可以把自己的興趣愛好玩大，關鍵是得有經濟支柱，所以，我得先找到一個能生活得很好的工作，然後繼續跳舞（街舞）。

這些年的培養，得出這個結論，我不知是該喜還是該悲呢。

話說，車子就開過了我最愛的豬苗代湖畔，雖然很冷，還是餵了天鵝及野鴨，吃了年年都吃的「大嬸兒」冰淇淋，為什麼呢？這是一個有大叔身大嬸心的冰淇淋店鋪，在日語裡叫做おかま。這「大嬸兒」每每把我認作愛薔，拿小勺把冰淇淋的品種隔著櫥窗餵我個夠，我呢，當然不會揭穿，應承著呢。然後買兩個大大的冰淇淋，坐在車裡四人分吃。大體上，吃完冰淇淋，也就到目的地了。

年年都借來免費的聽講機，聽不聽的也有入耳的時候吧。

這天，一進館，我就懵了，怎麼著，這館裡的人們都拿著手機相機啪啪啪地拍拍拍照哇。這可是美術館啊，都是大師們的原作哇。看身穿制服的服務人員依然滿臉微笑，對此竟是熟視無睹嘛。趕緊鬼鬼祟祟地拿出我的大傢伙。也啪啪啪地拍，不過到底還是有些不安呢。

後來才知道，原來這是諸橋近代美術館還原達利的藝術為生活服務的概念，做出的舉措。夠大氣的，不過，此番行動一出臺，觀眾的來館率據說倍增了呢。就說我吧，每次國內的親朋好友一來，我肯定是要安排這一行程的。

泡了還有積雪的露天溫泉，吃一碗熱熱的拉麵。回家的路，變得短了起來。

仲春時節看雪壁

最初的目的是想去磐梯吾妻スカイライン（Sky Line），看那裡從四月八日開始到五月中旬有每年例行的「雪壁」景觀，因為我和博奧都不喜歡人多車多的觀光環境，所以避開了節假日，在一個星期二的早上，博奧匆匆地安排完公司裡的事兒，我們就上路了。

早上還是陽光燦爛呢，隨著車子駛入高山，雲層越來越厚了，漸漸地，陽光躲了起來，氣溫也逐漸下降，綠意漸次稀少，有白雪開始大面積的出現，彷彿季節又返回到了料峭的冬日。看著陰陰的天空，我有點失落，擔心拍不到理想的相片。原本打算開我的車去，但博奧說那盤山的道開他的大車比較安全，儘管我拿的是優良駕駛執照，但博奧還是不放心，我坐在助手席上就有一點點地暈車了，沒一會兒，上了高原，耳朵也開始不舒服起來，我又是吃口香糖又是喝水的，難受得一塌糊塗。想當年去海拔三千多米的甘南藏區拍片子的時候也沒這樣難過啊，真是老了。博奧大概看我的臉色不好，把車停在讓車的位置上，對我說：下去拍幾張吧，換換空氣。就這樣換了幾次空氣之後，隱約看到一面高大的雪壁出現在前方，我興奮地直喊到了到了。博奧冷靜地看了看導航圖，說：只是到了入口。我瞥了一眼畫面，可不是嘛，畫面顯示：磐梯吾妻スカイライン料金所。收費是1750日圓。博奧探出頭問了問穿棉大衣的入口管理員，得知從這兒開始還要兩百多米才開始雪壁道路呢。而這兩百多米的盤山路可是夠開一陣子的了，盤山路開始陡立起來，因為日本是左側舵盤，助手席上的我只要眼神向下一溜，就是萬丈深淵和蜿蜒的車路，好在風景開始有了變化，遠山在濃霧中隱約，磐梯山上有名的八景之一白樺樹那卓越的姿態撲面映入眼簾。在我上大學的北方城市裡也有一片白樺林，每年的秋季那裡就出現大批背著畫夾子的人在寫生，我對白樺的印象從那時持續到《北國之春》的「亭亭白樺，悠悠碧空，微微南來風」——真是感謝這首歌的詞譯，要是直譯的話就只是「白樺，晴空，南風」的三個名詞排列了，日語的歌詞因為是讀片假名，所以是しらかば、あおぞら、みなみかぜ，而中文的亭亭，悠悠，微微修飾了一下它們，也給我們了一片聯想。

高山上的白樺，比平原上的多了一些蒼涼，雖然主幹依然是挺拔，但枝枝杈杈之間頗為曲折，軀幹大概是因為染上了春的氣息吧，呈現出淡淡的橘黃色，在冬日的風景裡顯得格外奪目。慢慢地，雪壁開始出現，據說因為是暖冬現象，今年的雪壁沒有往年的那樣高那樣厚，儘管如此，在四月櫻花盛開的季節裡能看到這樣的雪色奇觀，也是一種享受了。好在路上幾乎沒有車輛，我幾次在路中央喊停，弄得老公比開盤山路還要緊張。開過雪壁，山色漸次溫和起來，但雲層依然壓得很低，一路上偶爾有建築物出現，博奧告訴我那些是滑雪場的賓館，一年四季裡只有冬季能滑雪的時候才開張，能盈利嗎？我倒是有些懷疑。

車子還在平行般地前行，因為目的地已經過去了，我心裡想著的是該下山走高速回家了，可是博奧說還有一個景觀在這條路上呢。我隔著車窗遙遙望去，近在咫尺般的那座山峰上，有白色的煙霧不斷翻騰，咦！火山口哇。

車子顯然下了一個陡坡，火山口在高高的斜坡上，周圍籠罩著淡淡的紫霧，一個收費的大停車場裡面有飯店廁所休息間和小商店。下了車，是一股嗆人的煤氣味道，看板上提示說：臨近火山口，空氣裡面是有毒氣體，請大家注意安全等等。火山口的對面是一片荒涼的緩坡，綿長而久遠的感覺，穿過停車場的人行道，一塊素樸的木質看板上寫著：磐梯朝日國立公園吾妻小富士標高1707。好在車裡面總是備有運動鞋，我們打算登上這個號稱小富士的山頂。遊人少極了，山風裡帶著絲絲的雨意。說是看山累死馬，這話真是不假，那座沒被我放在眼裡的緩坡，緩了三次才登上去。

火山口是好幾萬萬年前的事了，現在是火山口遺跡，那依然流火般狀的山石，巨大的坑以及滿目的荒涼，讓人能想到的詞匯就是原始，洪荒。很像好萊塢的電影場面，彷彿時時刻刻都能有不可思議的事情發生一樣恐懼，生命在這裡顯得弱小而蒼白。老公一聲不響沿著環火山口的路慢慢前行，在略略危險的地方把手伸給身後的我，血色的山石土地上寸草不生，凜冽的風夾著雨絲呼嘯而過，有飛鳥的屍體橫陳，空氣中彌漫著死神的嘆息，從制高點望去，對面活動的火山口白煙翻滾，山上的白雪呈淡黃色，蜿蜒的盤山公路像是外星人的蹤跡，整個感覺怪異而恐懼，讓人想入非非，似乎下個時刻就有怪獸從上坡上出現，把像是玩具模型一樣小巧的停車場搗毀。遠處入口處渺小的人影都像是精神上的救命稻草，我攥緊老公的手，人類應該相親相愛啊。

走出火山口範圍的路依然盤旋陡峭，低窪處有看板不斷提示人們，方圓八百里禁止停車，中毒事件屢屢發生，這裡也似乎戒備森嚴了。

幾個山彎盤旋而過，從身體的狀態能感覺到是在下山了。回家的路途還很遙遠，但路邊的櫻花開始燦爛，剛剛駛出的火山，像一場奇異的夢一樣，令人難以置信。博奧尋了一家日本蕎麥麵店，熱乎乎的湯湯水水才把我的情緒拉回到現實。下一步該去泡泡這裡有名的玉子溫泉，然後上高速回家，博奧還得去公司，我呢，得趕著點兒接放學的孩子們。不過博奧決定下次一定帶孩子們來這裡看看，體會體會洪荒的感覺，在特殊的環境裡，才能珍重相親相愛的可貴。

田代家的山女鱒魚

忘了從什麼時候開始的，每年春秋兩季是一定要去田代家吃魚的。從我家開車去那裡，盤過一道蜿蜒的山路，在去二歧溫泉鄉的途中，路邊有一個不大的村落，店鋪略略往後，稍稍把道路讓出兩個車位，也沒有明顯的招牌，只有一個半人高的簡易木板上畫著一條淡青色魚的便是。田代的老公自己畫的，魚的目光有些茫然和憂鬱，很有莫迪里阿尼的感覺。

因為事先預約了，一到那兒，魚烤的正是時候。

人家這烤魚的傢什，都是田代老公親手做的，厚墩墩的原木砌成四方形，裡面是多年的一種砂質土，和我家後院的窯土相似，用的碳是人家山上自產樹自己燒制的，最讓人心儀的是那把鐵壺，和我手裡的那把南部鐵器比較像，經年的沈澱若隱若現。

日本人是以食海魚為主的，而且是深海的魚，但每年都有季節性的川魚解禁時期，那時候，講究以自然以新鮮為味覺第一的他們，就開始挑地方去吃各種「川魚」，也就是我們說的河魚。

這些年我隨著博奧吃過的有「鮎」、「巖魚」、「鱒魚」等等，這些魚季節性很強，因為野生的越來越少了，所以每年都有放流，然後開禁。趕著季節吃這東西，也是很多日本人的人生中的快事。這魚都是冷水魚，深山溪谷裡，遠遠的山頭上雪還在，就有垂釣的人帶著便當，去每年固定的地方了。

田代家的漁場就坐落在山裡，沿著潺潺的溪谷，田代老公的車穿花分柳地載我們進了山，泉水被引進三四個池子又分別的緩緩流出，滿池子都是脊背閃著青白光澤的鱒魚，在溪水擱淺的地方，還長滿了寬大的葉子，問了才知道，原來是野生的芥末，越過一條石頭搭建的小路，密密的林蔭下還有一排排的枕木，那裡是田代家養殖的蘑菇。回來的路上，一條蛇橫在路上，田代老公拿車上常備的打蛇棍，之後，帶了回來。我是不怕蛇的，但不能吃，大概因為自己屬性與蛇接近吧。這地方的人普遍遵守著打毒蛇放青蛇的習慣，那天，是條毒蛇。

吃魚的時候，博奧是喝啤酒的。我們不能喝酒的，田代用鐵壺給我們沏了一種樹木的汁水，據說常喝是能明目的，然後便是各種山菜料理。依山傍水的，這裡的山菜也好吃得緊，是婆婆早上採摘回來的，都快八十的奶奶了，每天還在山上田間幹活，為的就是一個興趣和習慣。每年，這婆婆種的大白蘿蔔都有我的份，甜甜的脆脆的，是那種可以當水果吃的蔬菜。我家卡奧理就說比蘋果還好吃呢。最令我驚喜的是還有炸蕪花或者春餅或者饅頭，這些都是像我這樣的愛吃不會做的人最喜歡的。當然，最最好吃的還是真正的碳烤鱒魚。

今年的冬天，田代偶爾在網上查到有關鱒魚的情報，然後才恍然大悟，這鱒魚肉質及其乳白細嫩，所以也被叫做山女鱒，或者山溪女王，是日本淡水魚裡面最受歡迎的稀少品種。原來自己家的魚是這樣的人氣並有營養啊。然後她就瘋一樣地天天調著花樣吃，呵呵，十幾年守著也沒當回兒事，從此之後，該對老公另眼相看了吧。因為，這樣的自然養殖還是很不容易的呀。

算計著國內的朋友們再來時，一定做個這樣的兩天一泊路線：田代家自然碳火烤鱒魚加山菜料理——二岐溫泉鄉——自然石塔——大內宿——蘆之牧溫泉（泊）——會津窯——返程。回來的路還再拐一下，去田代家拿些山菜或挖兩棵山野草花，跟老婆婆聊聊天，混口明目水喝，再翻山越嶺，看一下羽鳥湖，就可以回家了。

魅力星期天

早上起來的時候，天氣好的要命，而在這樣的日子裡，恰好又有畢加索等大師的作品，在風景旖旎，號稱日本九寨溝的五色沼附近的諸橋美術館展出，我大聲地催促博奧和孩子們，帶上厚些的外套，向目的地出發。

福島的秋日美的驚人，日語裡用一個特殊的詞匯來表示這個季節裡的活動——紅葉狩り——我很喜歡這個詞，尤其這個「狩」字，用的非常讓人動心，還記得詩經上有這樣的句子「不狩不獵，胡瞻爾庭有懸貆兮」吧，那是多麼生動的畫面啊。其實紅葉是靜止在那裡不動的，哪裡用得著狩獵呢，但是，偏偏這個動詞的選擇讓我對紅葉產生了萬般聯想。所以，雖然目的地設定的是美術館，但我們四人心照不宣地想著五色沼的秋色。

原本以為，這樣深山老林裡的美術館一定會空空蕩蕩的，沒想到居然還等了將近十分鐘才駐上車，博奧一眼就被完全歐風的建築和庭院吸引了，他居然幻想要在我家的後院也建一個偌大的池塘，栽種上幾棵姿態優美的楓樹，我摸摸他的腦袋：上帝，你沒有發燒吧，怎麼說胡話呢。我倒是愛上了圍牆上爬著的藤，那古老的灰色映襯著鮮紅的葉子，安詳而略帶妖嬈，遺憾的是天不知什麼時候陰了起來，怕是很難拍出眼睛看到的效果。這時，卡茲在門口急急地揮著手叫我呢。

諸橋近代美術館是一個私人美術館，收藏了大量的薩爾瓦多達利的作品，看得出，這個家族是愛極了這個聰明的玩世不恭的遊於藝的天才達利。我每年都要來這裡幾次，看達利的常設展。那著名的軟塌塌的鐘就那樣懶懶地掛在那裡，到這裡來，就像走進自己的夢魘一般，充滿了不真實的感覺。今天的這裡，除了畢加索之外還有很多我上大學時在書本讀過的畫家和見過的印刷作品，這些大師級的作品，尺寸並不是很大，把臉貼的很近去看，我似乎能感受到大師那雙充滿懸念的手，在描繪的每一根線條和色塊時的激情。慢慢地轉完全館，博奧和卡茲在館裡的咖啡館裡邊喝咖啡邊看有關達利和他作品的映像，卡茲的手頭還翻著一本大大的畫冊，而我和卡奧理忙著在賣店裡挑那些好看的印有大師作品的東西，我挑了兩張精美的卡片，而卡奧理挑了一個印有畢加索和平鴿的小鏡子。拿了些下幾個月的展出單子，美術館之行就算告一段落。

原本沒打算要在五色沼滯留很長時間，這個季節，全日本的人恨不得都來這裡了一般，原本該是寂靜安詳的地方，因為一團團的遊人而變得比肩接踵，雖然人多，但因為日本人大多是安安靜靜的緣故，倒也不覺得不堪。入口處的那個湖沼，上面居然有船在划動，景致別有一番。卡奧理建議划船，立刻得到我和卡茲的響應，博奧苦著臉——他得當艄公哇。

船划上湖面，心情立刻變得平靜起來，轉望那些岸上的人，竟覺得是恍若兩界一般，當然湖面上的這只小船才是天上人間。博奧的後背因為用力划槳，隔著衣服依然能感覺到男人的那種力量，大概就是這種感覺，讓我覺得天塌下來也有他為我撐著，事實上，博奧是我所愛過的異性中最讓我有安全感的男人。孩子們在船頭吵吵鬧鬧，卡茲充當船長的角色，指揮著博奧向左向右的划槳。卡奧理隔著博奧的肩膀，不時地向我提醒各處小情小景的美麗，那孩子天生了一雙藝術家的眼睛，我應她的要求拍了幾張她眼裡的美景。湖水清澈透明，湖底的水草和短木隨著水在波動，感覺很遠古。

停船上岸的時候，船頭突然躍起一條肥大的紅色鯉魚，卡奧理像是葉公好龍一樣大叫一聲撲到博奧身上，原來，那些成群的鯉魚是被我們的船磕碰著了。

像所有遊客一樣，我們也留下一張到此一遊的相片。本來想買熱熱的煮蒟蒻串來吃，但小攤前排著長列，只好作罷，在自動販賣機裡打出熱熱的飲料，得趕快趕回家，晚上還有空手道訓練呢。

快樂的一天也有沮喪的事兒，那就是回來的路上下起瀝瀝細雨，忽然想起晾曬在外的衣服，就把車開得飛快，博奧回來的路上說得最多的就是一句話：慢點慢點再慢點。

記住教訓，無論多響情的天，出門的時候一定要把衣服曬在屋簷下，即便是秋天，這天也是

孩子的臉。

（憂鬱的日光之旅

一直想去鄰縣櫪木的日光市，倒不是因為那裡的有世界有形文化遺產的東照宮，山輪王寺以及二荒山神社，而是因為大約六年前，那條日光市著名的表參道上唯一的一家畫廊裡開始有我的畫標價出售，那位畫商平野先生表示如果有可能的話，希望我能參加他在東京每年一次舉辦的畫家五人展，遺憾的是，接下來的我步入了離婚大戰，一戰就是三年，等到現在生活終於安定了下來，我又有心情開始畫畫的時候，才知道，平野先生的生活也發生了很大的變化。想起在我離婚官司纏身的困境時，平野先生一次性把掛在他那裡的我的畫全部現金買下，這樣仗義的人在金錢為上的社會裡實在是太少見了吧。我怎能不心存感激呢。

帶上一盒地方特產，我和博奧在星期六的上午上路了，走高速不到兩個小時就進了日光市，雖然只是兩個小時的距離，但這裡的玉蘭花已經含苞待放了。因為是假日去東照宮的路塞車，兩個停車場都滿車，第三個停車場又遠，好在平野先生指點了一個市營駐車場，又近又不花錢，雖然路窄了些，但方便得多了。穿過小巷，就是那條熱鬧的表參道了，而平野先生早就等在那裡了。表參道畫廊不是很大，裡面有些零亂，去年就聽說平野先生的效益不是很好，已經由單純的畫廊改為各種工藝品了，平野先生請我們坐下，然後很平靜地說：去年開始，就把畫都收起來了，經濟不景氣，這幾年畫的生意很難做了。大概三年前吧，平野先生的老母親重症臥床，雖然每個星期都有家庭護理的人來兩次幫忙照顧，但平日裡這一切都是由平野先生一個人來做的，平野先生今年六十二歲，在四十歲上離了一次婚，好像沒有小孩子，前幾年，經朋友介紹，他交往了一個中國女性，但是因為種種原因沒能結婚，後來他身體不好又接受了兩次手術，最近眼睛也模糊起來，說是無法醫治的病，只能慢慢地等待失明。平野先生非常遺憾地對我說：本來還想把我手裡的幾位年輕畫家召集在一起，大家互相認識認識，然後辦幾次大型展，天不遂人願啊，你的畫很有特色，好好努力吧，我把你介紹給我認識的別的畫商，他們會去找你的。平野先生雖然瘦了許多，但依然笑聲朗朗，他拿出他的客戶的地址簿給我看，上面英文佔大多數，他指著其中的一個說：這個人買了你的三張畫，他說他非常喜歡你畫裡面的東方情調。

聊了一會兒，我們說打算去東照宮看看，他千叮嚀地說：回來的時候打個招呼再走哇。

順著畫廊往上走，不到一百米就是一條清澈的河流，從橋上望下去，頗為險峻呢，而過了橋，穿過人行道，就是刻有世界文化遺產的東照宮入口的那塊石碑了，踩著寬大的石階緩緩地向上走，沿途是幾百年前古老的樹根和石牆上厚厚的青苔，身邊有潺潺的流水聲和緩緩的春風入耳。東照宮的建築是很東方式的，對我來說也沒有什麼新鮮感，只是德川家康這個人名字倒很是熟悉，這個德川初代將軍在日本歷史上很有地位的，據說他的遺言是表示在日光修建一座小殿存身，但是因為他的政績和聲望，就在他謝世的第二年也就是1617年建成了這座華麗龐大的墓地，而德川家康也由此成了這裡的守護神。我歷來不喜歡熙熙攘攘的觀光點，為了迎合觀光而渲染和

裝飾的人工味道總像是給原本虔誠和素樸的本意戴上了假面具，儘管東照宮大體上是保持著幾百年前的原來風貌，但我依然還是不喜歡在熱鬧的人群裡看那些金碧輝煌的感覺，相比較之下，我倒是喜歡那些經年歲月上面長滿青苔的石柱，以及那些參天的大樹。這裡最有名的還有三個猴子的裝飾，一個是用手捂住嘴巴的猴子，一個是用手堵住耳朵的猴子，還有一個是用手矇住眼睛的猴子。當然這不是簡單的裝飾而已了，按我博奧的解釋是——沈默是金。按我的解釋則是，禍從口出，眼不見為淨，耳不聽為明了。總結說來就是明哲保身的態度嘛。我始終不明白為什麼把這樣的一個觀念放在德川家康的墓地裡，難道這裡的守護神在有生之日是這樣的一個人嗎？看日本史上對德川家康的評價是相當高的，估計不應該是有這樣做人態度的人吧。

大殿裡，還有很多被指定的遺產部分，但是要進門都得另買門票，而且還有不讓拍照的規定，看了看宣傳單上的照片，我覺得沒必要進去看了，博奧說我真是摳門。我倒覺得不是錢的問題，而是想不想看的問題，比如說要花五百日圓看那只雕刻簡陋，顏色也不地道的睡貓雕像，我就覺得不值。其實東照宮比我想像的要小得多了，而且也沒有那麼華麗和莊嚴，像我這樣看過孔府孔廟故宮北陵的眼睛，很難在這裡能觸到文化和歷史上的震撼。把這話說給博奧聽，博奧一副皮笑肉不笑地說：就是就是，中國那是上下五千年方圓960萬平方公里呢，哪能比得起呢。過了一會兒，他還是忍不住說：單就我們來說，這個就是日本式的文化遺產吶。我點了點頭笑了笑，那感覺就是文化歷史的驕傲。一時間倒不去想這驕傲能帶給我們什麼呢？

驅車回家的路上，我的心裡沈甸甸的，平野先生的畫廊可能很快就關閉了，那麼他和他老母親的生活會怎樣呢？據說，平野先生在畫廊經營順利的時候，做過很多的福利事業，手裡好像已經沒有太多的積蓄，按照日本的規定，平野先生還要等三年才能靠領取年金過日子，我真的有些憂心忡忡了。博奧勸我：每個人都有自己的生活方式和能力，你不要想那麼多了。我難道能像東照宮裡牆壁上雕塑的那三隻猴子那樣不聽不看不說嗎？就算是能，我心裡也得想啊。博奧把車開上了高速公路，說：我們去吃宇都宮的餃子，那可是全國有名的，平野先生的事兒就不要想了，最次最次還有政府呢，還有政府的生活保護政策呢，正常的生活是沒問題的。我知道博奧不是寬慰我，那個生活保護政策我知道得很詳細，想到這兒，心裡略略放寬。路邊的玉蘭花開得像一團團白雲，前面宇都宮的城市路標飛速閃過，我似乎已經聞到日本式煎餃的香氣。

日光已經遠遠地駛過了。

慾望的三春部落

早上八點就把卡奧理送到全市算盤競技大會的會場上去了，要下午兩點才能結束呢。回到家，博奧和卡茲兩人又懶到被窩裡看電視去了，問他倆今天打算幹什麼，卡茲說想在家玩一天WII，博奧表示想躺在被窩裡看一天電視最好。看起來，我得當機立斷作出決定，不然，這略略放晴的一天就報廢了。在平時收集宣傳單的盒子裡翻了翻，有那麼多想去的地方呢，可是——現在已經快九點了，遠的地方是去不成了，近的地方有一大堆，再猶豫下去恐怕他倆的願望就能得到

滿足了，去三春，我抓起相機，披上外套，風風火火推拉著博奧和不情不願的兒子上路了。

三春是田村郡的一個市，出了城還得開上將近一個小時的車，而且是穿山越嶺。好在車不多，一會兒就到達了目的地。三春名字的由來倒是很有意思，一般來說隨著季節的變化，花開的時間也不一樣，但是在三春這個地方，氣候很特別的，很有代表性的梅花，更有代表性的櫻花以及這裡的的特產桃花（我們這裡的桃是非常有名的），竟然能在一個時期裡同時綻放，所以這裡叫三春，取其三個春色融為一體的意思。而在三春最為有名的則是一棵樹齡千年以上的三春瀧櫻，它和樹齡三千年以上的根尾谷的薄墨櫻以及樹齡一千五百年以上的山高神代櫻號稱日本三大櫻樹。但是還沒到花開季節，滿山的衰草透出了柔和的綠意，這個時候觀光地是遊客極少的。

卡茲不解的問我：又沒有櫻花可看，來這裡做什麼哪？其實啊，三春的花景只能看一個季節，但卻有一個不分季節的景物是可以常年觀賞呢，那就是——高柴デコ屋敷，直譯成中文的話大概是：高柴銹兒頭大院。這是坐落在三春山坳裡的一個由兩三戶人家組成的民俗手工業作坊小部落，現在已經被指定為我們這個縣（相當於中國的一個省份）的民俗文化遺產了。駐上車，兒子要求先上廁所，環視一下四周不像有廁所的模樣。倒是兒子眼尖，看到了一個紅字寫的路標，順著箭頭方向看去，呵！好漂亮的建築物，哪裡像廁所呀。忙舉起相機，博奧馬上訓練有素地四下一望說：沒人，快。倒是從廁所裡出來的兒子立馬躲得遠遠的，那情景像是表示：這兩個給廁所拍照的傢伙我可不認識。

日本的景點差不多都有一個不顯眼的小路標，上面寫著「順路」然後畫一個箭頭，按照它的指示走，所有的景點會一個不丟地看到底，當然還不走冤枉路。這種能體貼人的小辦法，是日本的服務行業最出色的地方。我們一家三人順著箭頭慢慢逛去，緩緩地走上幾步斜面路，先是一棟古老的木造房屋突兀在眼前，小小的院落佈置的彎彎曲曲，古老的木紋呈現出深淺不一的顏色，還沒進門，兒子便鬼鬼祟祟地轉過身笑個不停，問他，也不說話，還是博奧發現了兒子怪笑的秘密，原來在廊下擺著用原木雕刻出來的男女生殖器，個頭很大，樣子逼真，下面立著的小木板上還寫著：撫摸三回，就能有好運到來。所以那個木質的大大的龜頭歷經多人之手撫摸，顏色發亮，紋路清晰。博奧心懷鬼胎的樣子也撫摸了三回，兒子卻早就自己先拉開日式的拉門進到店鋪裡面了。

因為是很古老的舊宅，或者過去就是手工作坊，裡面非常低矮寬大，整棵整棵樹木搭成的樑柱，經年歲月已染成黑色，榻榻米上有古老的取暖設施——圍爐，現在也作為裝飾保留在那裡，這裡既是店鋪又是手工匠人們現場工作的地方。三春的手工業品以錛兒頭老頭老太臉譜最為有名，這裡的手工製品都是用一種特製的紙糊貼出來的，無論造型還是顏色都非常的日本鄉土化。據說前幾年，這裡的年輕人都到山外面的城市去了，沒有人肯留在這山坳裡年復一年地製作這些似乎和現代社會隔絕的東西了，所以當地政府為了保存這些無形的民俗文化遺產，給予了相當豐厚的支援政策，現在年輕的一批手工業匠人也慢慢誕生了。你看，相片裡的那個年輕的小伙子就是其中之一。

第二家裡面的舊貨很多，滿滿地佔據了一面牆，有手搖電話機，有爺爺的爺爺的爺爺當年祭祀時紮的頭巾，有不知年月的各色古老掛鐘等等，更有趣的是他們把掛鐘掛在房簷下很是醒目。出了門，緩緩地走幾步下坡，便有一個醒目的招牌——道六館，大字的旁邊寫著兩行小字：家庭圓滿良緣夫婦圓滿子寶。還有一個小牌子上面寫著「十八歲以下的人禁止入內觀賞」。沿著微陡的小路往山上走，轉過一片竹林，半山坡上有一間民家，有無人的投幣式入口，我和博奧買了兩枚專用硬幣，兒子在旁邊大叫起來：我呢？把我一個人扔在這荒山野嶺的。我對兒子說：這裡不讓小孩子進的，你在外面等著，到自動販賣機那兒買點兒喝的去。兒子滿臉疑惑，問為什麼不讓小孩子進呢？我說我也不知道，等媽媽進去看完了再告訴你。卡茲還是很聽話的，沒再糾纏。

正如門匾上寫的一樣，這是一家「性信仰玩具」觀賞店，裡面牆壁的兩旁陳列著各色日本古老的春宮圖，色彩豔麗，線條流暢，只是生殖器官都被畫得很誇張，另有各種春宮姿態的栩栩如生的小雕刻，而奪目的還是偌大的佔整個地面三分之一的男女生殖器的原木雕刻，正面原該是擺放佛龕的地方，擺放著樹雕的男女生殖器，按照日本當地的習俗，在上面還繫上紅布一塊，兩旁有同樣畫上生殖器官的紙燈籠裝飾著，在出口處有一個自動投幣式販賣機，裡面賣有複製的各種春宮手絹，還有春宮小擺設以及性器裝飾的手機鍊和鑰匙鍊等等玩意。十幾年前的中國，這些東西還是禁物，而且和倫理道德聯繫在一起，只是聽說過沒見過。也就是說年輕的時候我沒有見過這樣的東西，現在看起來倒是覺得很新鮮好玩的，博奧是見多不怪的，他只是滿有興趣地感嘆：山溝裡的東西真是很古老很鄉土哇，以後有機會帶你看看別的，很現代的那種。呸！那些玩意有什麼好看的，看這些是看你們日本古老的性文化啊。我說。博奧撇撇嘴強調說：是這個大山裡的性文化，只能算是日本其中的一部分。想一想他說的也不無道理。

出了六道館，兒子追問我裡面有什麼，我覺得回答他很困難，就說：去問你爸爸。博奧想了想說：在法律上你是不是得到二十歲之後才能喝酒吸煙什麼的呢？兒子點點頭。博奧接著說：有一種事情也得等到你成人之後才能去做的，這裡面就是那種事情。兒子還在追問：那是什麼事情呢？博奧想了想說：也沒什麼，不過就是一種大人的玩具罷了。然後就輕描淡寫地轉移話題問卡茲能不能替他買一瓶茶來。我暗暗地鬆了一口氣，在國內這可是非常敏感的話題呢，而且是躲躲藏藏非常迴避性的。

三春的鬼面臉譜上的鼻子都被誇張得又大又長，追溯起來這也是性崇拜的一個暗示，那有點彎翹的長鼻子就像是男性的生殖器一樣，其實無論在哪裡最原始的東西或者說文化都包含著性意識，人類只有在開始意識到性的時候才漸漸走出童年漸漸成熟起來，人類的歷史不也是一樣的嘛。

轉下山坡，在古老建築物的旁邊突兀地有一棟非常現代的民居建築，讓我感到很吃驚，雖然看慣了日本街道上現代和古老相容存在的風格，但在這樣的文化遺產保護地當中有這樣的東西出現還是讓我很不適應，我細細地看了看，又從各個角度拍了幾張相片，覺得設計的很匠心也很有點味道，大概這就是新鮮的年輕匠人們的一種想法吧，從古老的手工作坊回到現代的生活氛圍之中，能把這兩者恰如其分的融合在一起，也許這纔是對民俗文化的真正的繼承和保護吧。

三春，這個山坳裡的部落，充滿著原始的性慾和自然的美麗。

上了車，兒子擺弄著他挑買的兩個小紀念品，說：這個鋳兒頭歐巴桑有點像媽媽呀。博奧哈哈大笑，伸過頭去看了看也附和說：可不是嘛，真有點像呢。我一個急剎車，大聲叫著說：下車下車，你倆走回去吧。卡茲把那個手機鍊一轉過來，忍著笑說：你看這面的鋳兒頭歐吉桑像不像爸爸。原來這是個有兩面臉譜的手機鍊，博奧大笑著回身和兒子抓成一團。看看錶，距去接卡奧理還有一段時間，我突然想起城裡有一家麵店新開張，據說那是日本有名的一家烏冬麵，在他們爺兒倆的鬧聲中，我一言不發地驅車向城裡奔去。

老友秋色及其他

馬莉這次是全家三口一起來的，她的老公，沒結婚之前我們就熟悉，喊他表哥，一直到現在。還有他們8歲的兒子翰哲，我們也喊他的小名大成。以為他們會在十一月來這裡看秋色，偏偏十月初就來了，那會兒這裡還是一片深綠呢，而他們的日程只有十天，秋色是趕不上了，馬莉雖然表示無所謂的，我倒是覺得有些許遺憾。

在我的家鄉東北，秋天是印在日曆上的，秋色是寫在書上的，現實裡秋天是短暫的，大概只有一個星期的燦爛，沒有色彩上的轉化，突兀的金黃，然後那秋風那秋雨那滿地的飛舞落葉，以及接踵而來的冰雪，秋天在我的家鄉是紅顏薄命的季節。那時候我喜歡的秋天，喜歡的是那種短暫的燦爛和美麗，更在意的是那種無奈的悲壯的情調，秋天是很心情的。十幾年前，我初到日本，一下子就愛上了這裡四季分明的季節，特別是緩慢演變的秋色，我家住在日本東北部的南端，一年十二個月幾乎平均分配著四季，那近三個月的秋色，每天感覺像是有位性格穩健的畫家，不緊不慢有秩有序地渲染著天地，渲染著一位絕代佳人，因為拖長了無奈和悲壯，更多的是慢慢咀嚼的惆悵和滿眼真心真意的美麗。

馬莉雖然沒趕上使我心儀的秋色，但秋色的前奏還是讓她心滿意足了。

十月初，正是稻田收割的季節，鄉下的秋天，比單純的風景多了份豐盈，馬莉說：能看到這樣一片片的麥田，也不虛此行了。馬莉在城裡長大，東北那地方出了城能看到的就是一片片的玉米，她的麥田印象來自於文字——金黃色的麥浪滾滾等等，我告訴她：不是麥田是稻田，就是說是大米不是白麵。她說：管它是啥，我只看到一片金黃。

那幾天，馬莉最喜歡我開車慢慢經過片片稻田，她還會經常提出要求：停，在這裡拍幾張照片。

日本的農民很閒適的，他們沒有那種看見麥田拿起鐮刀的意識，在一片金黃裡穿梭的是一臺臺顏色或紅白相間或藍白相間的機器，而且機器出現的日子大多是周末，那些使用這些機器的人，都是平日上班的兼職農民，這些活動的風景，添加在天地之間，就愈發顯得祥和。

最讓人懷念的是去泡一座山上的露天溫泉，向下望去，就是滿目的金黃田，雖然是初秋，但也有搶先的葉子透著黃泛，馬莉和我在只有兩個人的大露天溫泉裡，有一搭無一大地說些漫無邊際的話，人生在那一時刻變得寧靜而舒適，一直反對我外嫁的馬莉也由衷地說了句：一生能有幾天這樣度過的日子，也罷。

我是俗人，達不到境由心生的境界，環境很能影響到我的心情，譬如說，同是陰雨的一天，在梅雨季節，看著紫陽花盛開，任碧綠的小青蛙跳上你的腳面，那感覺和冷冷的秋雨裡滿目是凋零的心情是萬萬不同的。

馬莉同意我的說法，但遺憾的是她沒有細細體會這裡的秋色，那說法也顯得有點無力了。

這裡的秋色在十一月中下旬達到極致，但對當地人來說，並不覺得有什麼，他們是一副見慣不怪的樣子。要看秋色還得到京都去。他們這樣告訴我，我知道的，京都的秋色是美，但美的太精緻，況且人很多，所以我一直懶怠著去，這裡漫山遍野的美景，足夠我用多年的日子來品味了。

文字寫到這裡，放眼望去，對面的山上已是滿目金黃，庭院的樹木也是火紅，沏上一壺新茶，在博奧上班孩子上學後的現在，獨享一段寧靜的時光。

櫻花四月天的福島

其實，櫻花開的時節，還是有很多林花一起來相應呢，尤其在福島，今年就很特例，提前了一個多星期櫻花就滿開了，且不說水仙，鬱金香一些草花趕著季節遍地爭豔，那些桃花，梨花，杏花，玉蘭花等高大的林花，灌木類如金黃的連翹，潔白的雪柳也不聲不響地沿著道路或山坳參差在已有微微綠意的山間。

這時，還是櫻花最為燦爛。

昨天的課堂上，問學生：日本人為什麼喜歡櫻花呢？

有回答說：因為是國花啊。

再笑問：為什麼選櫻花為國花呢？最最原始的原因是什麼呢？

一會兒，今年的新生鈴木女士細聲細語地說：文化學的老師講過一點點。

在漢字還沒有傳來日本之前，只是寫さくら，是稲の神樣的意思。在日本的鄉下，山櫻一開，就到了育稻苗的季節，人們按著自然現象春耕秋收，不知不覺地，這春季漫山遍野的櫻花盛開，這秋季就是稻穀滿倉。人們還是向大自然寄託著自己的期盼，那時さくら是稲の神樣，保佑著耕作的人們。

怪道呢。我暗想。

在這裡凡是有神社有墓地有河流的地方都有古老的百年以上的老櫻，後來，學校，集會所，運動場等公共設施的地方也都櫻花團簇，一個遙遠的傳說，演變成了一道亮麗的國家級風景。

日本櫻花的種類很多，學名和地方名常常被我這個不諳科學的人混淆，但有幾種身邊的櫻花是不能忽略的，如大名鼎鼎染井吉野櫻，奈良八重櫻，以及全日本漫山遍野都有的山櫻，而我最為心儀的是福島的垂柳櫻，日語叫做：枝垂櫻。

福島有一個叫做三春的地方，那裡是有一棵「三春滝櫻」，推定樹齡在1000年以上，被認定

國家的天然紀念物。被列為日本五大櫻，更是三大古老櫻樹之一。福島的人們親切地叫做：滝櫻（タキザクラ）。長長的垂柳般的枝條隨著春風盪漾著，薄紅色的花朵沿著柔軟的枝條潺潺流動，淡淡的香氣若有若無，萬般的香豔。據說日本的天保年間，有歌詠道：陸奥的必經之路啊，四面八方都是瀑布般的櫻花。這垂柳櫻原來還是三春藩主的御用木呢。現在，福島各地，甚至全日本各地，這滝櫻的子孫各處蔓延著。

據說，在臺北淡水鎮的和平紀念公園也有種植。下次去臺灣，要拜訪一下啊。

其實，外國的觀光客和城裡人成群結隊的去「花見」，去的也都是櫻花名所，咋眼一望，人山人海，連櫻花也被吵得不耐煩一般，而真正的那種安詳靜謐的感覺也蕩然無存了呢。而我們這裡的「花見」是不經意的，是安靜的，是可以與櫻花莫言相對的。

距我家開車不到十分鐘的路程，有一條叫做笹原川的河流，沿岸幾十公里綿延著百年以上高大的櫻花樹，每年的四月，開車路過，遠遠的一片雲霞，這裡沒有列入日本百名櫻名所，因為沒有整備，自自然然的春色裡略顯荒涼，可以敲開沿岸的住戶討一杯地下水井裡的水，老鄉會問要加冰塊嗎？這麼微涼的天。喝杯熱茶吧。於是，就有一搭無一搭的說些與櫻花相關的話題，倒不是因為喝了人家的茶才贊，老鄉的小院也是姹紫嫣紅開遍呢。當地的商工會，在樹梢掛上紅燈籠，也有零落的兩兩三三的露店，穿和服的女人的背影在櫻花樹下嫋嫋婷婷地走著，木屐的聲音弱弱地伴著流水的聲響，穿海軍衫的女高中生擠作一團，推薦誰去買おでん，因為那個打工的高中男生看起來好像「嵐」裡面的二宮和也。

這個地方叫做「笹原川の千本櫻」，你來，我可以做你的嚮導哇。

大陸的網友問我：你是去上野看櫻花嗎?哪裡要去那個地方呢，鄉下的「花見」是隨處可見的，不需要特別預備的，是想「見」就得「見」的。

忘了說一下，三春這個地名的來歷，一般來說，梅花，櫻花，桃花這三種花是按此順序接踵開放的，但是三春之地的特殊環境，這三種春色竟是一併盛開了。昨天，來喝茶的鄰家歐巴桑感慨地說：今年的福島到處都是三春了。可不是，我家山上櫻花正盛，三色小桃紅也爭得了一分春色呢。

芬芳牡丹

抵達日本之後，年事已高的78歲老母，一直身體欠佳，最終還是去了醫院，拍X線拿了藥，因為無法享受日本公民的醫療保險制度，就這一場小小的感冒，竟支付了一萬日圓，但總算是漸次好轉起來。鬆了一口氣，惦記著陪老母出門逛逛，長途旅行是難成行的了，好在周邊的美景也是不勝枚舉，首選的就是蝸居這座城市裡牡丹園了。話說這牡丹園，可是頗有些來歷的。

須賀川牡丹園は、今から240年ほど前の明和3（1766）年、當時、須賀川で藥材を売っていた伊藤祐倫がボタンの根を藥用にするため、苗木を摂津國【現在の兵庫縣寶塚市】から持ち帰り栽培したのがはじまりといわれています。

昭和7年には國の名勝に指定されました。

今では、東京ドームの約2.2倍の広さをもつ10ヘクタールの園內に、290種類・7,000株ものボタンの大輪の花が咲きほこります。園內のボタンは4月下旬から5月中旬に見ごろをむかえます。

瞧瞧，還有一點是讓老母倍感自豪的那就是，這園子裡有一片是中國牡丹，因為這座城市和洛陽市結為了姊妹城市，於是，洛陽的牡丹也漂洋過海來到這裡了。能在日本看到自己國家的國花，很能滿足老母的愛國心。雖然，在國內老母沒有機會見識到真正的國花。

那一日，風和但不夠日麗，薄薄厚厚的雲，一會兒還趁著薰風落點細雨，滿園的牡丹卻因此更具了風韻。其實，這個園子，好看的不僅僅是牡丹，時隔百年，園子裡的每個角落都能體會出當年設計者的情趣和用心，雖然位居市區，那鬱鬱蔥蔥的茂盛，那在參天陰影下的古老青苔，那婉轉小路旁的腐葉土，以及土裡面綻出來的纖細的小小花朵。曾有一代的日本皇后還作歌贊美這裡，那塊碑文還在，那被贊美的牡丹們許是依然，然時光卻已流轉。

轉過繁花似錦的正園，便是典型的日本式園林，婉約而柔美，依著自然體現著漢唐風範的人文景觀，日本的美對我來說是懷舊的——懷念唐詩宋詞裡的感覺。有的時候，我覺得自己的幸福也就在此，年少時植在心裡的那些詩詞的感覺，在這裡轉換成平常的日子，何況身邊還有一個可問「畫眉深淺」的博奧，這樣的驚喜，常常異為夢中，就是這樣的狀態，只是在其中靜靜地慢慢地體會，足矣，文字在這時竟有些多餘。原本想同那些坐在牡丹花下的遊人一樣，買兩個「牡丹便當」，或者，在園中那不張揚的草棚的牡丹亭裡吃一碗蕎麥麵，但愛蕎的手機打了進來，說煮了排骨燉土豆，這樣的誘惑，橫掃了我的風花雪月，走過最後的那道紫藤長廊，和老母便直奔愛蕎家而去，而這時，天空竟是風和日麗了起來。

︿櫪木的大雜貨屋

這幾天，跟著報紙來的廣告紙裡面，總是有櫪木縣宇都宮市的那家大雜貨店的幾頁大紙，想找機會去，又沒有適當的理由，這理由通常只是用來說服自己的，譬如一個半小時的汽油錢，往返的高速公路費，最重要的是還得趕回來接孩子上學塾，可是，女人要是一心想去哪家商場逛逛的話，總是能找到很好的藉口。

於是，這項活動被順理成章地安排在星期天的小旅行計劃。

早上起來，拉開窗簾一看，依然陰鬱的天空還淅淅瀝瀝的散著雪花，今年天氣很異樣，三月中旬還下雪，在我的記憶裡還是第一次，不過，怎麼說節氣也不可改變，水仙還是在雪地裡裊裊地綻放著了。博奧藉口天氣不好，賴在床上不肯起來，孩子們倒是興高采烈——不用一整天悶在家裡寫作業了。用明太魚子做了幾個飯糰，嘿嘿，早飯也免了。

因為雪大，不敢搶著開車，我那大紅馬的轠繩就落到了博奧的手裡。星期天的早上，山後面的舊國道，幾乎沒有車，我們就決定穿過這座山道，在另一座城市的ETC入口進入高速，雖然距離不是很遠，但因為漫天大雪，車速很慢，但一路的風光旖旎，加上聽孩子們喜歡的「柚子組合」

的歌，倒也不覺得時間漫長，偶爾，遠遠的一株紅梅撲面而來，最驚喜的莫過於我了。

櫪木縣分兩半，一半是山一半是平原，進入櫪木縣的山時，不知不覺漫天的雪變成了濛濛細雨，而陽光隨著車子駛入平原，就豁然灑了下來，而雨也不知什麼時候停了。田野裡盡是綠意，早春的花也歷歷在目，「穿過兩個季節，到底是不一樣呀。」我說。一看車上的溫度計，這裡的氣溫居然是18度，怪不得卡奧理嚷嚷著熱，把外衣都脫掉了呢。據說這是本田汽車屬下的一家大雜貨超市，一層是食品和日用雜貨，二層是家居家具手工圖書等等，各具特色的一家家小店鋪，甚至還有各種手工製作展寫真展畫展，大大的玻璃窗裡面還有繪畫教室正在上課，頭髮長長地不修邊幅的那個一定是老師，這種藝術家類型全世界都一樣。孩子們去寵物店了，我和博奧只是慢慢地逛，他問我想買什麼。我不說，其實我也不知道買什麼，只是看看嘛，看好了就買，沒有看好的就是逛逛，飽飽眼福也不錯嘛，久居鄉下，帶孩子出來趕趕集。博奧不喜歡閒逛，就提議說先去吃飯，然後去花草樹木那兒看看。咦？還有賣花草的？我瞪圓了雙眼。

飯店集中在二樓的一側，圓形的大廳加上半圓型的室外，大約有十幾家各色料理店，找好了屋外的座位，發給卡茲和卡奧理一人一張千圓紙幣，我和博奧直奔那家寫大大「刀削麵」招牌的中華料理，服務員臉上的表情一看就是來日本不久的中國女子，我鼓動博奧去說中文，而博奧除了一句「你好」別的單詞都用不上，回到座位上等著的時候，他就發狠說一定好好再學幾句實用的。博奧語言天分很強，前一段時間因工作關係去廣東，臨去之前教了他「我有太太」「不要小姐」很快就被他演繹成「不要太太，我要小姐」了。因為他能說流利的英文，到哪裡都通用，學中文也就一直是紙上談兵了。

沒一會卡奧理端回來牛肉沙拉和麵包套餐，卡茲是洋風的雞蛋蓋飯，我是一碗擔擔刀削麵，博奧是一碗蔬菜刀削麵，飯後兩個冰淇淋，風卷殘雲過後，才想起忘把那些料理拍下來了。

去花草廳的時候，卡茲藉口肚子痛要去車裡等著，知道他是想在車裡玩遊戲，也不拆穿他，偶爾就任任性吧。卡奧理倒是興高采烈地推來了車，嚷嚷著要選一盆花自己來養。進了門，我們和博奧就分道揚鑣，那傢伙看見樹就沒節制，恨不得把全世界的樹木都搬到自己莊園裡，他哪裡還能陪我看花草呢。我呢，對花花草草倒是情有獨鍾，不管是一年草還是多年草，不管是宿根還是球根，每年都樂在其中，何況今年和白田太太約定，挑戰栽種自家的庭院花草呢。

等推了一大車花花草草回到自家大紅馬前的時候，卡茲熱得把車門半開著，滿臉通紅地玩著遊戲機，見我們回來，就丟下遊戲機跑到自動販賣機那兒，打出來涼涼的幾桶飲料。

喝著涼涼的蘇打檸檬水，一路回家。

一路上，溫度計的顯示不斷變化，等到抵達自己莊園大門的時候，氣溫已從櫪木縣的18度下降到福島的8度，擔心的是明天那些花花草草能不能種到院子裡，進門的第一件事兒就是翻看養育方法，小標簽上寫的是耐寒品種，適應在5度左右栽種。也就放心了。

喊了孩子們去洗澡，急急忙忙地打開電視，今晚的星期天劇場是尊龍和陳沖的《末代皇帝》。

一天的流水賬就這樣記了下來。

隱蔽的休石溫泉

難得和秀玲約上一同去泡溫泉，雖然手頭要做的事兒山一樣地多，還是簡簡單單地畫一個小句號。把今天，交付與友人和溫泉。原本家門口便有溫泉可泡，無論水質還是風光都是一等一的，但因為太方便，反而不去在意了，真真是「遠道的和尚好念經」啊。

每天送卡奧理上學的另一座城市的路上，有一塊路邊廣告，上面寫著「休石溫泉」那是往左拐的路，一眼望去一片稻田，遠遠的便是隱約的青山。每每車開至此，便不由自主輕嘆：左轉，一路開下去，會是什麼樣的驚喜呢。卡奧理照例會說：到陌生的地方別貪吃啊，我怕自己沒有千尋那樣的勇氣啊。（此番話的背景是宮崎駿的《神隱少女》千尋的父母因貪吃被魔法變成了豬，後被千尋所救）日本有無數這樣誘人的不明小徑，就是那樣地順意開下去，能養成多少個有宮崎駿般心思的人啊。

這時節，稻田的金黃已結束，齊刷刷地竟冒出了一片嫩嫩的新綠，若不是樹上的燦燦金黃火紅，儼然是新春景象呢。

這一條路便是這樣，車極少，寥寥的房舍坐落在道路兩旁，不整齊但也算是錯落有致，鄉下的建築大都是小二樓帶一個大大的庭院，偶有平屋建築，那便是白牆青瓦的古老了，院子也都是日式的小巧精緻，鄉下的歐吉桑歐巴桑都是手腳勤快的匠人，七、八十歲的老頭老太登高剪枝，那腿腳的俐落是令我輩汗顏的啊。在金黃的暖洋洋的日子裡，車外的鄉村閃閃而過，農家小院的精緻及悠閒，草坪上懶洋洋的狗，榻榻米上閒坐喝茶的老太，就像一幅幅流動的畫面，在車窗外緩緩展開。

即使沒有導航的指引，也只此一條路，哪裡會迷路呢。緩緩地開，就算是終點沒有溫泉，這一路的風光也夠旖旎啊。

有友人身邊閒聊，時間就覺得很短，怎麼一眨眼，導航圖上紅紅的抵達標誌就到了呢。

其實這也算是這條路的終點了，右手的下坡有一片平整的20車位的停車場，午後的陽光斜斜地穿透金黃及火紅，把這一山窪處點綴成了印象派畫家的手筆。

據說，這休石溫泉過去是被稱作「靈泉」的。在近100年前有一個叫八幡太郎的武將受天皇之命去討伐東北的安部一族，在此紮陣營時，發現此溫泉，據說傷者們竟在此讓傷口恢復，將軍就在其旁的石頭上題「休石」兩字，這個傳說被記載在溫泉長廊牆壁上的鏡框裡，略顯稚嫩的筆墨記載，似乎能想像得出當時那些疲憊的將士們解盔下胄嬉戲溫泉的野趣。

和大多數山裡的溫泉一樣，前臺是沒有人的，搖了櫃臺上的手鈴，清秀的女將身著暗紅色和式拽襟掐深青牙兒的作業服盈盈而至。

一次入浴時間不限，500日圓。

一泊兩食的話是7871日圓—9723日圓，隨季節變換提供不同的當地料理，其實，這裡的日式「鯉魚煮」是相當人氣的拿手料理了，若問60歲以下的福島縣中通地區的日本人，他們大都說不吃鯉魚，但那些歐吉桑歐巴桑們卻會告訴你：這裡距海很遠（遠嗎？開車不過兩個小時就是太平洋啊）那時候我們倒是不吃生魚的（想吃也難啊），所以，河魚及養殖的鯉魚便是鄉土料理的主役了，當然，還有那些別處難採摘到的山菜。在郡山附近現在還是有鯉魚養殖場呢，一想到那胖頭大腦的魚頭，就忍不住想起東北的名菜「魚頭燉粉條」，可是，日本的吃法卻不同啊，看著也是醬油煮出的醬紅色，吃起來卻是罐頭一般的偏甜味道，不大適合我的鄉下鹹重口味，可是這裡的「鯉魚煮」卻是有很多東京那邊大城市來的客人提前預定的呢。

我是喜歡尋「秘湯」的，也見識了不少，但依然被這裡的美和寧靜觸動了。

穿過蜿蜒的長廊，小小的門簾小小的拉門，身長170公分的我雖不至於碰頭，但在感覺上依然要微微低頭，據說這一低頭是對自然恩惠的心存感激。進入了乾乾淨淨的換衣室，這裡落地的大窗被午後的斜陽通透，明亮得略微有些耀眼，舊舊的竹筐整整齊齊地擺放在木製的格子裡，腳下是溫潤的防水榻榻米，因為沒有人，便拿著秀玲的手機開始拍，邊拍邊後悔地念叨怎麼沒帶自己的大傢伙來呢。喜歡這裡露天溫泉的恍惚，因為季節的映照，倒顯得格外溫情脈脈，涼涼的空氣中一團團的輕霧繚繞，被陽光參差的美輪美奐。福島的溫泉有一些是可以租賃的，就是一家或密友們租下一室小溫泉，舒舒服服地泡在溫泉裡或裸著身體在自然的風裡喝酒聊天，其實，在鄉下山間的小溫泉，常常是沒有人的，就是這樣啊，我和秀玲就像是包下了這間溫泉一般。

日語裡有這樣一個詞「癒し」說的是肉體的疲憊，精神的煩惱以及各種苦痛的消解。身體浸泡在這溫潤裡，美景當前，我腦子裡一直在寫著這個字。

安安靜靜的有兩個歐巴桑進來了，都說日本人不喜與人交往，其實不然，他們只是喜歡保持與人之間的距離，在他們的道德裡，這是對他人對自己的尊重，而嘻嘻哈哈的距離，隨時都因人而異地發生著，尤其是在這自然中在相對毫無遮攔的赤身相見下，對話變的自然而親善。

所以，在日語的「癒し」單純而直接，就如同這溫泉的作用一般。

更衣室裡有免費提供的冰水，吹風機和化妝水以及棉籤兒等貼心用品。冰涼涼的水喝下去，舒服極了，日本人喜歡一年四季喝冰水，也喜歡喝熱茶，但選擇的規規矩矩，吃壽司的時候絕不喝冷水，吃咖喱飯的時候也絕不泡熱茶來喝，他們的養生和我們不同，我們的養生是掠自然養自己，這裡卻是養自然順應自然，而自身則樂在此間。

開車返回時，天色已暮，買菜做飯熨燙衣服洗擦浴室接送孩子整理文件等等，灰婆婆是返回柴房的時候了。路標上還有好幾個溫泉沒有去過呢，約好了下次，大雪時節再去。

〈黃金週的好去處日立海濱公園

從四月末卡茲和卡奧理就開始問我連休的時候怎樣安排。連休就是我們所說的黃金周，今年日本的黃金周有五天的時間，因為經濟不景氣，從四月二十九號就開始有放假的了，這樣前前後後加算起來能有八天的時間，我家博奧在他的人生裡有史以來第一次在黃金周的時候給自己放假。我呢，盼著這個能全家一起旅行的日子，在半個月前就開始著手放假的日程安排了。

因為要考慮到孩子們的興趣，首選的當然要是遊樂園，但是如果一整天都泡在遊樂園裡，

我們這些大人就會無聊死了。可是卡奧理自從去迪士尼樂園之後一直張羅著要再過過坐過山車的癮，卡茲倒是沒有什麼的別的要求，他就是想找人跟他下下象棋扔扔棒球而已，博奧的想法就是找個人少的地方泡泡溫泉，我呢，最惦記著的就是想去看看位居茨城縣的國營日立ひたち海濱公園，那裡面有號稱日本最大的天空大海和琉璃唐草編織的畫卷——みはらしの丘，在這個季節裡，有四百五十萬棵琉璃唐草盛開，那可是一絕景。

從我家到茨城縣，開車要三個半小時，在茨城的朋友早早就說好一定要在她家裡住上一天，因為那個公園很大，半天是玩不完的。在網上查到那裡面也有能滿足卡奧理的過山車，最最重要的是那裡面設有環繞全公園各個名所的自行車道，一想到在風和日麗的日子了，一家人騎著自行車逛美景，那可真是人生一大享受。

博奧在二號就沒事可做了，可是孩子們的小班都集中在那一天了，一直到晚上九點才結束，急急忙忙地催孩子們洗澡睡覺，我和博奧打點好行囊準備休息的時候已經是快十二點了。把鬧鐘定到早上六點，因為明天是星期天，高速公路是一千日圓自助的日子，肯定堵車，我們就決定走下面的118號線，途中轉換349號線就直通朋友的家了。

茨城縣是沿海縣，風裡都帶著一絲絲的海鮮味道。朋友是自己家的公司，偌大的院子裡，早就支好了烤肉的傢伙，大大小小孩子們玩的東西也都預備齊全。朋友的老公把他的美國大摩托車也開了出來，我們把車停在朋友家，換上他家的大車就上路了，首選的是去黃金海岸，在那裡和妹妹一家會合，吃過便當之後去逛海濱魚市，然後回朋友家燒烤。卡茲和卡奧理看見摩托車就不肯坐車了，朋友的老公給他倆戴上小頭盔，我們出發去海濱。茨城縣沿海的海水浴場極多，尤其是大洗海岸是有名的黃金海岸，那裡的沙灘就像白色的麵粉。因為衛生環境良好，朋友說：平日裡的美麗寧靜真像是人間天堂般了。愛薔家的小孩子優優才兩歲半，是第一次看到真的大海，雖然卡奧理在浪花翻卷的沙灘上玩得一身是水，他還是緊緊抓住我的衣服不肯向前一步，然後就是迷上了沙灘，最後走的時候都不肯上車了。

等逛完魚市，回到朋友的家開始燒烤的時候，天色已晚，又有來玩的一家三口，熱熱鬧鬧的燒烤將近晚上十點才結束，這期間，愛薔帶著小孩子們洗澡睡覺，卡茲儼然大人一般圍坐在火前，夜還是有些涼意，博奧溫了一壺日本酒給我，扇貝在火上烤的正是時候，我和兒子分吃一個大大的扇貝，有一搭沒一搭地聽男人們聊著各個公司裡的事兒，就有些微醺。打個招呼先去洗澡睡了，朋友早就在一間屋子裡給鋪好了鋪蓋，有燈光隔著窗透進來，男人們還興致盎然地聊天喝酒，我卻頭一沾枕頭就睡了過去。

海濱公園早上九點開門，朋友的老公說八點十五準時出發，他早早地起來，把幾輛自行車捆綁在一個小卡車上，朋友和我都笑話他不嫌麻煩多此一舉嘛。因為公園裡有借自行車的地方，大人一天不過才三百日圓呢，可是朋友的老公還是堅持著要帶去。分坐三輛車，卡茲卻執意要坐小卡車，真想不通為什麼他放著好車不坐呢？在距公園中央入口處很遠的地方，就開始緩行，真想像不到會有這麼多人來公園度黃金周，交了五百塊錢的停車費，穿過一排排的車輛，門口都在排隊進園，原來，這一天是日本的みどりの日，所以入園免費，嗬嗬，真是得來全不費功夫哇，正常的話，大人要四百塊日圓，小人兒要八十日圓。雖然不算貴，但意外佔了點小便宜還是喜滋滋的。因為免費入園，加上又是黃金周，自行車已被租光，遊樂園的各個場所都排著長蛇隊伍，我們先在遊樂園後面的樹林裡佔領一塊空地，然後擺上吃吃喝喝的東西，就可以自由行動了，我們家的家庭議會結果是先全家騎自行車環園一周，然後各自行動。謝天謝地，朋友的老公真是英明，六臺自行車齊整整地擺在那裡，讓旁邊的人好生羨慕呢。拿了地圖，說了我要去的目的地，卡茲帶路就出發了。

公園裡的自行車道是不允許行人進入的，所以可以放開速度飛奔，我和兒子飛在前面，博奧和卡奧理殿後，我們途經大草原，林間廣場，香之谷，海濱風口的大門，穿過橫貫高速公路的大橋，撲面而來的就是一望無際的藍色山巒，遠遠望去那山巒和太平洋相連，我的心像是舊地重遊般地憂傷起來。博奧一手牽著我一手拉著卡奧理，卡茲走在最前面，我們開始登滿是琉璃唐草那藍色小花的山。非常抱歉，我沒有查出來這種原產於美國的一年草花叫什麼中文名字，但她那種頑強的生命力和繁殖能力以及憂鬱的藍色色彩，讓我一見如故，恨不得偷回幾棵種在自家的山上。下了藍色山巒，途經水仙庭院，西口噴水池，繞過大森林，回到集合地，孩子們臉蛋變得紅撲撲的，直喊著要吃冰淇淋，博奧也汗淋淋的，我呢，氣喘吁吁的，像個殘兵敗將一樣，一頭撲倒在地上。

孩子們吃完便當就拿著錢消失在遊樂園裡了，朋友一家帶著小孩子去玩水，愛蕾一家帶著小孩子去騎自行車，博奧在地上呼呼大睡，我看著不遠處的草坪上那些玩球的大人孩子們，眼睛也有些發黏了。就在這時，卡奧理跑回來叫我：「媽媽，一起去坐過山車吧。」

「卡茲呢？」我問她。

「哥哥從冰雪王國裡出來就騎自行車自己玩去了。」卡奧理說。

「你去不去，不去的話我自己去了。」卡奧理飛快地喝了幾口水就要跑。我爬起來跟著她打算去試試過山車的魅力。

一下子被扣在座位上，穿紅黃相間工作服的服務員問我要不要把帽子收起來時，我就開始後悔了。從第一個彎道開始我就緊緊地閉上眼睛，大聲叫喊。那幾個彎道對我來說就像是幾個世紀那樣漫長。好容易熬到終點，卡奧理笑嘻嘻地對我說：媽媽你真吵人吶。然後她高高地張揚起雙臂告訴我，坐過山車應該這樣，面對著大海飛奔下去，真是漂亮極了。博奧壞壞地笑著說：像你那樣張開手臂睜大眼睛的話，你媽就該哭了。卡奧理伸了伸舌頭，一轉身自己又去坐海盜船了，我頭昏眼花，躺下再也不想起來了。

要不是孩子們晚上還得趕回來打排球的話，我們還打算下午四點鐘再去趕海的，朋友是在海邊長大的，她知道潮漲潮落的時間，據她說，趕海的時候她能抓到很多小螃蟹，能撿到很多的小蛤子呢，遺憾的是時間不夠，沒能成行。

回家的時候我把車開得飛快，博奧指著導航圖說：看，高速公路都是紅線。紅線是表示交通堵塞，可是普通路線卻格外地輕鬆，看來要想佔便宜就得搭時間吶。到家的時候是五點三十分整，略略休息一下孩子們就該去體育館打排球了，看著車裡熟睡的孩子們，我和博奧倒有些於心不忍了，但後天就參加比賽，不去是不行的，再說孩子們在選擇玩還是訓練的時候，都異口同聲地說要趕回來訓練的。我悄悄地準備好各自的運動服和水壺，做好後援事務是專職媽媽的責任吶。

那天晚上，孩子們上床之前要求：明年還去這個公園玩吧。我們擊掌為定，明年的早春去那裡看水仙。

「但是，媽媽絕不再坐過山車了。」我說。

日本鄉下女子阿孜薩系列之三

阿孜薩閒話日本

一件不可思議的小事

前不久，一件並不算很大的新聞，大概很多人已經忘懷了，但我卻常常在不知不覺當中縈繞心頭。那是說一個警察署副署長，因涉嫌酒後駕車被抓了起來，而我至今依然念念不忘的是這個署長被發現和逮捕的過程，這個署長喝完酒後駕車返回警署，因為有點頭昏眼花，多次停車未成功，值班的小警車覺得今天的上司不大對勁，就拿出測酒精濃度的儀器對著署長的嘴說（有點命令口吻）：吹氣。結果濃度含量超過標準，小警察當場就把上司給扣了起來。

日本媒體的報道，主要熱點是警察署長執法犯法，而我的看點則是大義滅親的小警察。說實話，至今我依然很難從感情上理解這件事，試想如果這件事發生在中國，哪個小警察能把自己的上司給逮起來？這不是敢不敢的問題，而是能不能的問題。拋開道理不說，僅從一個情字來說，就是我們執法當中無法逾越的一個最大障礙。

就這件事，問了很多日本人，他們覺得是理所當然的事。小警察如果不這樣做才是不應該的。

還有一件事也讓我很難忘懷，那是被稱作「足利事件」的當事人，在被關押了十七年之後，經過他的律師團的不斷努力，終於在審判之前無罪釋放，他在記者招待會上說那些當事的警察抓他的頭髮踢他，還威脅說：就是你幹的，快點承認等等。他表示不能原諒那些當事的警察和檢察官，並要求他們給自己道歉。好像是昨天的電視裡，說是警察已經上門表示了歉意。但是因為是誤判，所以當事人還要上訴，要求國家給予賠償以及追究當事警察的刑事責任，據說有過這樣的先例或者是規定，通常都是國家給予了相應的補償。在這起冤案事件中，起了很大作用的是日本國民救援會的一個民間組織。從這件事上，讓我感到了真正意義上的公正和人權，法律是要超越國家政權的，如果一個國家的法律不是公正的，或者是不能糾正自己的錯誤的話，那麼有冤無處伸的國民就很容易變成刁民。

幾年前的新瀉大地震中，在電視上我看到過這樣的場面，送水的車來了，領水的人們有條不紊自動安靜有秩序地排隊，每人也只領一瓶並不多要。而我想這可不僅僅是國民素質的問題，而是國民對政府信賴度的問題，他們相信自己不會被坐視不救。所以那些地震中的災民居然還提出了要求，說是大家都住在學校的體育館裡，沒有個人空間，不方便，於是在大大的體育館裡就拉起了帷帳，隔出了一個個小的空間，災民們又提出有幾天沒洗澡了，非常不舒服。於是救災的消防隊自衛隊員就用大車拉來熱水，供人們洗漱。說起來，日本的災民真是太奢侈了，而他們覺得自己的正當要求理所當然應該有人來解決，那個人就是國家的執政黨，那是國民們一張張選票選出來的，當然要為國民服務了。

理所當然的事，國民也認可。譬如說最近，大超市裡提供的塑料袋都變成不免費的了，一個口袋五日圓，因為要節省資源要環保，大家也都認可，這種實行了很多年的拿「我的包」買

東西的運動終於有規可循了。

家庭主婦的魅力

和老媽那輩子的女人比較起來，我現在可算得上是遊手好閒的家庭主婦了。老媽是愛乾淨的女人，小時候我們兄妹三人除了軍裝的顏色算是深之外，幾乎沒穿過深色衣服，白色的淡粉的淡黃的等等都是那種容易髒的淺色，在那個沒有洗衣機的年代，你能想像出這得付出多大的辛勤嗎？記憶裡的星期天，一起床就能看到媽媽坐在院子裡，肥皂沫在日上三竿的陽光下七彩紛呈，媽媽是嬌慣孩子的，就是那樣的忙碌，她從來不喊長女的我坐到洗衣板前，只是在擰被單床單的時候，我才有機會和媽媽快樂的合作。隨著媽媽一二三的聲音，絞出來的水越來越少，恍惚的陽光裡那一端的媽媽變得異常快樂和溫柔，彷彿這是世界上最令她愉快的事兒。

一直到自己也做了媽媽，才知道家務可不是那麼容易做的事兒。當送走了孩子們，再看著博奧的車慢慢駛出庭院，心裡就像鬆了一口氣，如果沒有課的話，一直到下午四點，這段日子就屬於我一個人的了。勤快了，就收拾庭院整理房間，因為有了那些可愛的家電發明家們，主婦的日子變得簡單起來。像我這樣的女人，就不免能騰出時間來擺弄花花草草，圓圓小時候做農場主的夢。每逢閒下來的時候，或聽著細雨喝著香茶，或一個人開車到山裡的露天溫泉，那時候，常常想起老媽，想起她又做了一個好口碑的醫生，又承擔著家庭主婦該做的一切，嗨，這就是毛澤東新中國下的男女平等。真的是很辛苦呀。雖說是「翻了身」但「主人」可不是那麼好做的。

前幾天看電視節目，說是世界上最辛苦的工作就是家庭主婦，工作時間最長沒有休息日到還在其次，而且，不被認可是一項非常不可缺少的有意義的工作。然後就按日本普通的上班族時給制計算，那麼一個普通的日本主婦，年薪應該是1200萬日圓，因為家庭主婦的工作時一天是16個小時以上的呢。試想想，如果你是一個有責任心的家庭主婦，那麼真的就是有一輩子也幹不完的家務活，所以我倒覺得也沒有必要做的那樣完璧，騰出些時間來給自己，做自己喜歡的事。日本的很多家庭主婦都是這樣的，每個星期去健身房或各種趣味教室，或三兩好友去小旅行，還有就是隔三差五約上小團伙去喝茶喝酒，連那些夜間營業的酒館也都推出了「女子會」的菜單呢。

其實，就算是像我這樣喜歡做家務喜歡蝸居的人，也得時常地來個氣氛轉換呢。說到這兒，又想起我那老媽，她已經被時代造就成了個工作機器，也許在我的眼裡看來，老媽的人生很不合算很不多彩很沒意思，但是，老媽回憶起過去，也是滿眼幸福呢，看來不能用自己的觀念去套所有人的幸福。

但不管怎麼說，這個時代的家庭主婦，因為家事變得簡單，所以很容易變成遊手好閒呢，那麼就讓自己的手動起來，喜歡養花弄草的就讓自己家滿庭芬芳，喜歡裁縫的就買來花布裁裁剪剪，喜歡唱歌的就找一個聲樂教室練練，那日子可真是豐富呢。

這樣一個魅力十足的職業，不久也會有男人搶著做了呢。

〈我家附近的日本警官

因為是個本本分分的公民，在國內的時候很少有機會和警察有過正面接觸，所以也沒什麼印象，要說對警察最初的印象，能回憶起來的就是一首小時候常唱的童謠歌詞：我在馬路邊撿到一分錢，把它交給警察叔叔手裡邊。說句實實在在的感覺，無論兒歌唱得多麼甜美和上口，真正的我一見到警察就覺得害怕，警察的存在讓我懷疑自己有變成為罪犯的感覺。現在反省一下為什麼會有那樣不正常的那種心態出現呢，我想應該是在小的時候留下得那種永遠揮之難去的記憶。

在我上中學的那陣子正趕上中國政壇上風雲變化的時刻，多的時候一年要參加兩三次公審大會，所謂的公審大會，就是很多很多的人被集中在露天的運動場裡等待，等待一輛輛的大卡車緩緩駛進來，上面押著反革命分子，五花大綁脖子上掛著白紙黑字上面打著大大的紅叉，廣播喇叭裡聲言厲色地歷數著他們的種種反革命罪狀，然後在一片口號聲中，被判死刑的人，就拉到市郊的一個地方就地槍決，當然還有那些面無人色的陪綁的那些人，也一併被拉去了。一些膽子大的男生也跟找去看槍斃犯人，我曾經詳細地聽過那種行刑過程，當時沒有什麼特別的感覺，只是現在想起來，感到無限的恐怖和悲哀。而那時每到逢年過節，警察叔叔為了保證人們能過上一個平安的春節，總是有那種節前大搜捕的行動，像我生活的那種部隊大院當然警察叔叔是不來的，但常常在學校裡就能聽同學說：某某的哥哥昨天晚上被警察抓走了。某某的父親是反革命等等。當然這一切的行動都是由警察叔叔來執行的，警察就代表著權利和威嚴。當然這是那個時代的烙印，但也就是從那時起，烙下了一個怕警察的陰影。

首先聲明我家博奧是個本本分分地遵守法律的日本公民，但他也是個怕警察的人，他當然是沒有像我小時候的那種恐怖記憶的了，但他卻是有和警察打過正面交道的經驗，記得在我接受他的愛情後的一天，他非常嚴肅地問我以後的三個月裡的約會，能不能由我開車接送他。那時我們住在兩個相鄰的城市裡，開車大約需要三十分鐘能到他的公司，我很奇怪，前幾天他還開著他的大車帶我去兜風呢，問他理由，才知道原來在高速公路上超速被罰吊銷執照三個月，當然還有十幾萬的罰款。博奧說以前也常常因超速被罰款，但那都是只來罰款單子，上面清清楚楚地寫著違章的各種時間場合及證據等等，博奧自己心裡有數，所以也就乖乖地交上罰款了之。這次不同，他可是被警察抓個現場，更不巧的事，他因點數被扣光，執照只好被吊銷。在這三個月裡，他要去當地駕駛中心接受培訓，學滿規定的課程之後才能領回駕駛執照。問他當時的情形，他說就跟小孩子的玩具警車是一樣的，那個偽裝成普通的白色車子突然車頂冒出一閃一閃的紅燈，追在博奧的車子後面大聲重覆地叫：前面的那輛車，靠左側把車停下。然後就是那個結果了，但也就是因為那個結果，使我和博奧的關係突飛猛進得到了發展。

最近，大概受經濟危機的影響，日本的犯罪率明顯上升，原本夜不閉戶的日本鄉下，也有警察來按門鈴了。那天晚上，正是做晚飯的時間，兩個警察拿來幾張宣傳安全防範措施的單子，然後問車子鎖沒鎖上？車子裡面一定不要放手提包之類的東西等等，非常耐心地講解完畢之後，還表示這個時間來打擾你們非常抱歉等等。讓我感到雖然是例行公事但很親切。但真正對我家附近的警察表示敬意的是在孩子們上學的這件事兒上。在學校附近有幾處彎道，沒有紅綠燈，加上這裡又遠離市區，車速比較快，孩子們過這幾處橫道的時候比較危險。於是幾十年如一日，風雪不誤風雪無阻總是在孩子們登校的那段時間裡有警察守候在路口，有的時候，雨雪太大，我用車子送孩子們上學的，也能看到他們站在那裡守候著，孩子們無論是走在路上還是坐在車裡，也都不忘點頭向警察們表示敬意。

在日本生活了十幾年了，從來沒有聽過人民警察人民愛，人民警察愛人民之類的宣傳，只是那種來自警察機構的關懷卻點點滴滴的滲入到生活的各個角落，讓人覺得安全和溫暖。

給你三十萬，回去吧，不要再來了

一百多年前，在沒有建立外交關係的情況下，日本向巴西輸送了第一批移民，從此，巴西成了日本移民最多的國家，經歷幾代移民血淚史，日系巴西人也成了巴西不可忽視的中堅力量，真是風水輪流轉，那些當年移民巴西的日本人子孫，在1980年，開始移民日本，說是因為日本當時勞動力不足的原因，到了90年，日本入管難民法改正，日系巴西人在日就勞得到允許，於是，日系巴西人又開始了新的一代向日本移民。據日本法務省統計到07年為止，在日日系巴西人已有三十二萬人，以工廠勞動者為最多。對於小小的日本來說，這個人口數字可不是一個小數目哇。

但是，隨著去年開始的世界性經濟危機的影響，日本首當其衝，大小工廠紛紛倒閉，失業人數不斷上升，首先受到經濟危機影響的當然是最普通的勞動者，而日系巴西人的失業率佔的比例更大了。對於無法支付學費而退學的日系巴西人的孩子們，政府設置了相關的日本語教室等等措施，但是依然是一個難題。因為失業率的高漲勢必導致犯罪以及各種各樣的社會現象出現，而拿著日本國籍的人能享受到的各種相關的待遇，是在日本居住的外國人享受不到的。日本政府就出臺了這樣一個政策——鼓勵日系巴西人返回巴西，給自願回巴西的人每人發放三十萬日圓，條件是不允許再回到日本就勞。

電視上看到被採訪到的日系巴西人，有人願意接受這個條件回國，有人還想繼續留在日本等等，沒有特別的憤怒和不滿，倒是論壇節目裡的日本人，尖銳地表示——當日本需要勞動力的時候就要人家來，到了這個困難時期，就要人家走，真是太不仁義了，日系巴西人應該爭取自己的人權等等。

這是昨天晚上我看到的一個NHK論壇節目的內容，明目張膽地指責日本政府的忘恩負義等等。這裡的媒體是監督政府的主要力量，很讓我這個國內媒體出身的人吃驚。

〈教育是民主主義的根基

對於大多數國人來說，民主主義是那年六四的學生運動的代名詞。隨著日曆一年年一頁頁的翻過，已是淡然。然而真正意義上的民主主義是什麼，我想普通的老百姓是一無所知的，這便如我的從前。

中國的將來勢必要成為一個法制健全，有充分民主和自由的人權社會，這是毋庸置疑的，是大勢所趨，但怎樣才能成為，的的確確是一個很重要的迫在眉睫的問題，因為民主和自由不僅僅是兩個漢字的組合，而是關係到每個人生存的根本方式。十幾年前，我在國內的時候，也常常憤世嫉俗地高談民主和自由等等，但現在反思起來，那時候的我根本不知道真正的民主和自由到底是什麼，我們更不知道想爭取到的是什麼樣的民主和自由。現在我生活在日本也已經十幾年了，無論在歷史上，我們怎樣不可以原諒這個國家的那段戰爭，但是在現在的日本社會裡，在點點滴滴的普通生活裡，我卻真正懂得了民主和自由，法制和人權的含義，我不是政治理論家也不是社會學家，在理論上我說不出嚴謹的道理，但是，在普普通通的生活當中我卻能體會出民主和自由的生存方式，能感覺到做人——作為生命個體存在的尊嚴。以我的體會，一個民主的自由的社會也一定是一個有公允的健全的法制社會，法制，民主，自由，人權是相輔相成不可分割的一個整體，民主自由和人權決不是無政府主義，法制也絕不是專制。

舉這樣一個例子，在日本有這樣一個制度，每個日本公民在符合條件的情況下，都可以申請領到生活保護金，這一生活保護金是能維持當地最低的生活水準的。日本有一個很特殊的階層，日語裡寫作「歸國者」，在日本能說漢語的人都叫他們是殘留孤兒，這些日本侵華戰敗時被當地中國人收養的日本後裔，後來陸陸續續返回了日本，而且返回的還有很多混血的二世三世，他們中大多數人都在接受生活保護，住在市營或町營的住宅裡面，雖然很簡陋，但是維持著日本人平均的生活狀態和水準，小小的房間裡也有煤電水汽，有廁所和浴室等等。這些殘留孤兒雖然是日本人，但都是在中國長大，接受了中國式教育的人，他們很多人的一生都靠領著生活保護金度過，並且樂在其中，不肯自立。其實在日本，只要肯出力，就能生活得很好。而日本人，如果不是殘疾人，很少有人申請接受生活保護金，有一個離了婚的單親媽媽，沒有去住町營住宅，沒有申請保護金生活，而是選擇了高空作業這一艱苦的工作，為的是每天能掙上一萬兩千日圓，她的夢想是能有自己的房子，給女兒一個正常的生活環境。我想說的是，在申請生活保護金這樣的一件事上可以看出一個人的根本的做人的素質，而這樣的素質才是能否實現一個有充分的自由人權和民主的社會的基本要求。

每一個國家的政府都不希望自己的政黨被推翻和替換，每一個國家的國民也都不希望自己的國家發生內訌而民不聊生，我想這是政府和國民的共同點，也是一個民族生生不息的根本所在。提高一個民族的素質，根本還是教育，而這教育絕不是為了升學和考試，而應該是最基本的做人的教育，我覺得政府在這方面目前看來實在是一大敗筆。一場摧毀文化的大革命的後果，現在已經顯而易見，而百年樹人的舉措，還遲遲未見端倪。中國的民主自由和人權如果沒有民眾最基本的素質作為基石，只能是一句空話，而政府如果靠愚民維持政權的話，那會國將不國。但是，以現在的狀態，要按部就班地把美國的或日本的這種民主自由和人權制度完全照搬給中國，也是完全不可能的，民主主義的建立需要一定的教育素質為基礎，沒有相當的教育為基礎的話，民主主義就會演變成無政府主義，那中國就真的面臨亡國的危險了。這都不是我們的所願。

中國發展民主主義的最大障礙應該是教育上的失誤，完整的充滿人性的教育，是提升一個社會的最有效的途徑，希望政府在以經濟建設為前提的基礎上，能夠致力一項實際的有效的教育方針，提高國民的基本素質，摸索出一條中國式的民主主義道路，讓我們的人民生活得安定而有尊嚴。

枯山水的修為

這幾天，微信的朋友圈裡，聊了些日本枯山水的話題。就想起了，近二十年前剛到日本時，第一次偶遇枯山水那個深深的印象，即便是後來閱其他名所無數，最感動的還是第一次毫無準備下的衝擊，那魄力，後來無法居上。

那個春天，在白河，日本最南端的一座城市，有一座叫小峯城的城堡，白牆灰瓦地坐落在白河站的傍邊。這座城堡最初的城主叫結城親朝，然後幾易其主，蒲生氏，丹羽氏，松平氏，阿部氏等等。說起建築形式的話，出現了一個我這外行看不懂的詞「三重櫓」，問了建築設計師博奧，才知道是複合式是層塔型三重三階式的木造建構，這座石垣，土疊，崛，建造的城池有護城河環繞著，是日本國家指定的文化遺產，也是日本百座名城之一。

說到這兒，講一個聽來的傳說：也就是關於這裡的那幾棵每年四月開滿一面城垣的粗大的櫻花樹。

乙女櫻の伝說，乙女在日語裡是小姑娘或少女的意思。

在寬永年間，小峯城大修之際，城牆的大石塊反覆崩塌，怎麼也建不起來，按當時的風俗，得需要「人柱」才能鎮住，所謂「人柱」就是把人直直地生埋下做地基。而被選為「人柱」的人，就是那一天最初來城的人。

話說，當天掌管這建築工事的管事的女兒，一大早拎著飯盒，穿著粉紅色的和服，木屐哢嗟哢嗟的聲音清脆有節奏地一路走來，那日的晨光有些耀眼，雨季前的露珠熠熠閃光，小姑娘看見城頭上父親使勁晃動的手臂，與往日有些不同。莫不是今日有些晚，小姑娘加快了腳步，木屐的聲音愈發地急促起來。

管事是不能出聲制止女兒歡快奔向死亡的腳步的，因為他是管事，因為這是天意，他的手臂慢慢停了下來，心口像是有一根硬物抵住般地痛，女兒粉紅的身影在那日的陽光裡成了他永恆的傷。

然後，石垣建成，在生生埋下小姑娘的地方，管事種上了一排櫻花樹，第二年就開得滿樹燦爛，被當地百姓稱作「乙女櫻」，說是櫻花樹附上了小姑娘的性靈。怪道呢，那年去的晚，黃昏時節，滿樹的櫻花，燦爛中有一股說不出的無奈淒涼，想是那小姑娘那種幽怨的又悲壯的複雜心緒吧。

而我要說的不是這些，而是在城池的外面，有一個「白河集古苑」的地方。這個集古苑是由「結城家古文書館」和「阿部家名品館」構成，對此，倒也無有多大興趣，只是一進大門，那一幅枯山水，令我一見鍾情，以致念念難忘，終於幾年前在自己庭院裡完成了這個心念。此乃後話。

其實，這個集古苑的枯山水，根本就無法和龍安寺，大仙院，瑞峯院等等名所相比，但也是五臟齊全，那一彎彎細沙石上的波紋，看似不經意擺放的暗色石頭，一段段的矮牆，沒有一絲綠意的風景，儼然一副暗藏生機的水墨畫卷。

後來在其他地方，見到過有青苔搭配的，融合在日本庭園裡的枯山水，終是不如白河集古苑的那一段來的乾脆。

關於枯山水的起源，眾說紛紜，有人說起源於中國隋唐時期，有人說起源於禪宗，還有人說起源於佛教的冥想，韓國的網站上還有枯山水起源於韓國之說（這個可是挺笑話）。我倒是覺得源於隋唐時期比較靠譜，畢竟那個時期正是遣隋使遣唐使大量東渡唐土，在那裡學習完各種技能，然後又帶回日本，估計，那時候會有一個喜歡庭院設計喜歡山水畫的日本人。這個日本人把一大把的青春交付給了漢語，漢文，設計和水墨畫，然後，因為在文明的大唐吃不到生魚片啊，他就千難萬捨千辛萬苦地回到了日本。食慾得到滿足，就開始精神上的饕餮尋求，可那時的日本，哪裡有大唐的技術和文化氛圍呢，沒有水墨的材料，使得他著實痛苦了一陣子，那時候，他必定是住到了寺院，那個時代，寺院是文化場所，天天妄想無所事事，當然會被老主持看不上，命他收拾院子吧。院子裡有石頭，有斑駁的青苔和參差的樹木。走火入魔的他硬是把這一方庭院做成了自己懷念大唐水墨畫的紙張。看看，我野史的枯山水的來歷。

那年，博奧買來這片山和這棟平屋建築，我們敲掉了原來的水泥庭院，一半按博奧的意圖鋪草坪做成半洋風半日風的日本現代庭院，下剩的幾齣就歸我設計了，在日本式的榻榻米房間前面，設計出一款無任何植物的枯山水，唯有那塊大石上的青苔，每逢陰雨，便湛綠起來，還細細地開出菌一般的花兒。

其實，有了這個枯山水，隔三岔五是要打點它的。

枯山水的砂石下鋪的是防草墊子，就是這樣還是有些堅強的小草會在砂石上生長，這是春天，在有嫩綠剛一出現的時候，每天早晚的功課，就是要除掉這些小草，要是沒有深刻領會佛意禪意的話，這種殺生也算是罪過吧。然後便是秋季和初冬，散落的枯葉，在現實當中，遠比文字和寫真描述的要麻煩得多，在細砂石上散落的都是要用手撿起來，這是一個磨時間的細活，然後，再把砂石拖平，最後把胸中的山水用竹棍竹耙勾勒出來，也是一項體力活。

過去的那些庭院大概不會有防草這一設備，那麼拔草更是一項功課呢。這一趟下來，已是日上五竿了，坐在和室榻榻米的窗前，喝著冰塊檸檬茶，細細地體會勞作後的心境，就不算是無病呻吟了。無論佛意還是禪意，都是需要肉體上的勞作才能得到修為的啊。

不實際操作，永遠無法理解初衷。焉知當年那個日本人不是為了嫌拔院子裡的草麻煩，而鋪了一地砂石，然後纔是在此勾抹著自己的慾望呢？不知道這些勞作背後的觀光客，看到的只是表面的美，何來領悟呢。而勞作之後的小憩，即便是沒有高深的參悟，單單體會到的那種美，也是同一般人不一樣的啊。

幸福的指數

地震之後，博奧的公司忙得不可開交，難得今天回來早些。

因為輻射線的原因，卡茲的同學全家自主避難去了札幌，心裡悵悵的，打不起精神。

吃飯前，我說想喝點酒。博奧說好哇。可是卡茲還得上學塾呢。我說。博奧說：「我送。」

然後，博奧給我調制一杯日本清酒，涼涼的冰塊在淡淡的酒色裡閃動，博奧在冰箱裡拿出一粒醃制的烏梅，長長的挍酒棒慢慢地在高高的玻璃杯子裡攪動，淡粉色的梅肉在亮亮的冰塊之間飄移。博奧年輕的時候，做過酒吧的，酒調得很有水準。

慢慢喝酒的時候，博奧已經送走了卡茲。回來後，他問了黃油在哪兒?沒一會，一小碟豔黃的玉米粒放在我面前。一粒一粒放在嘴裡，是有點陌生的洋鬼子味道，感覺上有點恍惚。

偏問他：你覺得很幸福嗎?

他不說話，只是看著我。

其實我那裡是要他回答呢。

我就說：我很幸福呀，今生能遇到你。

因為喝了酒，很肉麻的話也不覺得難為情，大概是因為真實吧。

三個月前的地震海嘯以及現在四處彌漫的核物質，使我改變了很多以往的妄想奢求。幸福的指數如同身邊的輻射線指數一樣，變得越來越低卻無處不在。

幸福是不可以奢求的，慢慢的體驗生活中的一點一滴，幸福其實並不遙遠。就像我手邊的這杯清酒，關聯著一些無言的愛和體貼。

博奧說：我去接卡茲了，等我回來洗澡。

一同入浴是結婚以來堅持下來的習慣，經年之後的現在，卡茲和卡奧理已經分離出去，浴室又是我和博奧聊天最輕鬆的地方。幸福的指數，這也算是一點吧。

〈森山直太郎的《櫻花》及其隨想

參加卡茲小學畢業式，全校畢業生不過29人，但依然正正式式中規中矩地完成了，校長穿著長長的燕尾服，老師們家長們也是正裝，戴著絹花項鏈什麼的，完全是一場盛大的儀式一般。但最讓我難忘的是最後，學生們回到自己的教室，班主任小松老師說的最後祝詞，那個三十剛出頭的年輕教師沒有說很多的話，他只是說在歌聲中和同學們說再見。他唱的就是森山直太郎的《さくら》，那是我第一次聽這首歌。小松老師邊唱便和同學們一一握手道別，而男生們就一一和老師擁抱，全班的學生都在哭，在場的家長們也在流淚。

日本的畢業式上，據說大都唱和櫻花相關的歌，是那種詮釋青春的絢麗和短暫以及離別的傷感。這首歌的氛圍和小松老師的淚水，真讓人難忘。

後來，卡茲說：媽媽你哪裡知道，這首歌可是人氣呢。還把他複製到PSP裡的這首歌放給我聽。

森山直太郎並不是我很喜歡的歌手，相反，我倒是他的媽媽森山良子的歌迷呢。第一眼看到這個老太太拿著的吉他，在素雅的舞臺上，安詳地淺吟低唱，很是使人著迷，而當時她唱的那首歌竟也是風靡了幾十年的被畢業生們傳唱的《今日の日はさようなら》，森山良子的嗓音不是很好，她是創作型的歌手，她的很多歌被不同年代的人傳唱至今，那魅力可不是捧出來的。而且，聽博奧說森山良子年輕時還是當年學生運動的領袖呢。

直太郎的嗓音比他媽媽好得多了，清涼高亢，高音處帶有女生的柔美。在日本，他的歌迷以高中女生偏多，可能和他的形象很帥也有關係吧。除了這首《さくら》我倒沒覺得還有什麼魅人之作呢，可能我是老了吧。

車子裡的碟有好幾張，我一個人的時候，聽小田和正，博奧在助手席上時，就要換上英文歌，卡茲一定要聽自己複製下來的熱門曲子，卡奧理雖然是什麼都行，偶爾也會大聲霸道：給我聽きろろ。

森山直太郎的歌偶爾在車裡也會聽到，只是怎麼聽也沒有那天卡茲的小松老師唱的動人。想必重要的還是自己的心情吧。真心喜歡和感動日本的畢業式。

「是小題大作嗎

昨晚的電視上報道，十幾年來罕見的颱風18號明天下午經過我居住的省份。我並沒有很在意，在日本也住上十幾年了，各種各樣的天災人禍也見多不怪了，總是覺得這個國家有點喜歡小題大作，事無鉅細，在這樣的環境裡生活起來倒是蠻舒服的。

今天一大早，爬起來趴在窗戶上正看漫天狂風席捲大雨的壯烈場面，電話鈴就響了，年年學校都發的一張年級聯絡網到底有派上了用場，我的上家通知說：今天因為18號颱風經由我省的緣故，臨時通知學校停課，請你通知下家。放下電話，我就笑著對博奧說：這點風雨就停課了，我小的時候什麼樣的天災來臨都得上課呢，日本人真是喜歡小題大作。博奧笑了笑，心不在焉地說：生命有時比學習更重要嘛。我無話可說，日本，是個沒有英雄精神的民族。

孩子白白得了一天的假，當然高興了，以至於卡茲大聲的祈禱：颱風啊，颳上它三五天吧。「幹嘛啊你？」我問他。他笑嘻嘻地說：那樣我就不用上學了。呵，原來天下所有的孩子都一樣啊，想當年我也是常常這樣期盼過呢，更甚的是，為了逃避考試，我還想方設法把自己弄感冒呢。我用站在同一戰壕裡的表情拍了拍卡茲的肩膀，說：「不愧是我的兒子。」卡茲高興地說：「那我可以玩遊戲了吧。」想得倒美，我把通信教育的作業拍到桌子上說：「寫完這些，才有的商量。」

下午時分，卡茲同學的媽媽攜孩子來我家玩，那時，天氣已經變得風平浪靜，一抹金黃透過烏雲斜射在窗前，美麗而安詳，像極了印象主義畫家筆下的風景，我烤了個蛋糕，泡上紅茶，和朋友圍坐在暖桌裡，有一搭沒一搭地聊天，當我表示不理解為什麼就會因為天氣的緣故停課呢。那個日本媽媽理所當然地給我解釋：孩子要是不小心發生意外，那可是比少上一天課要糟糕的啊。細細品味來，這個原因也說得通，而且非常有道理可講。在這個社會裡，人比什麼都值錢。說到這兒，不由得聯想起來，說起人值錢的話，倒是不能不這樣以為，日本人的命就是比中國人值錢。去年吧，那場毒餃子事件，其實也就不過是食物中毒罷了，據說，後來返回中國的那些同一廠家的餃子，都分給（賤賣）中國當地員工，至於那些人拿回去吃了之後有沒有中毒，就不得而知了。這些都不重要，重要的是，在懷疑有中毒可能的情況下，日本人不吃，中國人卻能吃，難道我們的命就那麼不值錢嗎？在日本，販賣過了消費期限的食品是違法行為，剛來的時候，就很不理解，覺得實在小題大作，很浪費。再說現在流行的豬流感，日本也是戒備森嚴的不得了，甚至連口罩都供不應求，有那麼嚴重嗎？不就是一個小小的流行感冒嗎，但細細品味起來，這一點點的來自社會制度的關愛，不就是尊重生命個體存在的意義嗎。可能會有點誇大的感覺，但這可能就是一個自由平等祥和的社會的底線。

晚飯時分又來電話，通知明天上學需要準備的東西，認真記下來，又認真通知我的下家。看著在沙發上看書的孩子們，真讓人覺得生活很美好。

〈請尊重生命

有日本朋友問我：聽說中國的醫院是先交錢後看病。我點點頭。朋友又問：聽說有的病人，因為沒錢得不到及時治療，就死亡了，是真的嗎？我還只能是點點頭。

在日本，任何一家醫療機構，都是先看病後交錢的。換句話說就是先救人後收錢，這樣的排列看來，生命還是比錢重。醫生因為醫療事故導致病人死亡，在某種程度上夠不上犯罪，但如果是因為錢而見死不救，則是犯罪，會受到法律的制裁。雖然日本的國家醫療機構有龐大的赤字，但無條件的先救人依然是被全日本國人理所當然認為的原則。

尊重生命——這是人權的最基本原則。

幾天前，偶爾看了一場國內的節目討論，說是有一夫婦，因為醫生判斷生下來的孩子是天生障礙，就放棄了撫養，把孩子留在醫院等候自然死亡，然而一個星期之後，孩子依然生存，有知情人便把此事發佈到網上，後有一網友，去醫院抱走孩子，表示無論耗費多少錢也要救活他。而孩子的父母則通過警察找回孩子，並指責網友犯法等等。節目的討論好像是論孰是孰非，有很多的大學教授，專家等等冠名的人參加討論，雖然結果是不了了之，但有些學者的發言，至今讓我驚心，讓人不寒而慄。

——如果天生就是殘障的話，長大了自己也會生活得很痛苦，還帶累他人，所以還不如生下來就不治而自然死亡。

如果受過教育的知識分子居然還有這樣的思維方式，可見人權的爭取，在中國真的是舉步維艱。每一個生命在誕生的同時，就有生存下來的權利，沒有任何人能有權利決定他人的生死，即便是父母。fund a mental human rights基本人權是對生命，財產，名譽的尊重，是人生來就具有的權利，而不是誰賦予的。如果在日本這個國家，這樣的父母是會被送上法庭的，辯論會上這樣的發言也會被指控侵犯人權的。

幾千年來的君君臣臣父父子子的封建道德觀念，要想擺脫和變革絕非易事，有道是「十年樹木百年樹人」，如果政府能從教育入手，花大力氣從根本上改變固有的觀念，那麼，我們的孩子們的孩子們才能夠真正懂得人權的真正含義。

再讀魯迅，才真正能體會出那「血饅頭」的冷酷和木訥。

痛心。

〈大震災犧牲的人也要尊重嗎

地震以來「搜索」是電視和新聞出現次數最多的字眼。在震後的兩個星期中自衛隊，警視廳以及各國的援助人員全力以赴地進行救助活動。而後，便是日本的自衛隊和美國援軍出動了兩萬多人員及飛機艦艇等開始了大規模的搜索行動，幾天下來，搜索的結果是七十幾具屍體，現在，日本的警視廳和當地警察出動了200多人員，又開始了核電站禁區內的屍體搜索。

現在，那些被搜索到的身份不明犧牲者，開始進行集體土葬，日本政府很快出臺的對應措施是所有身份不明犧牲者的葬儀費用由政府負擔。在這項措施還沒有出臺之前，就有各個自治體主動承當著這份費用。每一位震災中的犧牲者都被編上號，詳細記載下身體特徵，留下遺物，以備有親人詢查。志願者們在一排排棺材上擺放著一束束白色的菊花。這些犧牲者是幸運幸福的，他們死後也得到了做人的尊嚴，我想他們會安息的。

我不禁在想，在依然危機重重的現在，花費大量的人力物力去搜索震災中犧牲者的屍體，到底有沒有必要呢？而日本人則認為要盡力搜索到每一位犧牲者的屍體是理所當然的事兒。這是對生命的尊重，也是做人的尊嚴。

日本人日本政府對待犧牲者的態度，讓我感動。

做人的尊嚴在這個國度裡被放在生存的首位，就因為是這樣，日本人即使在災難來臨之際依然臨危不亂依然井然有序，而做人的尊嚴就在這些細節中被張揚被推崇成了這個民族的精神支柱。

〈只把他鄉做故鄉

臨出門，擔心的太多，高中初中的孩子們倒是沒什麼，愛薔的管教比我還要苛刻，她那一手催人肥的料理，會讓我那倆孩子樂不思母的。納納是我的第一擔心，這個在市役所領養回來的小傢伙，敏感而脆弱，每次來一個略微彪悍點的客人，她就不聲不響地躲到自己的屋裡，用討好的小眼神觀望著，博奧就笑她，說：這哪裡能是看家狗呢。

納納也拜託給了愛蕾。

把那些花花草草搬到屋簷下。這裡的陽光實在是太強了，然後千叮嚀萬囑咐愛蕾，三兩天就來給她們澆澆水啊。再指示博奧同樣的事。

我這一走就是近三個星期。

那天，在去吐魯番的途中，小憩時，一家小店門口，懶懶地坐著一隻小黃狗狗，我又心癢又手癢，萬般地觸景生情，那一日的晚上，叫了卡茲的視訊，去看納納。卡奧理說納納聽到我的聲音之後，一直在找，然後就瘋狂地用手抓手機。「她的眼神很焦慮啊」卡奧理後來告訴我。

卡茲在視頻裡只問歸期。卡奧理就沒那麼含蓄了，她不管不顧地說：再不回來，我就病了啊。博奧是最懶的，在家時拉他去串門，就是難為他一樣，可那些日子，他頻繁出入愛蕾家，即便是從東京趕回來也要去一趟，可在眾目睽睽視頻時，卻輕鬆地表示好自由好解脫啊。早已習慣了他的另類柔腸。

而我，從何時開始歸心似箭，懷念異地的故鄉了呢？

世界各地來參加活動的教師們，也曾是從祖國各地出去的，談得來的同仁們，閑聊時，說得最多的是他鄉的故鄉。

日語裡有一句話叫做：住めば都。就是我們說的：住久了就是故鄉。

每每這時，我就想是否已經把他鄉當故鄉了，而故鄉，正在我們的眼裡模糊，在我們的心裡漸行漸遠，最終只是一個符號，一個抽象的名詞呢！

回到家，博奧忙不疊地忙亂，卡茲安祥地樣子，卡奧理喋喋不休地講述，納納每日纏身的依戀，渴水的花草，待整備的庭院，累積多日的工作，一堆的文件處理，山一樣的家務，這一切一切竟是這樣牽戀我的情愫。

博奧說一日晚歸，門口放了一箱子的蔬菜，又一日，除了蔬菜還有雞蛋。

其實，到了這個季節，左鄰右舍歐吉桑歐巴桑們的菜園都開始了收獲，我的夏天是不用買菜的。原本，今年，我的小菜園也開始了耕作，兩個茄子、兩顆辣椒、兩個南瓜什麼的，鄰家歐巴桑說：你還是多種些香草吧，你的檸檬香草茶和香草麵包非常好吃啊。於是我的菜園又荒蕪了，這幾日，拔掉家常蔬菜，種了滿院子的香草，拿這些去換蔬菜了！那年，拿了愛薔家家釀的蜂蜜，醃制的玫瑰花茶，還一直被她們稱道呢。

話說，黃昏時節來了，難得的略陰天，風裡也爽快了些許，這個時候，和卡奧理攜納納散步，會碰上很多見過的未見過的歐吉桑歐巴桑，也穿著運動鞋牽著狗狗在稻苗花開的小徑行走，快樂地打著招呼，和卡奧理閒話家常，為了誰收拾狗糞開始爭吵等等。那我就出去散步了。今晚，還答應學塾後來的卡茲，一起看流星呢。

真是把他鄉認作了故鄉。

這是我用愛情和婚姻和家庭和每一天的喜怒哀樂營建起來的故鄉啊。

中國政客與日本政客

這是我不喜歡寫的一種內容，好在寫的是「政客」而不是「政治」。

雖然我不喜歡和政治沾邊的事兒，但事實上，在國內做雜誌記者的時候，依然是脫不了干係的，大大小小也接觸了些所謂的政客，有些人接觸久了到也私下裡看到了他們很人性化的一面。而政客的感覺，無外乎就是人際關係。

原以為到了日本，異國他鄉的肯定和政治是不沾邊的了，沒想到，政治竟以政客的方式依然介入我的日常交際生活。

記得小室村長還健在的時候，曾經非常讚賞我寧可棄權也不胡亂投出自己一票的倔強。那時候，我還不太知道，那些在車站在路邊一個人拿著擴音器孤獨的講演的那些人就是等待一張票的政客——可能是政治家的前身。

在日本要做一名政客可不是很容易的事情，除了錢和人脈之外，還要必備一個政客的基本條件，那就是演講。

日本的政客是靠嘴吃飯的一種職業。

有的時候，我常常停下車，靜靜地在並不遙遠的地方觀看一下街頭上演講的政客，落下車窗聽聽講演人的口才如何，過去我以為街頭演講不過就是一種形式罷了，誰能認真對待呢，可是幾次聽下來，才驚覺這些政客真是了不起，竟然面對無人之境侃侃而談，彷彿過往的車輛和行色匆匆的路人都是他的觀眾一樣，這時候我對政客的認識有了一個很徹底地改變，原來政客還得是一個有政治頭腦的藝人。

這便很難。

今天，才加一個日中友好交流活動的大會，講話的除了日本當地的政客，還有就是中方的官方代表。講話是這種大會的一道必備的風景，我只是不經意的對比了一下兩國政客的發言。

其實這樣的場合，發言內容大同小異，不同的便是說話的氣勢以及煽動力。中方的官方代表，依然是把每個字母每個單詞拉得很長，中國式的官方講話方式，而日本的政客們顯然都是長年街頭演講練出來的，一站在麥克風前，就彷彿全世界的眼睛都凝聚在他身上一樣，語速適中錯落有致，節奏緊湊抑揚頓挫，很有藝人風範。至少使像我這樣的挑剔聽眾來不及有疲憊感的時候，一個高潮結束演講。

現在的日本野田首相，據說就是當年相當有名的「街頭演說」政客，連續多少年風雨不誤每天在千葉縣某車站演講。為什麼呢？就因為他沒有錢也沒有身家背景，所以就靠這樣的方式一步一步取得自己的地盤，是一位很典型的「庶民首相」，而不是像以前的鳩山首相，每個月有他老媽給一千萬日圓零花錢，也不像那位麻生首相，竟然會以為一盒方便麵的價錢是500日圓左右。

我的感覺是作為政客在日本，說話很重要。在中國做政客十幾年前人際關係相當重要，現在國內政客的基礎條件是什麼我就不知道了，所以不敢妄言。不過，這次聽了久違的中國官方代表發言，覺得還是有必要訓練一下講演能力的。

〈中國觀光客的黑色教養

今早的一檔節目，嚇了我一大跳。說是去富士山觀光的中國人一天有三千人之多，大巴就一百臺。對小國寡民的日本來說，這也算是天文數字了。中國人有錢了——日本政府當然不會錯過靠旅遊振興經濟的這條途徑，一再放寬給中國人的旅遊簽證。據說，今年來日旅遊人數，超過了去年好幾倍。走在各個大觀光點，所謂的外國人，盡是我們中國人。

這說明我們富了，真是一件大好事。然而隨之而來的，卻讓人大跌眼鏡。

1 買東西

日本的東西大都是小包裝的，選定了，拿了交錢就是。一般來說，擺出來的商品，是沒有那種劣質產品的。以我在日本生活了十幾年的經驗，至今在我身邊還沒有發生過一例。可是中國的觀光客就非常自然地把包裝撕開，詳細檢查商品。更有甚者，一位食品的老板困惑地說：中國人喜歡用手摸生鮮食品。說著話時老板的表情很「那個」。後來，就在生鮮食品上擋上了透明玻璃。

節目中，請了一個在中國生活了幾年的日本人作解釋。他說：中國人買東西是挑剔的緊，因為怕上當受騙，還有就是擺出來的是樣品。但無論如何用手摸生鮮食品總是不可思議的呀。一位嘉賓還是覺得不可理解。

我能理解，但很沮喪。

2 上廁所

鏡頭搖向廁所。日本的上下水設備算得上是世界一流，提供廁所用紙，在這個國度裡，也是天經地義的事。屏幕上出現的廁所裡，堆滿了被撕得亂七八糟的廁所用紙。日本的廁所裡也備用一小小垃圾箱，那是給丟廁所用紙以外的東西用的，而廁所用紙是一定要丟在便池裡用水沖掉的。

中國通解釋說：在中國，沒有很好的下水設備，所以廁所用紙大都要丟在備用的紙簍裡，以防水道堵塞。尤其是在鄉下，廁所用紙更是隨便亂丟。

我深有感觸，記得小時候，住在部隊大院，因為是日本人修建的地方，大院就像是一個獨立的世界，有自己的水塔，澡堂，體育場，電影院以及完備的上下水設備。在那個蹲在牆邊拉屎也不覺得害臊的年代裡，我家就使用著抽水馬桶，那時候，偶爾有同學來我家玩，因為不會使用抽水廁所，常常把屎尿弄得到處都是。那時候，我家的廁所就是備有紙簍的。那是三十多年前的事兒了，現在偶爾還能在記憶的最深處，不經意地出現這樣的畫面——隨風飄在馬路上的擦過屁股帶著屎跡的報紙。

我們的民族為什麼會給人只管上口不管下口（只管吃不管拉）的強烈印象呢。我覺得在某種程度上廁所比飯店更為重要，廁所有隱私的成分，它關係到人的尊嚴。希望來日本旅遊的中國人，千萬好自為之。

3 排隊

在富士山頂，有一個郵局，賣有關富士山的明信片，在那裡，登上來的人，可以通過這個小小的郵局，把心情傳遞給世界各地的親朋好友，很是貼心。

這裡的工作人員給觀眾看了防範攝像的一段鏡頭，蜂擁而上不排隊的中國人，拿了明信片不交錢先寫地址的中國人。中國人不排隊沒有公共秩序感，使日本人感到很奇怪，為什麼會這樣呢？安安靜靜有秩序是這個社會基本常識。何況「中國人不是也講禮讓」嗎？

聽中國通的解釋也讓人無話可說。

他說：中國是一個大國，人多得出乎我們的想像，如果像我們那樣排隊等候的話，結果就是什麼也得不到。換句話說，中國人多，所以競爭也非常激烈。

有嘉賓表示，生活在中國的老人和孩子以及弱者不是很痛苦嗎？

這個一檔不是那種深刻討論的節目，所以也就不了了之了。

只是看得聽得我心裡有些隱隱作痛。

還有讓日本人無法解釋的現象就是為什麼團體來飯店吃飯，只點一盤菜。我也感到很不可思議，但我覺得一堆人點一盤菜的一定不是普遍現象，再說句得罪人的推測，如果有這樣的現象，一定不是東北人。

還有就是在溫泉，竟有穿著褲衩入浴的人。這可是常識性的錯誤，我百思不得其解，在中國，也沒有穿褲衩洗澡的呀？

電視上的一個年輕的服務生說：現在我們在廁所的水龍頭旁都貼上了中文字，非飲用水。說是因為很多的中國觀光客用飲料瓶接水喝。

在日本，馬路上及公園裡甚至各大商場的休息處都設有飲用水。如果不想花錢買水喝的話，可以問導遊，千萬不要接廁所裡的水喝，能不能喝倒在其次。

還有很多很多，比如邊走邊吃，大聲喧嘩，不遵守時間等等，這些都是生活中的小事，可是國民的素質也就在這些小事上窺見一斑了。

儘管不可思議，畢竟是來消費的，日本的商業者還是認真地想出了各種各樣的策略，來應付適應這個新崛起的經濟大國的國民旅遊者們。現在在各個觀光點，到處都是中文指導標誌，讓人看著又親切又不是滋味。

節目主持人說：也許是因為生活習慣和風俗不一樣的緣故，才會出現許多這樣那樣的問題，我們應該做的是引導和提供更大的方便，通融這些不同的地方。

我卻覺得中國人應該加強常識性的禮儀教育，不要太丟人了。怎麼說，我們也是有上下五千年文明歷史的泱泱大國呀。

還有另外一種解釋，難道賺到能出國旅行也不算大事的錢的那些人，都是沒受過九年義務教育的人？或者說，我們的九年義務教育真的是如此失敗嗎？

〈登門道歉

前幾天是三連休，原本計劃在最後一天裡和孩子們去滑雪，然後泡泡溫泉在外面吃吃飯，回到家就可以直接上床睡覺了，但是讓一個電話給打亂了整個計劃，兒子的同學一個叫芳賀的小孩子來電話通知說：下午四點的時候，請家長到學校，老師有要事相商。雖然我也有點疑惑，因為在日本，假期裡幾乎是沒有突然之間有通知的，但是學校裡的聯繫手段就是一家一戶的電話通知，上一家負責通知下一家。而我家是最後一家，不用再通知誰了。所以我指示兒子又一次電話向那個芳賀同學確認之後，也就相信了。

誰知學校的大門緊閉，哪兒有老師的影子。我連忙給老師的手機打電話，說明此事，老師也大為驚駭，表示明天上學後一定調查清楚。

我也就沒再放在心上。誰知晚上，有電話進來，通報姓名才知是那個芳賀同學的父親，他用敬語向我一再表示對不起，孩子打這樣搗亂的電話給我添了很多的麻煩等等。我以為事情到此也就完事兒了，也沒什麼大不了的。但是在星期六的上午，門鈴響了，是一個年輕的小媽媽帶著一個小孩子，小媽媽通報自己的姓名之後，就一再地向我表示道歉，然後又把那個芳賀同學推到我的面前，說：「希望你能責備他，讓他真正地反省自己的錯誤。」我覺得有點小題大作了，就表示沒什麼，因為是小孩子嘛。可是那個小媽媽還是向我邊鞠躬邊表示：請你一定要批評他，雖然是小孩子，也不可以原諒這樣的錯誤。沒辦法，我只好對那孩子說：以後不要再犯這樣的錯誤了，我接受你的道歉，原諒你了。

小媽媽還送給了我一盒點心。

這一切都是在門口進行的，雖然我再三邀請他們進屋坐坐，但是那個小媽媽說：這次是為了道歉來的，不好進去麻煩你，下次輕輕鬆鬆來玩的時候一定請你多關照。

這件事算是完了。

說給博奧聽，他以為是理所當然的。可是這件事讓我想了很久，面對犯了錯誤的孩子，我們該怎樣的對待？我想那個芳賀同學這輩子恐怕也不會犯這樣的錯誤了吧，因為他自己來面對我，自己來承擔責任，會給他留下很深的印象。讓孩子這樣的直面自己造成的後果，真是一件非常好的教育方式。

悼念小室村長

今日報紙上赫然刊出「中島村小室村長自殺」。

連任四期的中島村村長小室康彥和我算是忘年之交，尤其是在我最困難的時候，小室村長給了我相當有力的援助，想我一個外國人，無權無勢無錢，又不住在他們村裡，連投他一票的利益也沒有，可是小室村長不要任何回報的幫助我，讓我任何時刻想起來心底都有縷縷的溫暖。

小室村長是一個非常風趣非常有領袖魅力的人，中島村在他的治理下是全省數得上的環境好社會福利好的村子，每年舉行的各種文化活動更是令人矚目，日本那個有名的作曲家小室哲哉就是中島村出身的，他還給村裡的童裡夢公園那座動畫自鳴鐘譜了曲等等，一系列的政績使村民們對這個年已七十五歲的村長十分信任和愛戴。前年，小室村長因腦血栓住院，康復半年之後，又患上了中風，深受病痛折磨倒在其次，原本八面玲瓏在任何情況下都是極具凝聚力的中心人物的他，突然之間變得思維遲鈍，發音含糊不清，走路拖泥帶水，我想他精神上的沮喪，遠遠超過了肉體的疼痛，選擇自殺，也許是最好的一種結束方式。我覺得自己能夠理解小室村長的心境。換了我也許會這樣選擇，絕不僅僅是逃避病痛，更重要的是要保持一種自己原則上的尊嚴。

小室村長的葬禮要在21號舉行，今天是家裡人和左鄰右舍舉行的火葬儀式，我想無論如何也要最後看一眼村長，送他上路，也不顧這樣做是不是有失禮節，換上黑色禮服和愛蕾直奔中島村而去。

坐在村長家的客廳裡，望著窗外鬱鬱蔥蔥的庭院，想起前年的春天，我和愛蕾還有村長和他的太太一起坐在這裡喝茶聊天，因為我表示非常喜歡梔子，村長就把自己養了8年的一棵梔子送給了我。可已物是人非呀。看一眼臥在棺裡面色安詳的村長，突然間我想起了幾年前謝世的老父，眼淚撲簌簌滴落在異鄉的土地上。

說是自殺的人上不了天堂，我卻相信並祈願小室村長去天堂的路上花開芬芳。

日本愛情

都說日本人表達愛情的方式是最曖昧的，剛來的時候還不太相信呢，因為「愛情野菜」「親子愛情」「愛情設計」等等的字眼到處可見，那時還覺得日本真不愧是經濟大國，什麼都這樣超前先進，連愛情也到處標榜。後來略略適應之後才知道，原來此「愛情」非彼「愛情」。住久了，更體會到，日本人不僅是表達愛情，在表達所有的感情上都是很曖昧的，當然這只限於人與人之間。

日本「愛情」的意思有兩種，一是愛——母愛和對工作及事物的愛，二是異性的愛。通常表現最多的就是前一種，比方說上面寫的「愛情野菜」「野菜」，就是蔬菜，那麼「愛情蔬菜」就是對你充滿體貼和愛意的蔬菜，相反，也希望你對這些蔬菜也充滿同樣的感情，這就是日本的愛情。還有一個非常小型的薄薄的數碼相機，標榜是「愛情サイズ」也就是愛情尺寸的意思。你可以猜到了吧，所謂的愛情尺寸就是對使用者的體貼和關愛，同時也可以深刻的理解，你要帶著飽滿的愛情使用它，通過它，把你的愛情帶給你所愛的每一個人。

而據我的觀察，日本人到了真正愛情前的時候，通常是很含蓄的，很東方的，或者說是有點曖昧的。所以，日本「愛情」這個字眼很少用於愛情，而常常使用的是「愛する」，比如說博奧，他無數次地用中文的英文的單詞和語言表示過對我的愛情，但他從沒使用過他的母語對我說過，他表示，那些話用日文說不很明確，而且，有點難為情很不好意思。

現在在國內，滿大街不分場合地點地到處都能看到年輕的戀人們擁抱接吻的場面，倒也沒覺得看不慣什麼的，只是覺得有點過於張揚。我倒覺得，看西方人擁抱接吻，感覺很自然隨意，而東方人做起來總是有一種很做作的感覺，是把自己的愛情演給別人看的感覺。這可能就是一方水土養一方人的感覺吧，順便說一句：東京街頭那樣旁若無人的接吻場面也很少見的。

日本依然是可以讓人相信的國家

日本是一個什麼樣的國家呢？這樣的國家裡住著怎樣的國民呢？一場震驚世界的大震災把這個亞洲面積上的小國經濟上的大國赤裸裸地展現在世人的面前。讓我們看到了這個國家的民族精神。

日本東北大地震之後的兩個星期，重災區的岩手縣宮城縣已經開始復興建設，高速公路已經開通，臨時住宅開始動工，而就在地震和海嘯之後的十天之內，那些無家可歸的災民已經在寒冷的天氣裡泡上了熱水澡，更有在震後兩三天之內，當地及各地的避難所相繼設立，使災難中生存下來的人們，在最短時間內有安身之處。

如果只是地震，日本不會受到這樣的災害，在各縣統計的死亡和失蹤人數中，可以清楚地看到，大部分是來自海嘯。據統計數字顯示，這次震災到目前為止全日本死亡112020人，失蹤17000人，房屋全毀壞九個縣建築物被毀及流失18345，這樣一個詳細的數字是怎樣把握出來的呢？

3月11日地震之後的兩個小時，居住地區的班長和區長就來統計有沒有人員傷亡及房屋損壞，這是最基層的民間和政府連接的渠道，然後的幾天裡，確認死亡及失蹤的統計人數的數字便在電視上報紙上及電臺裡反覆播放，同時，在各個避難所設立了避難者名單，並臨時設有遺體安置所。

儘管震災來得突然而兇猛，整個日本並沒有慌亂不堪，就算是身處災區，人們依然安靜而又秩序地排隊給車加油，排隊買東西，震後第三天，當我在高校監考回家的時候，去一家超市買東西，一位年輕的主婦本來已經把拿到手裡的兩包廁所用紙放到小貨車裡，一回頭看到了我，邊點頭邊抱歉地說：對不起。就把一包手紙又放回了貨架，那時，貨架上只剩下兩包。震後的第二天，所有市役所依然沒有癱瘓，而是有條不紊地開始了災難後的救助活動。就算是民間企業也在震後的第二天開始了營業，而物價平穩，有些日用品的價格甚至比平時還低。在災區還設置了免費使用的公用電話，最讓人感嘆的是，au的手機在震後三天就把接收器運到廢墟上，看著那些拿著au手機向親人報平安的畫面，那可真是最好的宣傳。而現在，就在我面前的電視上，24小時輪播的地震專門報道頻道上，當地溫泉設施已經開始無償提供受災者入浴服務，全國各地的溫泉旅館也都開始無償接納災區避難者。在一片片的廢墟上，震後的第三天，就被自衛隊和消防團開辟出了道路。就是這樣有條不紊秩序井然的工作，震後剛剛兩個星期的日本東北國民，生活已經漸漸走上正常。就算是在避難所，每天集團化的生活也正常起來，一起做早操，還專門開辟出房間給孩子們學習的空間，甚至開始了受災者的心理治療，且不說醫院，已經出臺了沒有醫療保險證

也可以接受治療的現行政策。因為這個時間正是日本學校畢業的時候，即使是在這樣重災難後的情況下，各個學校依然在沒有倒塌的學校裡相當正式地為孩子們舉行畢業式。總之，每個人都在自己的位置上擔當著自己的責任。

我認識的一個嫁過來的中國人，沒有小孩子，只有她和老公二人生活，震後，她決定回國，問了老公是不是和她一起走，那時，她老公的公司通知說，暫時可以不來上班。可是她的老公卻說：我是公司的職員，我得留在這裡，等著公司的消息。於是她一個人飛回了國。而她的老公，不過就是一個小小的公司職員，卻沒有逃離，留守等待便是他被從小教育出來的責任。

震後的第二天，學校老師開始了學生家庭狀況統計，在汽油限量供應的情況下，老師們開著自己的車，挨家訪問。沒有人指示他們要這樣做，使他們這樣認真在做的是那份責任心。就是這樣的一些人，默默地在做自己該做的事。

有一件事非常出乎我的意料，那就是錢的使用，首先，所有捐給災區的錢是怎樣使用的。按我的想法，這樣一筆不菲的數目，應該是用來修路建倒塌的公共設施等等，可是，在日本這個國家裡，捐給災區的錢是要交給每一個災民手裡，而修路恢復公共設施的資金那是政府理所當然的預算。

在福島原爆25公里圈內的雙葉町，因為國家有避難指示，市役所就帶著全町的人撤離到了琦玉縣，在3月的預算會上，町長提議，發給每個町民2萬日圓，全體通過。而政府很快出臺的政策就是先發給每個災民3萬日圓，民間組織「日本財團」更是出手大方，發給每個災民5萬日圓以決燃眉之急，各個大手銀行也有相繼的應急措施出臺，比如不需要任何保證每人可以支取10萬日圓等等，災難之際，這些一無所有的災民，最需要的就是錢啊。在日本，給災區捐來的錢和政府沒有任何關係，政府的預算裡有責任是要修路修公共設施以及支付全額的清理廢墟的費用。

這個國家的政府以及人民全力以一種向上的不肯服輸的精神面對災難，有了這種精神再加上各種各樣合理的公允制度和措施，日本的經濟復興指日可待。生活在日本的國民是幸運的，日本依然是可以讓人相信的國家。

〈日本醫生的顛覆

每次回家，都要把身心將息很久，這次意外地開始出現感冒癥狀，原以為挺一下便會過去，這種「挺」也是來日本多年後養成的習慣了。父母均為醫生世家出身的我，從小略一頭痛腦熱，便是抗生素跟進，那真是連住院都不花錢的近水樓臺，後來，部隊醫院開始對外開放，部隊大院裡的孩子們依然是把這所部隊醫院當作我們的大玩具場般地熟悉著長大的。此乃它話，少敘。話說我從小耳濡目染的就是把病菌消滅在萌芽處，以防止並發癥的出現。這種根深蒂固的習慣，被日本的醫生徹底顛覆了。

日本的醫生很少給開抗生素藥類，當然，最重要的是，這種抗生素類藥如果沒有醫生的藥方，無處可買。換句話說就是日本的大小醫院幾乎都跟著一個藥局，醫生和賣藥的珠聯璧合，各負其責。藥物亂用之類的事兒被防範的滴水不漏。就是想自殺，也得需要一年的時間才可能攢夠睡死過去的分量啊，這漫長的等待，足以改變自戕人的想法了。

記得卡茲小時候，常常感冒，去醫院成了家常便飯，許是愛子心切吧，我每次都要求給孩子開消炎藥抗生素類藥。當然，醫生是不會答應這種請求的。終於有一天，雖然早早就帶孩子去了醫院，但護士很快跟我商量，說：可不可以晚一點就診，醫生有話想跟你談。

在日本，如果認定一家醫院之後，一般來說就成了一種習慣，很少改變，我很慶幸的是，最初是幼兒園的老師給推薦的這家樋口小兒科，卡茲和卡奧理在這裡一直就醫到我們離開這座城市。

那天，臉色黢黑眼睛閃亮的醫生向我上了一堂醫療普及課，我才知道，原來感冒的周期就是這麼幾天，就算是不吃藥，一般的感冒也會好起來，就是，我們要相信自己身體裡的抗病恢復能力，而在日本，給開的藥大都是緩解感冒癥狀的，比如解決流鼻水，緩解各種痛，鎮咳等等，就算是退燒藥，也不鼓勵隨便用，說是發燒的癥狀是身體裡抗病毒的戰爭等等。但這一切的前提，都是在醫生確認是單純的感冒癥狀之後的舉措。

老媽在陪我去給孩子看病之後，說日本醫生不負責任。然後就親自用從中國帶來的藥給我兒子配方，當然，我是偷偷把那些藥面子給丟掉了。

話說這次不同，醫生檢查完我的癥狀之後，建議打點滴。倒是嚇了我一跳。這家醫院也是通院就診多年的了，醫生也蠻熟，偶爾在一些像樣的聚會上也見過的，就問他：怎麼不就是感冒嗎？醫生說：不知道你的癥狀是不是食物中毒引起的，所以小心些，先觀察一下。

其實，幾天前，嘴饞的我吃了友人從國內帶回來的醃泥螺，雖說是冷凍的，但這十幾個小時的折騰，化了凍凍了化的，可能就是菌類倍生了。

幾年前，這友人也是這個季節回中國，同樣帶回了醃泥螺，那次我只吃了五個，就急急忙忙參加煙火大會去了，結果，半夜開始上吐下瀉，發燒不止，也是折騰了好幾天，爆減五公斤，才算了事。這次，面對著同樣的泥螺，我還是留個心眼，只吃五粒，就算中毒，也不至於太難過。沒想到的是，竟然和感冒連接上了。

說了原委給醫生，醫生倒是臉色大變，非常嚴厲地指責我，為什麼要吃那樣危險的東西？為什麼知道可能中毒還以身試法？為什麼知道中了毒還硬挺著不來醫院治療？這一系列為什麼問的我啞口無言，而醫生眼光詭秘地看著我，結論說：是提前癡呆了。

點滴之後，我問醫生，應該沒事兒了吧。醫生笑著說：其實，感冒是沒事兒的，但食物中毒是很可怕的，你的身體裡有大量的細菌被繁殖，這些細菌可能會侵蝕和破壞你的各種神經系統或器官，如果嚴重，那可是要威脅生命的啊。我也笑說：可能我大腦已經被侵蝕了呢，所以，這樣處理自己。

博奧最愛抨擊我的一句話就是：看你哪像個醫生世家的孩子。

我不敢把這話說給還健在的老媽聽。

更不敢把我喜歡的老爸的生活態度說給他聽，我老爸這個老醫生曾說：不能喝酒吃肉，還活到100歲幹嘛。還說：我感冒了，得抽根煙通通氣。老爸雖是因疾而逝，但我堅信最後是他自己放棄這個世界的。

我現在恢復了小時候的興趣，識辨各種中草藥，並積極推廣在飲食裡。博奧每次看到不熟悉的青菜，都要警惕地刨根問底，高興了，就詳細講給他聽，不高興的時候，就騙他，說是鄰居歐巴桑給的無名菜。

順便介紹一下日本的醫療制度，是全民參加的保險制度，有各種各樣，比如各種行業組合保險也有，在各個醫院都適用，請求金額面對保險者大概只是三分之一，另外的部分，醫院直接向保險公司請求。保險者不必先支付，更是沒有提前支付一說，很有我從小看到的部隊醫院牆壁上的標語精神：救死扶傷，實行革命的人道主義。這「人道主義」是切切實實的，冠以「革命」的話，就讓人無從考慮了，那麼算是「資本主義」的「人道」吧。

福島因為東日本大震災之後核輻射的緣故，縣內有新的制度，十八歲以下的孩子享受免費醫療。

帥哥醫生的藥很給力，不再一把鼻涕一把淚了，頭也清爽了，就是口渴和睏，這是逼著喝水和睡覺的蒙汗藥哇。

日本過年的派遣村

派遣村是今年日本新年時一道搶眼的風景。

因為世界性經濟危機的緣故，日本開始大量裁員，隨之出現的問題就是出現大批的失業者，在08年末，有關部門統計的失業人數是8萬5千人，於是在東京的日比谷公園裡就出現了一個「過年派遣村」在那裡聚集了500名無家可歸的人，於是，過年派遣村就在那裡支起帳篷，分發毛毯，提供過年那幾天的食物，這個「派遣村」是由民間發起的，後來政府和東京都當地政府參與，但在那裡幫忙的都是一些志願者。

在6日那天，派遣村撤掉，那500人被移動到一個公用設施裡（好像是體育館）去暫時居住，那幾天還有一個執政黨的政府官員不小心說了句：那些人都是真正的認認真真工作的人嗎？就惹惱了派遣村裡的失業者們，又是遊行又是發言的，一些在野黨也趁機攻擊執政黨等等，直到他在電視上鄭重道歉為止，真是亂哄哄你方唱罷我登場。

我倒覺得那個政府官員說的還是有點道理的，因為，在大量裁員之前，在東京的一些各公園裡就有一些流浪者，他們住在紙殼箱子裡，撿被扔掉的食物吃，順便說一句，在日本消費期限的管理很嚴格，好好的還能吃東西，說丟掉就丟掉，要是想做一個不勞而獲的乞食者，還是很有方便條件的，所以以前看的節目裡就有一些剛畢業的大學生們，竟不去找工作，而當上了這樣的乞丐。看來人的惰性倒是不分國界的。所以，誰知道這500人裡面到底有多少真正的需要幫助的失業人員呢。

但是不管怎麼說，這個社會裡還是有溫情的，社會制度的溫情和來自人的溫情。

再說說派遣村，報道說，在500人的派遣村裡，已經有50人接受了生活保護，所謂的生活保護，就是政府每個月支付最低的生活援助，按各個地方的生活平均水平為限，像在東京，大概是13萬日圓。這幾天，派遣村的消息越來越少，估計，真正的失業者或者是得到了生活保護，或者是重新找到了工作，而那些渾水摸魚的乞食者大概也就悄悄地回到了自己的老地方，繼續他自己喜歡的那種生存方式了吧。

日本刑務所的新變化

日本叫刑務所，我們叫監獄。

最初接觸是在一張廣告紙，黃色的，是環保的那種紙，上面是簡單的排版，簡單的黑色字體，還有一個手繪的笨笨的畫。那是在我們這個城市裡每年都有兩次的展品販賣，那時吸引我的就是兩件手工做的日式作務衣。也就是從那以後，我每年都會兩次去那個展品販賣，買一些手工做的精緻的東西。

後來一直很想瞭解一下這個資本主義社會裡的專制機構，雖然也有幾位警察朋友，但是人家是不把工作上的事兒順嘴說出來的。我就隨緣地等待機會。就在前幾天，在每天早上我必看的節目裡，看到了這個話題。

日本的刑務所近年來悄悄地有了新的變化，其實，怎樣的變化，沒有比較，當然不會知道，但是我的心還是被溫暖了。

首先，要說的是，日本的電視臺都是民營的，說話都是嘴無遮攔，不是御用，所以，有時為了收視率，說壞話還是比說好話討觀眾的好。那麼，這節目的真實性還是不用圈點的。

因為隨著日本社會老齡化，七十歲以上犯罪率劇增，大都是盜竊罪和欺詐罪。盜竊當然是因為日本的店鋪都是超市，那這些老人——不能說是順手牽羊——有些是真的有些老年癡呆，健忘。而欺詐罪的例子採訪的是一個73歲的老太太，她是沒錢打車，被判了十個月的服刑期，第一次入獄之後，居然嚐到了甜頭，以後竟是陸續的犯罪再入獄，她說了一句話：在這裡，沒人責備我，生活有規律，有人照顧，還有人聊天，不寂寞，比一個人在家舒服。

監獄能怎樣舒服呢？鏡頭晃到了監獄的現場。

這是一座病棟，因為，高齡者入獄之後，考慮到身體狀況，房間有所改變，最明顯的就是門上中規中矩地貼著各種標誌，有「減鹽」有「軟食食療」等。鏡頭又晃到浴室，在這裡，拿到「福祉介護」資格證的獄警正在給一老人洗澡，換尿不濕。其實，這裡有很多老人都不知道自己現在是在獄中，是作為犯罪者在服刑。按規定正常健康的犯人，每天是要工作8個小時的，但這些高齡者犯人，能做的就是散步和做做簡單的體操，而且，隨時都有獄警關注，在身體狀況獄醫不能處理的時候，馬上就是叫救護車直接送到醫院。這些細節上的關懷，甚至超過了住院，養老院等等設施。最後，鏡頭拍到了一塊墓地，是那些沒人來收骨灰的老人，被集中葬入在這個叫「俱會一處」的地方。

這些讓我很吃驚，首先，我的法律觀念裡，這些老人即使是偷了東西，打車不交錢，也不會被投入監獄的吧。他們的家人呢？其次，就是節目嘉賓們的反應，贊反兩論。據說，日本的財政現在在這方面的支出竟然是一年58個億，而且有連年增長的趨勢，這些個支出都是國民的稅金。

一個國家，把監獄做的像老年院，到底是好還是不好？心裡的疑問很多，憑什麼我們的稅金要去養護一個犯罪的人呢？就此問題，我提問給了十位日本人，得到的回答如下：

1 這是理所當然的，人不能因為犯罪就沒有了生存的權利。
2 法律就是人人平等。
3 也是個社會問題，不過，還能有什麼更好的辦法呢？
4 也許我也會有這樣的一天。
5 他們年輕的時候也是努力工作，繳納稅金的。
6 老有所養嘛，養老院，監獄都一樣的。
7 我家鄰居就是在監獄裡去世的，沒有孩子，又老年癡呆，這個結局也不錯呀。
8 稅金的負擔太大了，希望政府能找出一條中間通道。
9 很正常。
10 不太知道這些事兒，不過，老人能這樣終老，也不錯啊。

這篇文章結束了，不知道該說些什麼。我也是努力工作正常納稅，我稅金的一部分可能也會用到某個老年犯人的身上，但是，我也沒有憤怒和不滿，沒有理由。生活就是這樣。

日本式溫暖

十幾年前，剛來日本的時候著實不適應了好一陣子，雖說我定居的地方也叫東北，但日本的東北和我們的東北事實上真是完全的不同。我來的那年是冬天，剛剛過完新年，窗外大雪紛飛，如果是沒有陽光的日子，屋子裡就陰冷陰冷的，那時候我還不知道こたつ—電暖桌的好處，只是每天把剛剛學會使用的煤油爐點上取暖，煤油爐子熱得很快，點火也非常簡單，但是每一打火的時候總是有一股煤油味兒，叫人受不了。

過了一段時間，我才體會出電暖桌的好處來。日本人家若是老式的房子，房間裡幾乎都是榻榻米，只有走廊，廚房和衛生間等處用地板，即使是蓋了洋式的新家，也總是要有一間或幾間榻榻米的房間，在地中間擺上一張電暖桌架，然後罩上棉被，在棉被的上面擺上桌面，通上電，很快暖桌下面的棉被裡面就變得暖洋洋的了，因為溫度是可以調整的，在大冬天裡，坐在裡面很是舒服。即使是夏天，暖桌依然使用，只是不通電，撤掉棉被，變成一張矮桌子放在榻榻米上使用，暖桌是日本人生活中難以割捨的一個情結，全家人的生活中心都在這張桌子旁邊，即使是來了客人，也是一樣圍坐在暖桌旁，喝茶聊天看電視，那些有午睡習慣的歐吉桑歐巴桑們的生活

裡更是短不了它，說起暖桌，必須提到的就是座布團——褥墊，坐墊。它和暖桌是不可分割的組合。

我家唯一的一間榻榻米房間，也擺著暖桌，但不是我家的生活中心，我家還是以洋式的客廳和沙發茶几為主，暖桌那間，只有來了好朋友時才去坐在那裡喝茶聊天，偶爾，我一個人在梅雨季節或是大雪天時也去坐坐，因為從那裡望出去的景緻很好

幾年前，東北的地方開始流行另一種取暖方式，日語叫做床暖房——就是熱地板，原理和我們的大致相同，最多使用熱地板的地方還是醫院，溫泉等公共設施裡面，我一朋友家也安裝了熱地板，但他不常使用，寧願使用煤油爐取暖，問他為什麼？才知道，熱地板很費電的。據我博奧講，在關東一帶還有些人家使用空調取暖。我家的空調只是夏天才用呢，東北靠空調取暖是行不通的。

我家使用的取暖設備是溫水暖房，有一機器置放在屋後，有很多管道隱藏在牆壁裡通向各個房間，然後每個房間都有一臺機器，取暖時只要接上管道，通電開啟，使用煤油在屋外加溫，然後利用循環水吹熱風，空氣沒有那樣乾燥，熱的速度極快，而且能控制溫度，能預約時間，非常方便，比如晚上全家去體育館打排球，就可以預約在回家前的半個小時前啟動溫水暖房，回家後，溫暖如春了。因為室內用的機器是可以隨接隨撤的，所以夏天就收起來，很是方便。

前幾天有一網友還問到做飯使用電還是使用煤氣的問題，現在日本比較提倡使用IH電能，節省能源又環保，妹妹愛薔家就鳥槍換砲，把自己的廚房陣地弄得乾淨漂亮，但是我的腦筋還是轉

不過來彎兒，總覺得沒有火，煎炒烹炸出來的東西也會沒味道，所以還是很固執的使用天然氣。

一年前，國內的好友一家來日本度假，對我家衛生間裡的座便器非常感嘆，那是一種感應式座便器，自動把蓋子打開，因為是加溫的，即使是冬天坐上去也不會感到涼，還有震動清洗，按摩烘乾等功能，當人離開之後，自動清洗自動把蓋子蓋上，很是方便。方便是方便，但是也有不好的影響，譬如說，習慣了自動方式之後，每次去沒有這種設備的人家做客時，我總是要提醒孩子和自己要按下手動沖洗器。這種衛生間，如果沒有很好的上下水道設備是很難普及使用的，我倒是希望國內的東北老家能盡快普及使用，因為它能預防痔瘡的發生，據說在東北是十男九痔，我一女友接受過痔瘡手術，她至今回憶起來還痛苦萬分地表示比生孩子還痛苦。

拉拉雜雜寫了這些生活上的瑣事，也不知提問題的網友看了是否滿意，總之，在日本，即使是在鄉下，生活也非常便利，生活當中的細節也被這個社會入微的體貼，這裡的人們最基本的保障已不是解決溫飽問題，而是提升生活的質量問題。

〈日本政府對應災難的思維方式

一場突如其來的中國四川大地震，像是給日本一個強烈的棒喝，從去年開始，個個媒體都在跟蹤調查報道日本國內關於「耐震偽裝」的建築事件，查出一個罰一個，因為是有關人生死攸關的事，查起來毫不留情。而且，還重點調查學校的建築，那風聲鶴唳的感覺，好像明天地震就要來臨一般。

在日本，常常能看到一塊普通的白底紅字的標誌，上面寫著「指定避難所」通常，這樣的地方都是學校，當有災難來臨的時候，所有的人都可以到這裡避難，因為這裡是最安全的地方，就算是全日本都被震得房倒屋塌，這些學校建築依然會在廢墟中挺立。在這裡沒聽誰說過「孩子是祖國的花朵」，但是，可以肯定，如果有像四川那樣的大地震，這裡的學校不會率先倒塌，這些花朵不會夭折。

日本這個小小的島國，颱風洪水地震常常發生，當國民處在災難的困境時，來援助的是日本的警察、消防隊和自衛隊——因為日本是戰敗國，被剝奪了養兵的權利，所以他們沒有軍隊只有自衛隊，但那只是叫法不一樣罷了，職能都是一樣的。日本的自衛隊員在和平時期的任務就是當災難發生時衝到第一線，搶救災區國民，雖然社會制度不同，但是責任和義務和我們的人民解放軍和武警官兵以及公安幹警是相同的。不同的是，當災難過後，這裡的政府和媒體從來沒有大張旗鼓地弘揚他們的精神和愛心，因為國家拿出那麼多的庫銀養他們，就是要他們在這樣的場合盡自己該盡的責任和義務，做了在這個社會裡該盡的責任和義務是沒什麼值得感恩戴德地歌頌和宣揚的。相反，那些在災難中的受害者才是真正值得關注的。

當然，每個國家都有適合自己國情的方式對待災難，對待自己的國民，我們是社會主義國家，人民是國家的主人，相信我們的政府會善待自己的人民，善待人民是一個政黨的生命源泉。

在紀念四川大地震一周年的這些天裡，看到一臺又一臺歌舞昇平的晚會，一段又一段獻愛心的場面，我總要現實地想一下，反省震災時，我們是不是要想到如果災難再次發生時，還會不會因為人為的關係造成無辜的死亡，是不是應該把愛心放在建設學校中的一磚一瓦上。相信震區很快就能重建，但是生活在最底層的人民的創傷還需要很長的一段時間才能平復。

任重道遠，希望我們的政府能夠借鑑他國有益的經驗，完善自己的制度，早日讓自己的國民豐衣足食，生活安定。

〈日本的年味

在孩子慢慢長大的過程中，年的感覺也起起落落。

最近，回憶常常落腳在小時候過年的那幾天。驚覺，原來，我們的舊曆新年像以往一樣不知不覺地來了。微信裡，接連不斷的祝福提醒我，哦，明天竟是年三十兒了。

今天下午，愛中國菜的日本友人來電話告訴我，合伙訂購的中華食品到了，冒著淅淅瀝瀝的小雨夾雪，在友人家喝了臺灣茶，吃了些精緻的小點心，那時候，居然還沒有意識到明天是年三十兒。把一箱子的東西搬進屋，一件一件細細地看，就像年輕時看新買回來的服裝，這種感覺，也像那些年從國內把自己的藏書運過來，打開時的那種感覺。芹菜水餃，芝麻湯圓，各種辣醬，山東大饅頭等等，其實，每次歡天喜地訂購回來之後，吃的主力已經是家人了，那些被我養成中國胃的親人。在我，吃的味道已經不是很重要了，重要的是從那些載體上勾起的回憶和思

念。

每年的二月，三十年前都要辦年貨。如果趕上周末的年，還和孩子們一起包過餃子呢。不過，明天是星期三，上學的上學上班的上班，日本是不過舊曆新年的，眼下大概只有75歲以上的人還恍惚能記起關於舊曆新年的種種吧。

每當陽曆新年的時候，日本年的氣氛提前一個多月就開始了，到處掛起了紅白兩色主體的喜慶裝飾，到處都是おせち料理，尤其是各個寺廟，神社開始做各種祭祀的準備了，還有清潔公司也到了最忙的季節，而這時候，我總是不由自主地寂寂起來。

小時候，在部隊大院裡，過年是最快樂的日子，院裡的大禮堂的長椅子都搬開，隔斷成一個一個的小環境，像極了現在日本的一家家露店，不同的是，這裡都是一個個非常有意思的帶獎品遊戲，像套圈，釣魚，字謎，甚至還有部隊護士的特技演習，以及一些常識性的問題，那會兒還沒有電視，大院裡的晚會不僅僅是我們院裡老老少少的快樂，更是院外的人眼中的匪夷所思的幸福所在。那些年的記憶雖然模糊了，但細節竟是越來越清晰了起來，大概這清晰裡介入了更多的想像，回憶總是在想像中變得越來越美好。那帥氣的小兵哥哥，嬌媚的護士姐姐，紅紅的掛在雪中的大燈籠，老爸揮毫的貼在大禮堂門口的對聯等等。然後就是凍在雪地裡的餃子，緩在冷水裡的凍梨，甜酸酸的冰糖葫蘆等等，這些個回憶，在我訂購的中華食品那裡，依稀得到了印證。

博奧平日是愛吃中華料理的，但到了新年的時候，他還是喜歡日式吃法的，喜歡那份清淡和精緻，家裡的おせち料理是在一家老店定制的，涼涼的甜甜的不是我吃慣了的味道，而且，每年的「年越蕎麥」和第二天早上的「お雜煮」，他是一定要準備的。就想，博奧的回憶是在這裡找到了載體吧。

日本的年比起中國少了一份世俗的熱鬧，感覺像沒有聲音的一場京劇折子戲。那些熱鬧和生活本身毫不相干似的，就連半夜裡的鐘聲，砰砰的搗米聲，以及紅白歌會的歡騰。這是沒有爆竹來辭舊歲的地方，安靜地或一群群穿戴得厚厚的陌生的人在山頂，或一群群赤身裸體的陌生人在溫泉裡看日出的國度，當那一輪火紅砰然而出時，新的一年就這樣來了。我的年味封存在記憶裡，變得遙遙遠遠親切卻不可觸及。

手機微信來的年，已經開始薄情地泛濫著轉發的千篇一律問候，而我寧願只打出一句新年好。在某種意義上，日本的社會還停留在一個能被我接受的階段，因為它至少還在新年的那天接到一張賀年卡片，而不是一條信息。

年味是這樣的。明天我這裡一切依然，而你那裡鑼鼓喧天的年正在疲憊而過。

〈日本幽怨的走婚

說起「走婚」，我想起來的就是關於那片湖水那個神秘的單純的摩梭族，世界上唯一保持走婚的民族，在中國的雲南。

偶爾的一天，像往常一樣，睡前捧本書，順手抽了一本《枕草子》隨便翻著看，非常喜歡這個叫清少納言的女人一段段的小話，為此，還巴巴地找了來日文版的對著看呢。然後，就出現了一個問題，問了身邊的博奧，就是大吃一驚，原來，在日本平安時代的婚姻方式，居然是通い婚，譯成中文就是走婚。

通常，走婚給我的感覺是男女平等的，甚至母系至上的，至少，在摩梭族的描述裡是給我這樣一個感覺，好像那才是女性自由愛情的天堂。然而，在同樣是母系社會中的日本歷史上的走婚，留下來的文字給我的感覺則是無奈和寂寞。在平安時代的日本，有一本叫《源氏物語》的書，裡面有描寫走婚的部分。說是一般來說男人去女人家裡生活，這期間應該是戀愛的階段吧，不走的時候就住上幾天，可是，男人的心是行走著的，那麼女人就祇能是盼望等待，如果過了很長很長的日子，那個男人不來了，就算是結束了。這樣的關係，如何說得上是平等呢。《枕草子》裡就有很多這樣幽怨的段子，當然也有一些女人突然之間就拒絕那個曾走婚的男人的場面。總之，即使是在那個母系社會裡，這樣的走婚，感覺受傷的還是女人居多。也許是男人的心跟女人的心在感情上是不同的構造吧。

據說，現在在日本的一些人當中非常流行周末婚，對於像我這樣喜歡固守家庭的女人來說，還是覺得不能接受，愛除了歡愉之外還應該有一份責任吧。承擔起自己的愛，尊重對方的愛，共同擔當對孩子的愛。有些東西，僅僅是靠道德約束是不夠的。

清少納言描寫的一個女子盼著她的愛人，在月夜裡，有露水沁濕了她的長衣，然而，晨霧起的時候她的愛人還是沒有來，後來知道，她的愛人去了另一女子的家。「那女子相貌一般的呀，而且，還沒有情趣」這簡單的一句話，就讓人想起張愛玲說：看到你，我就變得很低很低，低到了塵埃裡。女人的愛就是這樣的吧。無論什麼樣的時代，無論是母系氏族的走婚，還是人類進化至今，千變萬化的婚姻形式，女人的感情就是這樣的吧。

過幾天，有一個學者的公開課，是講平安時代的文學，我想這走婚部分一定會有的，明天就去預約一下，這是個很有意思的課題呢。

〈日本有這樣一項法律

今天早上翻報紙，在最後一版的夾縫裡看到這樣的一條消息，說是某某市的一家雜貨店的61歲的女老闆，賣給未成年的學生幾包香煙，所以違反了未成年者吸煙禁止法，警察已經向當地裁判所起訴該女老闆。

在日本的各大小商店裡以及在香煙自動販賣機上，都貼有禁止未成年者吸煙的宣傳單，還有要出示成年證明的證件才能販賣的單子。開始我還以為禁止未成年人吸煙和飲酒的法律可能也是掛羊頭賣狗肉的呢，沒想到實施起來還是比較嚴厲的，尤其是販賣者要負法律責任這一點非常有實際意義。

其實像我們鄉下這樣的地方，孩子們都老老實實安分守己的，你想啊，學校就建在孤零零的一座山坡上或者一片麥田中央，就算是回家的路上也不是翻山越嶺就是穿過麥田，充其量有個24

小時店，但一般的人家還是在半路上就把孩子們接到車上了，吸煙喝酒的犯罪機率很小。不像在城裡，在東京大阪等那樣繁華的大都市裡，稍不留心，孩子就會被誘惑，做家長的也就不能不時時刻刻的提心吊膽了。

這樣算起來，還是很划算的，但是，每天上學塾和學各種小班等等，不得不耗費汽油佔用我的時間，不像居住在城裡，給孩子們一輛自行車，讓他們自己去，就能省心了。但事情就是這樣，有利就有弊嘛，利弊一比較，我倒是喜歡像現在這樣的狀態，等孩子們能夠明辨是非的時候再放飛他們也不遲啊。人生苦短，減少犯錯誤的機率，也就是提高了生活的質量，延長了生命。這也是我們為人父母的該當責任吧。

日本庸醫

前幾天，愛薔的兩個小寶寶病了，像往常一樣，看著不太嚴重的時候，我們都不願意去大醫院，嫌麻煩，一等就是一上午，不像小醫院，一會兒就完事兒，條件還好。通常常去的那家個人診所叫紺野小兒科，一個中年醫生，看起來也算是慈眉善目的，孩子們感冒了，流鼻涕了，去看一看，取一點甜甜的小藥粉，然後吃上幾天，大體上也就會好的。

常言道：老鼠的孩子會打洞。守著做醫生的父母二十幾年，我當然知道，感冒的周期是需要一個星期左右的，吃藥也不過就是減輕身體不舒服的癥狀而已，尤其是在日本，抗生素之類的藥很少用，主要是依靠自身的免疫力來恢復，所以去哪家醫院也就不是很挑剔了。但愛蕾的小孩子，感冒的癥狀消失了之後，就開始在每天下午時分發低燒，但是孩子還是活蹦亂跳像沒事兒一樣的，連續去了幾天那個小兒科，也沒說出個所以然來，愛蕾有點擔心起來，就通過視頻向在中國的老媽請教，老媽做了五十幾年的小兒科醫生，經驗相當豐富，前前後後問了些似乎不搭界的問題，然後說：趕快帶孩子去耳鼻喉科檢查。

愛蕾的小寶寶一個剛剛兩歲，一個是才半歲的小嬰兒。第二天，我陪她去了當地很有名氣的一家醫學博士開的耳鼻喉科專門醫院，果然，和老媽的診斷一樣，是中耳炎，不同的是人家說得更詳細罷了，說是由急性中耳炎轉成了滲出性中耳炎，然後就是開始了針對性治療。愛蕾心痛孩子心痛得不得了，除了譴責自己之外，還恨恨地發誓：再也不去那家小兒科了。那個有點慈眉善目的醫生在愛蕾的眼裡變成了江湖郎中。

其實客觀地講，日本的醫療技術和就醫環境是遠遠超過了我們的想像的，精密的科學醫療器械和完善的服務設施，給這個國家的人民著實減輕了疾病帶來的痛苦，延長了生命的期限。但這一切並不能代表每一個醫生都是能妙手回春的，人口的減少，使得很多醫生的臨床經驗是和我們國家的醫生無法相比的，尤其是開業醫生。像那個紺野小兒科醫生，顯然是經驗不足導致的誤診。我情願相信是這樣。換一種壞心眼兒的想法，雖然在這個城市裡，小孩子到上小學之前看病就醫都是免費的，但這些錢都是由當地政府部門來補給各醫療設施的，所以，在少子化日益嚴重的情況下，沒有患者也成了一個不可忽視的現象，要是醫生在無關緊要的情況下拖延孩子的病情，求得多來就診幾次的話，也不是沒有可能的吧。不管怎麼說，愛蕾是絕對不去那個小兒科了，而且還告誡我和她所認識的友人們。

據此，我得出個經驗，無關痛癢的病倒也罷了，但凡略見異常，一定要去醫療設備完善的大醫院就診，那樣才能萬無一失的。

事後把此事說給老媽聽，老媽當然是得意的了。得意歸得意，但過了冬天我們還是決定接老媽來日本做白內障手術，因為據說在國內做白內障手術後的復發率極大，而在日本，我的學生的八十歲老母做完白內障手術兩年之久還沒有復發呢。

日本將棋

雖然是三連休，學塾和小班卻是不休的，何況一個月前就報名了專業日本棋士的講習會。早上，拉開窗簾，哇，少見的三月雪呀，居然白茫茫的一片，我那些美麗的花花草草呀，能耐得住這早春少見的凜冽嗎？急急忙忙披了衣服出去，還好，氣溫已不是真冬的那種寒冷了，隨著陽光漸漸晴朗，雪也漸次融化了，畢竟是春的節氣了。在這個列島上，高知縣的櫻前線消息已經是天天朗報了。

博奧這幾天因為天天跑高速去東京，開車的任務自然就是我了，從我家到那座城市的一個公民館，需要二十幾分鐘，可是這是怎樣的二十幾分鐘的路程呀，遠遠的一帶雪山，隱約的綠意，路邊早放的水仙，以及誰家庭院突兀的一隻紅梅。博奧不住地提醒我：小心，集中開車，不要亂看。

公民館就在卡茲學棋的教室旁邊，是一個區公民館，不算很大，但設備齊全，去年，卡茲在這裡參加了縣南小學生日本將棋大會，名列第四名，把他遺憾的呢。日本將棋的遊戲規則很有意思，說是世界上唯一的能夠把吃掉的對手的駒變成自己的駒使用的規則，所以呀，棋盤上下到最後，四十枚的駒可以一直使用。

卡茲在學校的畢業校報上寫著，將來想做一名專業棋士，那天在為畢業紀念冊選寫真的時候，擔任小松先生還讚揚說卡茲的志向很遠大呢。因為他們班的男生有很多都想做個大工（木匠）呢，做大工也不是不好，主要是人家都是家傳手藝，我們哪裡有什麼家傳呢，就只好讓他自己考慮了。但是這個做棋士的理想實在是太遙遠了，要知道日本這個國家的人口大約只有一億兩千多萬，而專業棋士（男性）只有一百六十人，那比例比考律師還難呢。

但有夢想總是好的。至少，還有一個能堅持一生的自己喜歡的事情。我和博奧都這樣認為。

這次請來了兩位專業棋士，男性是島朗九段，女性是中井六段。我不懂日本將棋，但是我卻很喜歡日本將棋棋士的風範，那到位的禮儀和安詳的舉止，說到這裡，還想起了日本的空手道，雖然是行武之術，但那種上品的禮儀也是入門後的必修之課，雖然都是打打殺殺，我更喜歡的就是在武力當中的這樣的一種大家風範，就像那部香港電影《葉問》，寫的是廣東詠春拳大師的在戰亂時期的事兒。扯遠了。

因為沒有帶便當，在第一次休息的時候，我和博奧就溜出去到附近的7店去買便當和茶。博奧堅持要買一盒炸麵包圈給孩子，讓我很不理解，他解釋說：吃點甜食能促進大腦活泛。嗯？我還是疑惑。

吃完便當，卡茲要和博奧對弈，博奧堅持不來，哈哈，我當然知道了，那還是卡茲上日本將棋教室半年後的一天，博奧蠻有興致地答應了和卡茲對弈，一盤棋下了很久，最後博奧贏了，可是卡茲卻一臉得意，忍不住悄悄對我說：老爸動了真格，我故意輸給他了。博奧就再也不肯和卡茲對弈了，其實，博奧就是覺得老爸的形象受到了挫折，嗨，有什麼呢，人家卡茲是縣南第四名呀。男人還是小心眼。

下午，最精彩的是一位棋士同時和五位學員對弈。

而卡茲最高興的就是和島朗九段對弈的五個選手之中，他是最後敗陣的一個。卡奧理呢，也算是不錯的，出招連連能得到讚賞，其實，她不見得對日本將棋有多大的興趣，只不過是跟著卡茲濫竽充數吧。

結束之後，卡茲滿臉的興奮，好像更堅定了自己要拼進那一百六十位專業棋士之間，我和博奧除了支持還能做什麼呢。

回家的路上，去園藝店買了些花花草草，孩子的事情要支持，自己的日子也要豐豐富富呀，不然等卡茲真的成了專業棋士的時候，我不就會因為他們離開了我的羽翼而無所適從嗎，加油吧，春天的好日子。

日本拉麵

在日本，到處都有的飯店就是拉麵和壽司店，日本人通常過一段時間就一定要到拉麵店裡去吃上一碗熱騰騰的拉麵，那種拉麵的味道大體上也不過就是三種，一種醬油味道的，一種味噌味道的，還有鹽味的，就是我們北方人說的醬，用大豆發酵之後加工出來的調味料。不知道你有沒有看過《鐵道銀河999》那本小說，那個主人公鐵郎，在大雪紛飛的夜裡吃上一碗熱騰騰的拉麵，那場面和感覺，在來到日本之後才深切地體會，現在想起來，還是覺得有一點點的遺憾，因為譯者把「拉麵」翻譯作了「麵條」事實上，在我的體會裡，拉麵和我們吃的麵條實在是不一樣的。

日本人的拉麵做得非常精緻，各個地方有各個地方不同於其它地方的特色，比較來說我還是喜歡味道濃厚的那種。好友馬莉來日本旅行的時候，我每次都要帶她去吃吃拉麵，馬莉每次都總結說：嗯，日本人平時是嘴裡淡出鳥來了，所以纔有這樣用大肥肉熬制出來的濃湯。可不是嘛，日本人的飲食習慣很是清淡的，像我們北方人的那種煎炒烹炸在一般的家庭裡少之又少的，日本女人大概不喜歡爆鍋，就算是炒出來的菜也像是水煮的一樣，以我的經驗，我估計她們是不喜歡把自己的廚房弄得油漬漬的吧。現在大多數日本的廚房和飯廳客廳是一體的，就是那種對面式廚房，好看是好看，方便也夠方便，就是不適宜做中華料理，你要是用蔥姜蒜往大勺裡那麼一爆，呵，滿屋子的味道能繞樑三日不絕。

日本的家庭主婦們，很講究的就是醃菜和大醬湯的味道，得意一點的女人，都能做一手很好吃的「煮物」——就是用各種根菜和凍豆腐，蒟蒻也就是魔芋什麼的煮出來的，那東西煮出來一大鍋，能保存很長時間，而且，涼吃熱吃都行，很省事兒。日本人在自己家裡吃飯的時候通常都簡單得很，實際上，在外面吃飯的時候也不是很複雜的，像我們那樣把吃飯當作一項鄭重其事的大事來做的情況很少見，所以，在一起去吃午飯的情況下，通常也不過是一人要一份飯而已，不管怎樣紅火的拉麵店，裡面有的也只是米飯和煎餃子，通常日本人是把餃子當菜吃的。對我們北方人把餃子當主食，他們無論如何是想不通的。

我家那三個人，隔三差五就要張羅去吃拉麵，通常，星期六的晚上孩子們要去空手道教室訓練，那個星期六，為了吃拉麵，我們提前出門，一路上一直在爭議去哪家拉麵店。我主張節約，去吃全國連鎖的中華そば「幸樂苑」。據說在經濟蕭條的當今，他家的營業額是直線上升，就是價格便宜，298日圓加上稅金是一碗麵304日圓，而通常拉麵店的價格是700日圓上下一碗麵，再好一點的就是上千塊日圓了，當然，隨著價格的定位味道也就不一樣了，但我覺得「幸樂苑」還算是又好吃又便宜的，但博奧和孩子們不認同我的節約理念，他們一致要求去那家叫「三寶亭」的拉麵店，那裡麵好吃，環境好，典型的日本式裝修，餐具也漂亮，全是獨自燒製的日式陶器，可是那裡的一碗麵是兩碗半的價，我這個當主婦的能不算計嘛，但是終以寡不敵眾，去了那家三寶亭店。吃完麵，又吃了三個冰淇淋，那家的自製冰淇淋實在是太好吃了，像我這樣不愛甜味的女人，也總是抵不過他那獨特的美味，博奧不吃冰淇淋，倒不是因為我說過自己不喜歡吃甜食的男人，而他是個典型的肉食動物，誰見過一隻老虎吃蛋糕和冰淇淋呢。

付賬的時候，我還是有點心痛，要了收據，對博奧說：「拿到公司裡報銷，就算是你請三個職員吃加班飯。」

〈這夜〉

又是一個年三十夜，十幾年啦，這個夜晚的意義已經越來越淡薄，這個日子的熱鬧也越來越遙遠，想是時間真的能沖淡一切。

日本是早已就不過舊曆新年的了，總是很羨慕那些來留學的和來打工的，甚至羨慕那些拖家帶口來日本的殘留孤兒一世二世，因為他們依然是生活在中國圈子裡，說中國話吃中國菜按著中國的行為方式處世為人，環境對他們來說就像是出了一趟遠門，一切只是新鮮，好與壞終將和自己無關。而對我這樣在這裡生兒育女創家立業的人來說，這趟遠門就必將是個終點，除非喜歡「在路上」那種生活方式，而在我，做了媽媽之後，家比什麼變得都重要了起來。

每年元旦一過，老母就不斷地用各種方式提醒我舊曆新年的日子，而年三十夜給家裡打電話也成了一種習慣，好像這一天的祝福都能兌現一樣。買下這棟別墅的時候，也安裝了很大的衛星天線，可以與國內同步接收40多個頻道。送傳閱板來的歐巴桑總是說：阿孜薩家有一個好大好大的衛星鍋呀。其實每天上午如果不出去的話，我幾乎都是打開戲曲頻道，邊工作邊聽京劇，有了熟悉的段子就權當休息，邊喝茶邊看。等年三十的晚上，看春晚也成了我的一項任務，老母在電腦的那邊不斷地和我確認進行的節目，還要確認我是不是也吃餃子了等等，若是平日的話，孩子們給姥姥拜完年就得睡覺了，明天還有課要上呢。博奧倒是歪在沙發上陪我一陣子，但我這邊兒看著春晚，那邊兒還得和老母聊天，哪裡顧得上他，沒一會兒，他就抱歉地回到臥室，看日本的節目去了。我呢，也挺不了那麼久，裹上毛毯，就在沙發上迷迷糊糊起來，等到新年鐘聲響起來的時候，老母就喊我去給家人煮餃子。告訴她都睡了。老母還是執著地要我給自己煮幾個餃子吃。

今年的年三十夜正好趕上是星期六，愛薔一家又回國過春節去了，還以為能有時間邊上網邊包點餃子呢，上完鋼琴課後，買了肉餡，忽然想起晚上還有空手道道場，只好把預定吃餃子改成了吃漢堡肉餡餅，卡奧理和我又是切圓蔥又是打雞蛋，再放上一大勺麵包渣，中國的餃子肉餡變成了洋風的漢堡肉餅，但把它煎熟則是博奧的事兒，他在說英語的國家生活過十幾年呢，這些東西做的也比較地道，看他又是要紅酒又是要番茄醬什麼的，弄了一大堆調料，然後，還興致勃勃地給我們做了熱狗和比薩餅，博奧說：今天是中國的新年，來來，祝媽媽新年快樂。酒是不能喝的了，就喝了可樂，吃了一頓洋式年夜飯。說實話，博奧的比薩餅做的真是好吃，奶酪烤得恰到好處，一口下去，奶酪的絲能拉得長長的。

原本以為從空手道回來能看看春晚，打開衛星放送才想起來，幾天前的那場大風雪，把大鍋的位置給改變了，接收不到信號，原本應該很沮喪，可是不知為什麼，心裡倒像是卸下了一份擔子一樣，有理由不等在電視前了。

照例，老母在電腦的那邊又開始和我確認節目，我說：不行了，電視天線壞了，看不了。說的理直氣壯。愛蕾討厭地把臉伸到鏡頭前說：在網上看呀。我沒好氣地說：網速太慢，沒法看。因為有愛蕾一家在老母身邊熱鬧，我也就輕鬆起來，然後早早地給老母那邊拜了年，收了線。泡上個熱水澡，舒舒服服地躺在床上看星期日劇場裡的好萊塢動作片。

這個夜晚因為生活環境的改變已經不再是從前，日本有句諺語：哪兒住久了都是故鄉。時間真的能改變很多，從味覺到世界觀，即便是這樣，有些東西也是無法改變的。即便我不再看春晚，不再包餃子，甚至忘記舊曆年的日子，但有些東西依然無法改變，譬如當中國和日本排球比賽時，卡茲問我：媽媽你給誰加油？我毫不猶豫地說：當然是給中國加油了。你呢？我反問他，他想了一下說：沒有日本的時候，我肯定給中國加油。

這就是難以改變的東西。終其一生也無法改變的感情。也因為有了這一絲絲縷縷的牽掛，我們這些海外華人怎麼能不期望中國美好起來呢。

白田太太的失落

白田太太跟我學了五年的中文了，前幾天上課的時候她給我寫了一封信，大致的內容是她每天的生活安排，在她的信裡我知道為了鍛煉身體她每個星期要去學一次舞蹈——吉普賽舞，為了鍛煉大腦她堅持學習中文，有點閒空的時候就做毛線活兒。白田太太的母親患有老年性癡呆症，雖然一個星期裡能有一兩天送到介護中心幫忙照料，但是和一般的家庭主婦比較起來，還是夠累贅的，但她總是滿臉像陽光一樣燦爛明朗，她有效地安排時間，生活得有滋有味，並沒有因為外在的原因影響她的生活質量。雖然說起來她是我的學生，但是我們更是好朋友，除了學習以外，我也喜歡有時間去她家裡坐坐。

白田太太是喜歡中國的，在她還沒學中文的時候就去中國旅行過，去年她和學中文的幾個朋友又去中國玩了一趟，回來之後非常快樂地給我講在中國的種種小插曲和感受。白田太太去的是上海及其周邊的城市，她非常驚嘆上海這些年來的變化。白田太太去中國旅遊的時候不是跟旅行社走的那種，所以可以有時間按照自己的興趣各處閒逛，這一間逛便逛出了她的感慨。

那天上課的時候，白田太太用中文說：我去過的中國的城市都很大很漂亮，有很多很多的新建的高樓，還有很多熱熱鬧鬧的商店等等，但是不知道為什麼，走在街道上，總覺得少了點什麼。白田太太表示是一種很失落的感覺，一種讓她覺得有些落寞的感覺。白田太太的感覺得到很多人的認同，他們就問我生活在日本這麼多年了，每次回中國的時候有沒有這樣的感覺。

是啊，在日本，無論怎樣的城市規劃建設，一條街道上百年的老鋪老房都能按房主的意願留得下來，所以在高樓比肩林立的空隙裡，常常就能看到一棟古老的建築圍繞在綠蔭之間，每個城市都有自己的步行者天堂——商店街，有的地方的商店街是禁止汽車通行的，那種地方大多是在日本還沒普及汽車時的一座城市的中心繁華區，街道很狹窄，小小的店鋪和住戶一個一個緊緊相連，在狹窄的空隙裡，人們也沒忘記種上花花草草。走在這樣的地方，給人一種非常溫情的感覺，像是走在一座城市演變的故事裡。我們都知道日本的歷史沒有像我們的那樣源遠流長，就像白田太太被靈隱寺被西湖被沈園感動過，但走出觀光地，她就有莫名的失落感，是不是我們的歷史淵源都只被保留在觀光地和景點裡了呢，而在我們的身邊那種人文的歷史環境正一點點地被消滅掉了呢。其實一座老房子一條老街道不一定會給我們的日子帶來什麼樣明顯的改變，但她卻會不知不覺地滋養你的身心。

歷史這東西，不只是寫在書裡和保留在景點以及深山古剎裡的，她應該就在我們的身邊，在一棟房子一條街道一面牆一棵樹上，這樣才能不知不覺當中把這種無言的文化滲入到我們的骨血之中。我想對於正在建設中的我們的家園，說這些也許還來得及吧。

微妙樸素的味覺人生

前幾天的一大清早，剛送走孩子們，博奧就把帽子扣在頭上：快走，帶你去一個好地方。我就那樣蓬頭垢面地上了他的車，問他去哪兒？博奧只是神秘地笑不作答。我也就不問，去看車窗外淋淋的細雨。很快，到了地方。咦！這不是常常帶孩子們來玩的遊園地附近嘛。每次帶孩子們來公園玩的時候還疑惑這些寬大的廠房一樣的地方到底是幹什麼的呢。

博奧把車停在海鮮部的駐車場，原來這裡是縣內屈指可數的一家生鮮批發大市場，據說在每天淩晨兩三點鐘就開始工作了，我們到達的時候已經是七點半了，市場已進入了收攤狀態。滿大廳裡彌漫的是鮮魚的腥味，這裡的日本男人少了以往給我留下得小心翼翼彬彬有禮的印象，他們像中國的東北大漢那樣大聲粗氣地喊話，善意地和客人們打招呼開玩笑。要不是入耳的是日語，我還以為是在中國北方的某個大市場呢。

博奧急忙急火地買了一箱明太魚子，個個有手掌那樣大小，顏色豔豔的。我在國內的時候吃過明太魚，但沒聽說過吃明太魚子的，來到日本以後倒是吃過幾次，但都被我烤得焦焦的，也沒覺得有什麼特別的好吃。

驅車回家，博奧連圍裙都來不及帶，一頭紮到廚房，開始烤明太魚子，我坐在餐桌邊，慢慢地喝著茶，有一搭沒一搭地聽博奧講烤明太魚子的技巧，沒一會兒，外焦裡生的明太魚子被切成薄片裝盤端上來，博奧順手還盛了一碗早上剛剛蒸好的白米飯，按照博奧的指示，我把一片烤得外層魚子黃白裡面魚子深粉生鮮的明太魚子放在熱騰騰的白米飯上，一起送入口中，呵！香！按博奧的說法這就是幸福的味道。雖然剛剛吃過早飯，我和博奧還是像兩個貪嘴的小孩子，你一口我一口地吃完了一碗飯和兩條明太魚子。博奧心滿意足地在椅子上放鬆了自己的身體。

來日本十多年了，想起初來乍到的時候，鄉愁裡最多的就是懷念家鄉的味道，道口燒雞，醬牛肉，紅燒排骨，爆炒肥腸等等，想起來就恨不得打個飛機回去打吃一頓。那時候還年輕，喜歡的日子就像喜歡的味覺一樣，濃厚而熱烈，對於上了年紀的人能夠一碗稀飯一把青菜的日子總是難以理解，然而，遠嫁日本的日子，就像是每天稀飯青菜一樣的平淡，吃慣了大魚大肉的人很難能一下子適應呢，那時候我的嘴還吃不出各種生魚片的不同香味，我的心還無法接受平淡如水的生活。然而，時間會調整一切，多少年過去了，我已經能夠品嚐出各種各樣生魚片的味道，並且能夠體會出那種食物最原始的美味，我更能夠知道在平淡的日子裡感受到生活的一點一滴的美好。我覺得很欣慰，在還沒上了年紀的時候就能體會最本質的生活。

說起來你也許不相信，味覺的養成真的是很能影響一個人的人生觀的，就我個人的經驗是這樣的，我現在偶爾也想吃吃味道濃烈的東西，但只是偶爾罷了，就像我的生活態度，居於鄉下，養花種草，悠閒自得。

〈不要把手借給孩子

從星期六開始，日本日曆上塗的是紅日子，雖然是三連休，但是對我來說，最忙的還是星期六，這一天裡，孩子們12點就得出門，晚上九點才能結束最後一項小班，整個一下午就是在各個小班裡轉，好在還有吃晚飯的時間，這是我和孩子們一天裡最高興的時光，無論多遠博奧也在這個時間裡趕到約好的飯店，全家在溫馨環境裡享受一下天倫之樂，剩下的兩天，本打算一家四口計劃一下去什麼地方玩玩，可是博奧突然安排了工作，妹妹又強烈請求我帶孩子去她家，只好在星期天的中午時分，我帶著卡茲和卡奧理去了妹妹家。

幾個孩子在一起當然玩得很快活，我和妹妹邊做些好吃的邊聊天，大半天也很快就過去了。

那天晚上，博奧也趕來了，妹妹用一個挖掉籽兒的大南瓜，裡面放入牛奶和奶酪等等作了一個洋風料理，很好吃，以至於蒸的那鍋紅豆江米飯都沒人吃了，大約在晚上八點之後，一家四口準備回家，一般來說，卡茲是要坐爸爸的車的，可是偏巧，博奧的車裡放了亂七八糟的東西，他就讓卡茲上了我的車，快到家的時候，卡茲連說幾聲不舒服就哇地吐了，可憐我開不到兩年的本田，一下子臭氣燻天，卡奧理在助手席上捂著鼻子直作嘔吐狀，好在天黑沒有警察，我一腳油門飛到家門口。

邊下車我邊火冒三丈地訓斥卡茲，說：「知道自己要吐的時候，為什麼不要求停車？為什麼不打開窗戶吐到外面去？」雖然很晚了，但我還是堅持讓卡茲和我們一起把車子裡的穢物地收拾乾淨，我對兒子說：「誰都有身體不舒服，誰都有嘔吐的時候，但是無論怎樣，自己都應該最大限度地忍耐，爭取不給別人添麻煩的。今天讓你堅持著和媽媽爸爸一起收拾，就是要你知道，以前這些很辛苦的事都是有爸爸媽媽來替你做的，從現在開始，你要對自己行為的後果負責任。」收拾完之後，兒子和博奧一起泡了個熱水澡，博奧用男人的方式和兒子又進行了交流。

洗完澡，卡茲很快就睡去了，我像往常一樣，悄悄地去看看熟睡當中的孩子們，給他們蓋好踢掉的被子，兒子酣睡中的小臉，又像是回到了小嬰兒時的模樣，我的心裡一陣絲絲地疼痛，今天的事兒是不是我對孩子有點太苛刻了？畢竟他還是個十歲的孩子啊。

其實做父母的，尤其是做母親的，總是百般地愛護自己的孩子，替他們做各種各樣的事情，可是，孩子終有一天要長大，要自己面對這個世界，要自己做各種各樣的事情，如果能夠在孩子們小的時候就養成自己動手的習慣，將來人生中的一些瑣事也許就沒有那樣艱難和棘手了。我小的時候就是從來沒做過家務什麼的，母親的想法是：女兒長大了，成了人家媳婦的時候，要背負一生的家務呢，趁著做女兒的時候，一定要讓她們輕輕鬆鬆地玩個夠。這樣的母親手下長大的我和愛薔，對家務真真是一竅不通，等做了人家的媳婦時，等自己做了媽媽時，那棘手的生活中的瑣事給原本應該很快樂的日子增加了很大的負擔和無奈，母親的愛在這個時候變成了絲絲的流毒。基於此，我總是在理論上覺得應該從小讓孩子們養成自己動手的良好生活習慣，但這種事兒說起來容易做起來難啊，其實做媽媽的有的時候什麼都自己動手，有的時候也有一定的和愛無關的成分在裡面，就拿我來說吧，當然是我的切身體驗，有的時候，孩子動手幹完的家事，自己還得從頭再來，讓他們做真的就是個鍛煉，之後我再做的時候還是一樣麻煩，就像是一樣事費了兩邊勁兒一樣，所以有的時候我寧可自己做還省事兒些。

但是，想想要給孩子們的將來，就要從現在的一點一點做起。

誰讓我們選擇做他們的媽媽呢。

〈福袋

新年的日本，搶購福袋也是一項非常有意思的事兒，個個商家處心積慮地吸引買者，而像我這樣的消費者們也是憋足了勁兒要大肆搶購一番的。

福袋，很有意思的，裡面有什麼東西你是不清楚地，它只告訴你尺寸，然後你知道的就只是——這裡面是價值十萬日圓的東西，但作為福袋，只賣一萬日圓，在一月一日那一天，只限定發賣三十袋，當然各個商家不同，福袋也各異，通常這個時候，買名牌，買珠寶和家電是最合適的，但據說好多的家庭主婦都去搶購食品，譬如，北海道產的大螃蟹，平時一隻就要好幾萬塊錢，作為福袋的話，一大盒裡面兩隻大個螃蟹，才要一萬塊錢，當然，限定的也就是發賣十盒。這樣的福袋通常在開店的十幾分鐘內就宣告賣完，於是，即使是溫文有禮的日本國民，那一時刻也是出現瘋搶的場面。今年在東京的三大家百貨店排隊的行列是1萬6千人，很多人是頭一天的晚上就來排隊了，為了得到一張整理券。

去年我就早早地去排隊，買過名牌首飾，今年本來打算去買個攜帶用DVD機，但是家裡的意見以民主表決，三比一，只好大年初一去泡了一天溫泉了。

但是，今年的福袋好像沒有往年賣得那樣紅火，說是去逛商店的人數比往年多了百分之五，但是購買量卻比往年減少了百分之五。經濟危機人人自危啊，我今年沒有刻意去買福袋，這樣的經濟動亂之年，得有備無患才行吶。

味覺上的幸福——福島的米

哪裡的秋天都是一樣的美，就算是荒山禿嶺，偶爾石邊的那一株倔強的植物，也會昭示這季節不可抗拒的變化。美，便在這輪迴裡遂季而生。

有陽光的早晨，納納四肢懶懶地躺在草坪上，喪失了獵犬的警惕性。已有微微的露珠在陽光下一閃一閃的，就算不看那一片片的稻浪，秋天的涼爽也在早晚間漸次侵入，這微涼的感覺正是我愛戀的。

福島的秋天，來了。

閨蜜莉攜子來的那年秋天，也是這樣的金黃稻田。莉是城裡人，這樣大片的金黃自然是少見多怪了，衝進去左一張右一張，還大聲嚷嚷：麥浪金黃啊。不笑她的，初來這裡時的我，也曾經這樣麥稻不分呢。

日本的福島是一個農業大省，而這裡的水稻，在全國「最佳味米」評選中有四個特A（最上位）兩個A（第二位）而且，都有一個非常美麗的名字，像會津特A的一個叫コシヒカリ的大米，直譯過來是「越輝米」，它名字的淵源和最初的栽培相關，1944年在新潟開始實驗栽培，1946年轉至福井縣繼續直至成功，在古代，福井縣和新潟縣聯合的那一帶被稱為越國，所以，取名為「越の國に光輝く米」，這句譯過來是「越地出產的晶瑩的米」很直白吧，據說很多的24小時店裡的飯糰和便當都用的是這種米。

而我家這一帶的米則叫做「天のつぶ」是福島的農家用了十五年的歲月開發研制出來的稀少品種，這裡的人說這米是：上天的恩惠。我家今年從會津的米換到了「天的恩惠」。一打開鍋蓋，滿廚房都是米的香味，尤其是新米下來時的第一頓，那欣喜跟兒時過節似的，我這一介俗人，是難以修煉到「不以物喜」的境界了。

每到這時節，總是要在路邊停下來，靜靜地坐一會兒，成熟的稻子也是芬芳的，細看起來，美是低調卻充實的。

當地的福島農家喜歡在田間地頭種「彼岸花」也被叫做「曼珠沙華」，稻田金黃時，正值此花紅豔如火，附帶上遠山依然蔥翠，那景色自是迷人。我原本喜歡秋季是文字上的悲秋蒼涼以及漸次逝去的感傷，而這裡的秋天改變了我的悲秋，這豐盈的滿足的鮮豔的喜悅的感覺，就讓人覺得一年的植物這一生一世活的有多自在多美好。那時節，我就常常癡想，若有來生，我願意做一株稻穀，從青青到金黃再到那晶瑩剔透的散發米香的一粒。

美好的秋天，是能夠讓我這樣的人滋生出無限胡思亂想的，而我的幸福就在第一口新米裡慢慢咀嚼了一個冬天，直到第一朵不知名的小花在積雪的向陽處開放，才會被春天的喜悅遮滅，直到下一個金黃的來臨，簡單的幸福就是這樣輪迴著。

話說日本的居酒屋

博奧去居酒屋之前，總是裝出一副不情不願的樣子說：我真是不想去呀，但是因為是工作不得不去呀。博奧是戲言，其實他一個月總是得有一兩次和朋友去那種地方玩的，通常喝得盡興的時候是真的和朋友一起很開心的，但也有大半夜下來依然清醒的時候倒真的是工作上的應酬了。

我和博奧有個不成文的約定，無論在外面喝酒到多晚也要回家，而且如果不是有特殊的情況，我是堅持去接他的。有一次和博奧的朋友的太太喝茶，說起這話的時候，那個太太表示：我相信老公應該不會背叛我的，就算是有了什麼出軌行為，也不會影響我們的家庭。我沒有日本太太那樣大度，我不喜歡有別的女人分享我的博奧。奇怪的是，我這樣的堅持，竟使博奧在朋友面前很有面子，而我在他的那些朋友裡面也變得很人氣，常常，我去接博奧的時候，總是被他的那些朋友們邀請到居酒屋，因為不能喝酒，所以總是要唱唱歌喝喝茶聊聊天然後才算結束。慢慢地我對日本的居酒屋有了一點點地瞭解。

說起來，居酒屋就是喝酒的地方統稱，日式的叫法是「居酒屋」，洋風的叫「酒吧」，還有一種叫「斯納庫」的，斯納庫是英語的日式發音，是快餐食堂的意思。這些地方都是晚上開始營業的，是日本男人的一道風景線。男人們呼朋喚友，先去正經的飯店吃飯，當然就是要喝的，但真正開始喝酒的時候卻是在從飯店出來之後，男人們按照自己的喜好選擇酒吧居酒屋，通常一個晚上要喝兩三家或者更多家，這也叫喝花酒。你可以想像一大幫男人，醉醺醺的從這家出來又進另一家的場面，很有意思的。而日本的居酒屋都是很集中的，像在我們這座城市裡，大體上都集中在車站附近。

沒結婚之前，博奧常帶我去的是日式的居酒屋，這樣的地方是我比較喜歡的，也是國內的朋友來日本旅行的時候一定要帶去觀光的地方。居酒屋都很小，一兩張小桌子或者只是一圈吧臺，一間小小的帶香味的衛生間兼洗手間，媽媽桑也大都是半老徐娘，間或有打下手的那個歐吉桑大都是她的老公，常客們在媽媽桑背後的酒櫃上都存放有自己的一瓶，不論客人有多長的時間沒有

露面，媽媽桑的招呼總是打得叫你覺得自己的到來對這家小店來說是多麼的重要，通常這樣的居酒屋的媽媽桑都能有自己的拿手料理，當然煎炒烹炸是沒有的，那裡的料理是很日本或者說是很以前的日本式的，有煮物及各種小菜，還有小小的炭火燒烤，博奧帶我常去的那家就有很好吃的烤脆骨丸子，在日本的飯店裡吃不到的料理，在日本超市裡買不到的內臟之類的東西，在這樣的小小居酒屋裡都能吃得到。這裡的酒貴得不合理，但在夜裡依然紅紅火火，倒不是說日本人怎麼有錢，而是這裡的氣氛讓人覺得非常的溫馨和輕鬆，半老的徐娘在溫和的燈光下依然很動人，鄰座的人很快就能搭上話，在日本這個競爭激烈，等級分明，人情淡漠的社會裡，這裡就像是一個小小的世外桃源，可以任你胡說八道，任你痛哭流涕，而不需要顧及什麼。而通常的賣點就是這個能說會道的媽媽桑，記得我第一次去那家小居酒屋的時候，媽媽桑就看似不經意地說了句：十幾年來，小島君從來是不帶女朋友來的啊。你瞧，這是一句多麼動人的話，她輕描淡寫地討好了我們兩個人。日本這樣的居酒屋地位穩定，人氣不減。

單身的時候，和朋友常去的是洋風的酒吧，這樣的地方不是很集中，通常在市中心地帶，裝飾也都比較有品位，酒吧裡也通常擺有鋼琴，而調酒的也以男性為多，我去的那家的馬斯達就是一個會拉小提琴的帥氣的小伙子，在這裡除了喝酒者外，還能聽到各種演奏，就連酒吧裡的背景音樂也是精挑細選出來的，頗能代表這家店主的修養。當然，這裡的酒和水果之類的也是貴得離譜。一些文學青年呀，音樂青年什麼的也常常在這裡聚會或做小型的出演。有一天，那個馬斯達特意找到一張《梁祝》的小提琴協奏曲來給我聽，在那個風雪交加的夜晚，讓我這個異鄉異客感到陣陣溫暖。

結婚之後在半夜裡開車去接博奧的地方，大都是那種斯納庫，要說這斯納庫也蠻有意思的，博奧說以前他和朋友們去的大都是日本女孩子多的店，最近幾年，博奧的一些朋友有在中國辦公司開工廠的，有常常去中國旅行的，所以中國小姐開的店就非常受他們歡迎，也就是說，外國人開的斯納庫或者是有外國人做小姐的店就變得很人氣了，像在我們這座城市裡，就有菲律賓小姐的店，有泰國小姐的店，還有俄羅斯小姐的店，當然，中國小姐的店是最多的。一般來說，女人是不光顧這樣的店的，尤其是太太們，眼不見心不煩嘛。尤其是老公也絕對不會把自己的太太帶到這樣的地方來的，那店裡大都是些年輕貌美的女人們，親親熱熱說說笑笑的，女人們都是柔情似水的樣子，把剝好的橘子送到男人的嘴裡，把酒端到男人的手邊，軟香溫玉的感覺可是在家裡享受不到的，尤其是在這個地方，男人都被侍候的以為天下自己是老大，連五六十歲的人都會覺得自己是個魅力十足的帥小伙。我第一次去一家中國小姐開的店時，心裡有一種說不出來的滋味，身邊坐著的女孩子剛剛十七歲，磕磕巴巴的日語和一張濃妝豔抹的臉蛋。她叫我大姐，一問起來，她的媽媽和我也是不相上下的，如果我高中畢業就結婚生小孩子的話，我的女兒大概也就是這個年齡呢。這個斯納庫的媽媽桑是個年輕的東北女人，她說我是第一個到這裡來接老公的女人——還是個中國女人。她笑著叫我放心，她說你不用叫他回家跪洗衣板，日本男人的錢很好賺的，不像中國的男人，花了點臭錢就想佔便宜，日本男人很文明很規矩的，我們的小姐要是稍稍活潑一點的話，他們倒先不好意思起來了。媽媽桑說這話的時候很是得意，看在老鄉的面上，她叫小姐給我拿瓜子兒來吃，對我的問話也不迴避，倒是個爽快的東北女人。也就是從她那裡我知道，這樣的斯納庫是不做黃的，要是有客人和小姐有意的話，也不可能在工作期間出店，但是在別的時間裡怎麼樣就是小姐個人的自由了。「所以啊，有人緣的小姐手裡會有上百個客人的手機號碼，一旦翅膀硬了，小姐就自己開店去了，所以這裡的小姐們都是過客，我自己也不知道到底能幹上多長時間，反正多賺一天是一天嘛。」

後來半夜裡再去接博奧的話，我先問好在哪家店裡，要是中國人的店，我就在車裡等著，然後和博奧及他的朋友們一起去吃上一碗熱熱的拉麵再回家。問過博奧，這樣的地方去消遣，誰也不是柳下惠，難道就沒有外遇嗎。博奧說消遣的方式不同的，在日本花錢買性愛和找性伙伴不是一件困難的事，也不是一件見不得人的事，但是做什麼都有一定的規矩要遵守，譬如我有一個朋友，和一個斯納庫的小姐上了床之後，就很少再去她的店裡捧場了，他覺得氣氛變得很微妙，感覺在那個和她有性關係的女人面前很緊張，所以就連普通的客人也做不長了。

我不知道男人的心理，也無法理解那樣環境下的女人的心理。還是不要枉加評論了吧。

博奧一回中國度假的時候就嚷嚷要去看看中國的居酒屋，他一定要看看中國男人是怎樣喝酒消遣的，我說中國有酒吧是洋式的，還有日式的和日本的一模一樣。他去過了覺得沒有特色，他要看中國男人的消遣方式，於是連吃帶喝帶唱鬧到半夜，然後就去洗澡和按摩等等。博奧體驗之後覺得亂糟糟的很累，而且，博奧說：按摩很可怕。博奧是堅決拒絕按摩的人，因為去泰國旅行的時候，他差點被泰式按摩踩斷了肋骨。記得那次回日本之前，博奧一本正經地叫我把他的意思傳達給我的好友的老公——如果來日本旅行的話，我一定帶你去體驗體驗日本男人消遣的地方。

其實日本國家雖小，但是這種遍佈各地的居酒屋酒吧也各具地方特色，我所說的知道的不過就是我居住的這個城市的風俗罷了，絕對代表不了日本居酒屋的全部。如果有機會你能自己來體驗體驗這道日本男人的風景線，我和我家博奧願意給你當嚮導，當然，錢由你出啦。

做一個冷靜的媽媽

照常，星期三是上學塾的，因為放學晚，半路上接了孩子直接就送去了，因為學塾的老師在聯絡賬上寫卡茲這幾天精力不集中。所以一路上只是吩咐又吩咐這些事了。然後回家，忙著準備晚飯，通常這段時間也是我一天最忙的時候，等孩子們回來了就得開飯，然後就是寫作業練琴讀書洗澡，十點一到，孩子們就回到自己的房間，上床睡覺。這段時間的安排，除去學空手道的日子，幾乎一成不變。

可是，就在剛剛吃完飯的當口，電話鈴響了。是卡茲的擔任班主任來的電話。老師沒說什麼，只是問卡茲和我說了什麼沒有。然後就要求我一定要問問卡茲，他說卡茲有話要和我說的。

放下電話，我只看著卡茲。卡茲臉色很緊張很害怕地表示：要和媽媽說。在走廊上，卡茲低著頭小聲說：媽媽，你別生氣呀。我說無論發生了什麼事，媽媽都不和你發火，但是，你得跟媽媽實事求是地把話說出來。

原來是卡茲的朋友吉啓，把一個遊戲卡賣給了卡茲，卡茲偷偷地從家裡的零錢罐子裡拿了700塊錢給他，可是第二天，吉啓因為遊戲卡裡面有東西想複製一下所以又借了回去，也就在當天，另外幾個同學去吉啓家玩，之後，遊戲卡就丟了。卡茲遊戲卡沒拿到錢也沒要回來，這幾天心情有些急躁不安。就找了個時間把這件事跟老師講了。

卡茲把這個過程講得很艱難，而且一直低著頭，我推著他的肩膀說：咱們進去和爸爸一起商量商量。

博奧聽了以後，一下收起往日和孩子沒大沒小瘋玩的樣子，平靜認真地確認了幾個問題，第一：錢是不是背著媽媽偷偷拿出去的。第二：學校是不是有規定不允許學生私下做金錢交易。第三：你為什麼要把這件事對老師講。前兩個問題和我想法基本一致，可是第三個卻出乎我的意料。在我所受的教育裡，找老師解決問題是理所當然的事，可是博奧卻認為，首先，遊戲卡已經還給了吉啓，就算卡丟了，責任也不在卡茲。其次，卡茲不該完全相信吉啓說的話，遊戲卡丟了，可能是真的也可能是假的，任何事情發生了，在自己沒調查過的情況下，都不要輕易地相信別人，要自己好好想想，要有自己的判斷是非的能力。當天晚上，恰好博奧要去公司，他帶上了卡茲，直到九點多了才回來，我避開孩子，悄悄地問他解決的怎麼樣？博奧很輕鬆地說：沒關係呀，該說的都說了。停頓了一下，又說：孩子就是要這樣一步一步長大的嘛。

其實，卡茲和博奧出去之後，我一直心煩意亂。想我小的時候，哪裡敢犯這樣「偷偷拿家裡的錢」的道德錯誤呢，記得小的時候，在洗澡堂撿了一個海鷗牌的洗髮膏的盒子，裡面只剩下一點點，拿回家還被老媽一頓狠揍，逼著我放回到原來的地方。這小傢伙，犯了這樣的事兒，我是不是該狠狠揍他一頓，給他一個難忘的教訓呢？或者，我是不是該給吉啓的媽媽打個電話，確認一下這件事的真實情況呢？然而，我唯一能做的就是假裝沒事一樣地陪卡奧理泡在43度的熱水裡，若無其事地說說她的辮子說說她班裡的事等等。可是卡奧理好像看出我心事重重的樣子，她竟安慰我說：媽媽，你放心，我要是在學校裡有了什麼事，一定先跟你說。我沒出息地眼圈一紅，在水裡把她抱住。

卡茲大概對我和博奧在處理這件事上的態度非常吃驚，他沒有想到，平時那麼愛發火的媽媽怎麼會心平氣和地跟他講道理呢。他哪裡知道，我當時也是像一個點著了撚兒的炸彈呢，也就差那麼一點點，現在想起來，我當時唯一的念頭就是：不能發火，不能讓孩子覺得我不和他是一伙的，我得讓他覺得，在這個世界上，就算是所有的人都背叛他，我也會站在他的一邊，永遠聲援他。雖然是這樣，第二天我還是找個時間，單獨和卡茲認真地表明了自己對這件事的態度。我告訴他：雖然媽媽沒發火，但還是生了氣的，以後，背著媽媽爸爸從家裡拿錢的事我不希望第二次發生，應不應該違反學校規定，你作為一個學生最清楚了。我特別強調地說：無論如何，發生了什麼樣的事，有了什麼不能解決的事，你一定要和媽媽爸爸說，我們是你的永遠的同盟。

大概是在這件事兒上我和博奧的態度出乎他的意料吧，卡茲突然之間變得非常非常的好孩子起來。主動去刷浴室，主動請纓幫我做力所能及的家務，不用我督促，認真寫作業等等，在偶爾的瞬間，還擁抱我一下說：媽媽，非常喜歡你呀。

真是受寵若驚的幸福。

晚上，把這些細小的變化說給博奧聽，博奧顯得很冷靜，他說這種好現象沒幾天就會消失，他還會回到原來的樣子，也許還會反覆，所以為了減少孩子犯錯誤的機會，你必須把家裡的錢都收好，人是很難經得住誘惑的，何況孩子呢。後來他又建議我，是不是該給孩子零花錢了。於是家裡立了一項新遊戲，打掃洗刷廁所和刷浴室150塊錢，擦地板100塊錢，打掃院子打掃玄關等等一些項目都明碼實價起來，孩子們自己賺零用錢，此外，每人還得了一個記賬本子，用來記錄自己的收入和支出。

孩子慢慢的長大，一些問題也跟著就來了，怎樣處理好這些問題，關係到會把孩子養成一個什麼樣的人，這很重要。我曾試著要不要和孩子成為朋友似的關係，可是，被博奧否定了，他認為家長就是家長，兵來將擋，水來土遁，孩子就在這樣和家長的拉鋸戰中漸漸成長起來。

「想想你自己的當年。」博奧總這樣提醒我。

如果你覺得自己當年受的成長教育（教訓）不夠貼心，就換一種你認為好的方式試試。但是無論如何，不要試圖成為孩子的朋友，那是枉費心機。也別想成為萬能的專制家長，也是枉費心機。常常想起上大學的時候，我的美術老師張為民先生的話：把握分寸。把這句話用在生活當中也是很恰如其分的。父母在把握和孩子之間相處的關係上，也需要非常的分寸感，我體會是讓孩子感覺到父母的愛而不覺得沈重，感覺到寬容而不是放縱，當然最重要的是以身作則，什麼樣的環境養育什麼養的孩子，孩子就是你的鏡子呀，尤其是壞習慣的放大鏡。

孩子慢慢的長大，慢慢的離開自己的羽翼，那感覺很失落，但是，一想到將來他自己的人生將怎樣支撐，關鍵可能就在現在這一步一步的錯誤和矯正過程當中，就得訓練自己的理性和冷靜戰勝本性和感情，雖然很艱難，但也是做父母的責任。

加油吧，養兒育女中的父母們。

從一個變性藝人看一個寬容的社會

上帝有時候也會不小心，當はるな愛意識到自己性別的時候，她的痛苦也隨之產生了。はるな愛的肉體是作為男性降生的，而她的意識卻跟她的肉體唱了一個永遠的反調。然而はるな愛是幸運的，雖然少年離家出走，曾經顛沛流離，窮困潦倒，但她終於完成了心願，以一名女性身份活躍在日本的文藝圈裡。はるな愛全身整形的費用是六千萬日圓，在專訪她的節目裡，她平淡地訴說著自己曾經的和持續著的肉體上的痛苦，而精神上的痛苦，在她的母親接納她為家裡的長女的那一瞬間就煙消雲散了。

當我們作為正常人生存的時候，很難理解性錯位那些不幸的人的感受，因為不理解就很容易產生鄙視，踐踏他人的不幸似乎是人類天性中與生俱來的本能。我說はるな愛是幸運的，是因為她被自己生存的社會寬容地接受了，所以即便是整形後肉體上的痛苦可能依然持續，但她想作為一個女人生存的願望終於實現了，還有什麼比實現自己的願望更幸福更幸運的嗎？一個寬容的社會是懂得尊重個人生存的意願和權利的，這種權利應該是與生俱來的。寬容，應該是衡量一個文明社會的尺子。前段時間在奧斯卡電影節上，獲獎的男主角就是一個飾演同性愛的角色，他在獲獎演說裡也說到寬容和愛。我想這應該是文明社會的永恆主題。然而這寬容不僅僅需要來自一個國家政權的倡導，還需要民眾自身的力量。

我不是社會學者，對這些現象沒有很深的研究，但就はるな愛本人來說，她生活在日本這個大環境裡應該是幸運的。我想對於個人來說，每個人都是喜歡安定美好的日子，喜歡乾乾淨淨的環境，喜歡與人友愛地相處，這應該是人的本性，應該是人類嚮往的生活。然而，通往這條幸福之路的條件很多，其中寬容就是很有分量的一條，它首先需要政府有一種寬容的態度，然後還需要我們的民眾有一顆寬容的心。

從一張通知看日本飲食文化的教養教育

孩子們常常從學校拿回很多的單子，有各種各樣的通知和定期的簡報。因為單子上的漢字都標上日語的平假名，開始的時候全當用來學習日語的目的來讀的，可是漸漸地，我發現自己有很多的與日本相關的常識都是從那裡得來的，或者是在那裡得到驗證的。前幾天，是日本學校新學期的開始，像以往一樣，孩子們又拿回一大疊的單子，在這裡面，有一張今年4月號市教育委員會保健體育科發行的《給食だより》讓我深有感觸。

據說日本在戰後開始實行了學校給食制度的。現在的學校給食制度還延續著當初的一些規定，譬如喝牛奶等。歷史上我們曾把日本人稱為倭寇，大概就是因為他們身材矮小的緣故吧，但是據統計現在日本年輕人的平均身高已經超過了我們，這大概和飲食制度有很大的關係吧。日本學校的給食有特定的給食中心提供，在那裡面供職的都是取得國家資格的營養師，像我們鄉下這些地方，待遇就更好了，全校不超過二百名學生，但依然配有營養師和食堂，孩子們每天的午飯在每個月前的簡報上就詳細地登載出來，每天的飲食內容必須是主食副食和牛奶，營養搭配非常合理，但飲食文化和教養如果僅僅是停止在提供均衡的營養上是不夠的，日本在今年4月1日改定了學校給食法中的《學校給食的目的》我詳詳細細地看了好幾遍。

其中有幾點對我這個接受過高等教育的成年人來說，現在的飲食教養教育都有很大的震撼，譬如說第二點——對日常生活當中的飲食加深正確的理解，並且培養能從事健全飲食生活的判斷力以及最理想的飲食習慣。就是說吃飯誰能不會嗎？但是什麼樣的飲食習慣才是健康的，可不見得我們都明白吧。所以防止現代病的發生，首先自己要有一個良好的判斷力不是很重要的嗎？這個判斷力從小就進行正確的教育，使其成為生活習慣，大概是更重要的一環吧。還有第四點——大體上是說要加深對自然界賦予我們生存環境的理解，主要是講對自然和生命的尊重以及環保意識。簡單地說就是當你吃一條魚的時候，你要理解到的不是弱肉強食，而是自然的規律，而作為人，你要表現出對自然的生命的尊重就在於你不要浪費掉它。學校來的單子裡常常有一條要求家長監督孩子們不要剩飯，不要挑食等等，我也因此知道，原來不浪費也是環保的一個環節。而第

五條我是從小就知道的，那就是「誰知盤中飧，粒粒皆辛苦」，只不過，沒有我們說得那樣沈重，以至於我們耕作「盤中飧」的農民們的地位和待遇是那樣的不合理，日本的這一環節的教育大體是——加深對提供飲食生活的各個環節的人們的活動給予支持和理解，並且養成對勞動的尊重的態度。日本是一個小國，資源貧瘠，大部分的東西都是進口的，尤其是食用品，但是，據說日本的大米歷來只是自給自足，而養成對勞動的尊重也不僅限於耕作本身，還有為你提供這一頓飲食所付出勞動的各個環節的人們的尊重。第六點是講加深對國家和各個地區的優秀的傳統飲食文化的理解。第七點是講對食品的生產，流通以及消費的正確的引導和理解。第一點是講有效地制定出適當的營養的攝取和保持增進健康的飲食。第三點是豐富學校的生活，養成健康的社交性，集團性和合作精神。

難道一頓飯的背後有必要要孩子們去理解那麼多無形的東西嗎？我想孩子們可能不會很深刻地理解這些道理，但當這些道理作為生活習慣被養成和規範之後，它們內在的結果就會發揮很大的作用，孩子們會在普通的日常生活當中懂得尊重生命和勞動懂得環保和愛惜等等，所以良好的教養和國民的素質也就這樣點點滴滴的培養了起來。

在我手上的這個單子上面還有另外一種教養教育，它就是教孩子們使用筷子的方法，圖文並茂，生動簡單。我曾問過孩子：學校老師講不講吃飯的時候應該怎樣不應該怎樣呢？孩子們會說出很多很多，這些教養常識有我小的時候從父母那被教訓得來的，也有自己與人交往的經驗中得來的，但我的孩子們比我要懂得更多更詳細更為規範。除此之外還有一種知識教養，這次的單子上講的是「廢品再利用」，說的是食用油的回收和再利用。日本的大商場裡都有廢棄食用油的回收處，說是能夠轉換成汽車的燃料。還有就是扔掉的菜葉，水果蔬菜的皮什麼的，日語裡叫做「生ごみ」它是和能燃燒的垃圾分開處理的，原因是因為回收到相關的設施裡可以轉化成肥料再次使用。以至於每個月的活動介紹裡，因為是四月，當然介紹的是——賞花（櫻花年糕的小情報），說是在這個季節裡，在日本的和果子點心店裡，開始陳列一種淡粉色的櫻花年糕。包在櫻花年糕外面的櫻花葉子是大島櫻（櫻花的一種）的葉子。摘下來的葉子，用鹽醃上半年，所以櫻花年糕才有了櫻花特有的那種香氣。這種櫻花年糕我吃過的，年糕裡裹著豆沙餡，甜裡帶著淡淡的鹹味，很好吃，也很好看。

日本學校裡的飲食文化教養教育有很多，我只是因為一張單子感觸了這些，但願他山之石能為我們所用，社會的進步，經濟的發展，民主的進展，人權的意識等等，很需要國民素質為基礎，而我認為教育則是很重要的一環。

〈從國民素質看九年義務教育的失誤

我認識的很多的日本朋友告訴我：大約四十幾年前的日本，人們也在飯店裡大聲喧嘩，也隨地亂堆垃圾，也蜂擁擠公共汽車搶佔座位，人們也亂穿馬路，汽車也沒有禮讓三先，河流也汙染，空氣也不清新等等等等。「但是，這一切都會慢慢過去的。」那些喜歡中國，每年都要去中

國旅行的日本朋友們充滿信心地表示：中國地大物博，歷史悠久，文化醇厚，將來中國一定會成為世界上最美麗的大國。別人對自己國家的喜歡和信任，自然會讓我們為自己的祖國感到驕傲，但是，如果只是停留在驕傲和自滿上，我們就不會進步，將來的一切不是等待，而是行動。

有評論調查說，世界上給人印象最好的國家是日本，我想這不僅僅是說日本是一個乾淨美麗的國家，而最為重要的她還是一個平均國民素質很高的國家。日本和我們一樣也是在實行九年國民義務教育，而我個人認為，日本國民素質的教育也就是在這九年裡非常成功非常漂亮地完成了，同樣九年的義務教育，日本搞教育的人非常理性非常實際地把文化教育和教養教育結合在一起，而我們的義務教育的宗旨和目的都是文化教育。那麼，文化教育和教養教育有什麼差別呢？我在國內受的是高等教育，我所理解的九年義務教育就是為「萬般皆下品，唯有讀書高」打通一條上大學找工作的途徑，說穿了，它是文化教育，頗有點高高在上的意味。而在日本，雖然這也是躋身社會的一條重要途徑，但更為重要的這九年的義務教育裡面，它訓練和教給孩子們做人最基本的常識，禮儀和教養。譬如說，在公共場合不許大聲喧嘩，過馬路要遵守交通規則，排隊的時候要有秩序，自己能做的事或做事的時候盡量不要給別人添麻煩等等，甚至還有吃飯的時候不要搖晃身體，聽人講話的時候不要東張西望，外出的時候一定要帶上手絹等等，當然還有各種災難時期的對應訓練，以及對生命的尊重，自己的權利，對待殘疾人的平常心等等都是一些非常微不足道，無法登上文化大雅之堂的小節，然而就是這樣的一些小事上的教育，成就了日本社會的今天。這些只能屬於教養方面的事在國內都是由各個家庭來完成的，所以孩子如果沒教養不懂禮貌，就有理由責罵他是：子不教，父之過。長大成人，在社會上很難與人相處和不遵守公共道德的時候，就會被指責為沒有教養或家教很差的人。我們的教養教育責任在於個人而不是教育機構。這樣就會發生很參差不齊的結果。而日本則把這一責任交給了教育機構，所以，大凡受過九年義務教育的日本人，在社會裡在公共道德上都是很有教養的。所以去過日本的人都會感嘆日本人的彬彬有禮和有條不紊的公共秩序。我覺得，一個國家的進步絕不是要我們的教育機構培養出各種學科的天才和尖子，而重要的任務是培養出有良好的公共道德和做一個社會人的基本常識，這一點我想是我們教育上的失誤。常言道：十年樹木，百年樹人。日本在戰後短短的幾十年裡，就在育人上有了這樣的效果，難道不應該值得我們借鑒嗎？

一個人的優秀是代表不了一個民族的，群體的優良才是改變一個國家一個民族的正途。我希望在中國搞教育的官員和學者能夠在日本的九年義務教育裡借鑒些好的東西，在經濟迅速發展的今天，以最快的效果提高我們國民的素質，這樣才真正不負於我們上下五千年的燦爛文化歷史。

卡茲入院記

放學之後，像往常一樣洗洗手，吃一個大冰淇淋之後，兩個小傢伙就開始寫作業了。卡茲沒寫幾個字就嚷嚷肚子痛，以為他是偷懶裝的逃避寫作業呢，還狠狠地訓了他，可是那孩子竟然在沙發上睡了過去，從卡奧理那裡知道卡茲今天練了兩個課時的游泳，可能作為學校代表參加市裡的小學生游泳競賽大會，心裡也就軟了，拿一條毛巾被給他蓋上，還以為他就是有點累了呢。誰知到了晚上，他竟然肚子痛得不想吃飯了，我還是沒太在意，就帶著卡奧理打排球去了。回來的時候，博奧說：卡茲吐了。

那一個晚上，孩子睡睡醒醒一直折騰到天亮。

第二天，給學校打了請假電話，帶著卡茲去了一家私人小兒科，那醫生例行公事般地看了看嗓子，聽了聽前後胸，按了按肚子，然後模棱兩可地說：可能是胃腸性感冒，也不排除是闌尾炎的可能，先拿點藥吃吃看，若是還痛得厲害的話再來。就把我們給打發走了。回家路上，博奧的電話打來，問了情況之後，有點生氣地說：這叫什麼話，趕快帶孩子去市醫院做檢查，什麼八嘎醫生，虧你還是醫生的女兒呢。

在市醫院很快就接受了血液檢查和B超檢查，那根小盲腸看起來竟像一個烤熟的小香腸那樣大了，小兒科醫生打了電話之後，護士又帶我們去了外科醫生那裡，詳細地進行了說明，徵求了我的意見之後，馬上住院進行二十四小時的點滴保守治療。兒子非常懇切地問醫生：因為是小學六年級最後的修學旅行，能不能晚幾天來住院。醫生微笑著反問：遺憾是很遺憾，可是和生命比起來哪個更重要呢？兒子一臉無可奈何的樣子。卡茲在修學旅行當中是要作為學生代表講話的，他的遺憾裡面還帶著小小的責任心。

那一夜我守在兒子身邊。

卡茲的疼痛很快就被控制住了，第二天他就能自己推著吊瓶架來來回回地走動了，只是要進行禁食，對他來說可是很難過的。

本來第二天博奧打算在醫院陪他的，但護士說已經過了危險期，而且卡茲很自立，不用陪護也可以的。所以我們就決定要卡茲自己單獨在醫院住上一個晚上，因為第三天就要轉入三人的病房了，這也是他獨自一個人擔當自己的一夜了，那一夜，我心裡恍恍惚惚的，頗為不安。

接到卡茲退院通知的時候是星期六的上午，卡奧理一路上一直在表示她的興奮，甚至還把她在學校種的那根大黃瓜也帶去了，說是讓卡茲看看表示退院的祝賀。

卡茲住了四天院，吃了三頓飯，都是粥，出院的那天，他遺憾地表示：今天中午是吃烤魚的，我能不能吃完再走呢？看到卡茲那小饞樣，博奧就說：今天中午去吃壽司吧。不行不行。我把出院的單子舉到博奧的臉上說：醫生說了得吃容易消化的東西。博奧壞笑地說：那我們吃壽司，讓卡茲只吃雞蛋糕吧。車裡一片大呼小叫。

卡茲在日記裡寫道：雖然修學旅行沒去成是件很遺憾的事兒，但住院的日子也是我人生中很難得的一次經驗。他還寫道：健康很重要。更可怕的是他還寫道：看來將來做個醫生也是很不錯的嘛，我的姥爺和姥姥不都是醫生嘛。這個想法可是讓我有點心驚肉跳了，要知道在日本想培養出一個醫生來，得好幾千萬呢。不過也有一個困難的捷徑，那就是以優異成績考公立醫科。我還在天馬行空的亂想，博奧敲著我的腦袋說：想得太遠了，前幾天你說帶他去中國學少林時，他還說自己想當和尚呢。

按照醫生的吩咐，這個星期他是不能游泳也不能打排球也不能練空手道了。我呢就得接送他一個星期了，那爬山越嶺的將近一個小時的通學路。

現代文學系列 31

阿孜薩系列——日本鄉下女子

作　　者：小島梓
美　　編：林育雯
封面設計：林育雯
執行編輯：高雅婷、沈彥伶
出 版 者：博客思出版事業網
發　　行：博客思出版事業網
地　　址：臺北市中正區重慶南路1段121號8樓14
電　　話：(02)2331-1675或(02)2331-1691
傳　　真：(02)2382-6225
E—MAIL：books5w@gmail.com、books5w@yahoo.com.tw
網路書店：http://bookstv.com.tw/
http://store.pchome.com.tw/yesbooks/
博客來網路書店、博客思網路書店、
華文網路書店、三民書局
總 經 銷：成信文化事業股份有限公司
劃撥戶名：蘭臺出版社　帳號：18995335
香港代理：香港聯合零售有限公司
地　　址：香港新界大蒲汀麗路36號中華商務印刷大樓
C&C Building, #36, Ting Lai Road, Tai Po, New Territories, HK
電　　話：(852)2150-2100　傳真：(852)2356-0735
總 經 銷：廈門外圖集團有限公司
地　　址：廈門市湖裡區悅華路8號4樓
電　　話：86-592-2230177
傳　　真：86-592-5365089
出版日期：2017年3月 初版
定　　價：新臺幣280元整（平裝）
ISBN：978-986-93351-9-5

國家圖書館出版品預行編目資料

日本鄉下女子：阿孜薩系列 / 小島梓著. -- 初版. --
臺北市：博客思, 2017.3　面；　公分
ISBN 978-986-93351-9-5(平裝)

861.67　　105018692